마성의
황자와 나

fi
ret

마성의 황자와 나 1

초판 1쇄 인쇄 2016년 7월 21일
초판 1쇄 발행 2016년 8월 1일

지은이 시야
발행인 오영배
기획 박성인
책임편집 편집부
표지 일러스트 케니
제작 조하늑

펴낸곳 (주)삼양출판사 · 피오렛
주소 서울시 강북구 도봉로 173
대표 전화 02-980-2112 **팩스** / 02-983-0660
편집부 전화 02-980-2116 **팩스** / 02-983-8201
블로그 blog.naver.com/dan_gul
출판등록 1999년 3월 11일 제9-00046호

ISBN 979-11-313-0633-8 (04810) / 979-11-313-0632-1 (세트)

fioret 은 (주)삼양출판사의 로맨스 판타지 문학 브랜드입니다.

마성의
황자와 나

시야 장편소설
ROMANCE FANTASY

1

fio
ret

| 차 례 |

1장

테레사 알반

낡고 더럽지만, 음식 맛은 좋다고 소문난 작은 선술집엔 소란스러움이 가득했다.

테레사 알반, 통칭 레사는 거기서 가장 유명한 양 갈비를 뜯다가 자신도 모르게 상대에게 갈비뼈를 던졌다. 상대는 재빠르게 뼈를 피했고, 레사는 소리쳤다.

"뭐? 이 미친놈아?!"

"아니, 그게, 잘하면 미나 학비를 다 벌 수 있을 것 같았단 말야."

"그렇다고 개 한 학기 등록금을 전부 걸어서 날려? 게다가 빚까지 졌다고?!"

레사는 어이가 없어서 다시 "미친놈아!" 하고 소리치며 갈비뼈를 날렸다.

살점이 붙어 있는 건 아니고 발라낸 쪽을.

보통의 선술집이라면 이 둘에게 시선이 몰리겠지만, 여기서 그 정도 소란은 소란 축에도 들지 않았다. 레사는 머리를 감싸며 신음을 내뱉었다.

그녀는 어느 순간에도 냉정하고 침착한 것으로 이름 높았지만, 지금은 아니었다.

아니, 생각해 보면 눈앞에 도박으로 돈을 몽땅 날려 버렸다고 말하는 상대의 멱살을 잡지 않는 것만으로도 냉정하다고 할 수 있을 것이다.

"노알……."

낮게 으르렁거리는 듯한 목소리가 레사의 입에서 나왔다. 그녀가 고개를 번쩍 들자 붉은색 눈동자가 차갑게 번득였다.

"그래서? 미나 다음 학기 준비금과 등록금을 전부 날려 버리고, 빚지고, 그래서?"

노알이 며칠간 면도를 하지 않아 거칠어진 턱을 문지르며 힐끔 레사의 눈치를 보았다.

"내가 괜찮은 일을 하나 물었는데……."

"네가 괜찮다고 말한 일이 괜찮은 적은 단 한 번도 없었지."

"이번에는 진짜 괜찮은 일이야."

노알이 바싹 상체를 숙이며 목소리를 낮췄다.

"황궁의 일이라니까?"

그 말을 듣는 순간 레사는 어처구니가 없어져 헛웃음이 나왔다. 그 높으신 분들의 일이 왜 이 바닥까지 떨어진단 말인가?

암살이라면 모르겠지만, 레사는 더러운 일 쪽에는 손을 씻은지 오래였다. 노알 역시 그걸 잘 알고 있었고 말이다.

"어디서 또 헛소리를 듣고 온 거야?"

"진짜라니까. 이거 금화 다섯 닢짜리 정보야."

그 말에 레사는 다시 신음을 흘렸다. 기절하고 싶은 기분이었다.

"그거 듣겠다고 또 돈을 썼다고?"

"아냐, 내가 약속까지 다 잡아 놨어. 넌 가서 그냥 일만 처리하고 돈만 받으면 돼. 응? 레사, 제발 부탁이야."

"너 진짜……!"

레사는 고함 소리가 뛰쳐나오려는 것을 눌러 참았다. 그녀는 이마를 짚고 오랫동안 양 갈비가 담긴 그릇을 노려보았다.

"얼마 빚졌는데?"

"그게…….."

노알이 말을 못 하고 머뭇거리자 레사가 "말해." 하고 낮은 목소리로 재촉했다.

"금 오백…… 정도…….."

그 말을 듣는 순간, 레사의 시야가 확 어두워졌다.

말 그대로 눈앞이 깜깜해진다.

금 오백.

미나의 아카데미 1년 등록금과 비슷한 액수였다. 레사는 자리를 박차고 일어났다.

"네 몸뚱어리 팔든가, 알아서 해."

"레사, 제발. 응? 유지아나랑 미나 얼굴을 봐서라도, 응?"

노알이 허둥지둥 자리에서 일어나며 말했다. 그 말에 레사는 자리에서 멈춰 섰다. 그녀는 어금니를 악문 채 한참을 서 있었다.

솔직히 말해서, 노알이 어찌 되든 레사는 상관없었다. 하지만 미나라면 다르다. 미나는 레사가 인생을 살아가는 중요한 즐거움이며 보람이었다.

노알 역시 그걸 잘 알고 있었다. 미나는 그의 보물이기도 하지만, 레사의 보물이기도 한 것이다.

납작하게 기고 있지만, 노알은 레사가 절대로 미나를 버리지 않을 거라는 것도 알고 있었다.

결국 레사는 뱃속에서부터 올라오는 묵직한 한숨을 내쉬었다.

"언제, 어디로 가면 되는데?"

노알은 안도의 숨을 내쉬며 얼른 날짜와 장소를 설명했다. 장소를 듣고 나서 레사는 눈을 살짝 찌푸렸다.

'완전히 안쪽이군.'

황궁과 관련이 있다는 건 거짓일 가능성이 높다.

'파이트 클럽과 비슷한 것일까.'

레사는 자신의 짧은, 검은색 머리카락을 쓸어 넘겼다.

"오늘 밤이라고?"

"그래, 나랑 만나서 같이 가면 돼."

노알의 말에 레사는 고개를 끄덕였다.

"그럼 준비하고, 해가 지면 이 앞에서 보도록 하지."

"알았어."

노알이 씩 웃으며 레사의 어깨를 두들겼다.

"레사, 덕분에 살— 악!"

레사가 자신의 어깨를 잡은 노알의 팔을 휙 꺾자 노알이 비명을 질렀다. 레사가 낮고 부드럽게 말했다.

"한 번만 더 이런 일이 있으면 정말로 가만 안 놔둘 줄 알아."

"으아아악, 알았어, 알았어."

레사는 노알의 팔을 밀치듯 놓아주며 콧방귀를 뀌고, 테이블 위에 동전 두 개를 던졌다. 지켜보던 점원 소년이 재빠르게 동전을 집어 들고 접시를 치우며 "감사합니다!" 하고 외쳤다. 레사는 꽤 후한 팁을 주는 손님이었던 것이다.

선술집을 나온 레사는 좁고 어두운 골목을 걷기 시작했다. 골목은 처음 오는 사람이라면 길을 잃을 게 뻔한 복잡한 구조였는데, 불법 건축물들이 몇 번이나 증축되고 허물어졌기 때문이었다.

레사가 이곳에 자리 잡은 것도 벌써 5년째였다. 너덜너덜해져서 구석에 쓰러져 있던 자신을 돌본 것이 바로 유지아나였다.

'도대체 왜 유지아나가 노알이랑 결혼했는지 알 수 없단 말이야.'

레사가 처음 유지아나를 만났을 때, 이미 둘은 결혼한 사이였다. 둘 사이에는 당시 아홉 살짜리 딸인 미나가 있었고, 노알은 거의 집에 붙어 있지 않았다.

노알은 결코 성실한 남편이 아니었다. 삼 년 전, 유지아나가 죽은 뒤 미나를 돌보기 위해 이제 좀 정착하나 했지만, 미나를 아카데미에 보내고 나서는 또 그 방랑벽이 도졌는지 연락 두절 상태로 돌아다니고는 했다.

'그러더니만 오랜만에 나타나서 한다는 말이…….'

레사는 두통이 오는 것 같이 이마를 꾹꾹 누르며 자신이 하숙하고 있는 집으로 들어갔다. 삐걱거리는 낡은 계단을 올라 2층에 다다르면 모두 4개의 방이 있는데, 그중 하나가 레사의 몫이었다.

레사는 주머니에서 열쇠를 꺼냈다. 이곳 문고리는 낡아서, 요령 있게 문짝을 밀듯이 들어 올린 다음에 열쇠를 넣어야지만 제대로 열렸다.

찰칵—

레사는 익숙하게 문을 열고 안으로 들어섰다. 방 안의 풍경은 평범했다. 레사는 옷장을 열고, 맨 아래에 있는 옷상자를 꺼냈다. 갈색의 등나무로 짠 반짝이는 옷상자를 열자, 곱게 개어진 흰 셔츠들이 나왔다. 레사는 조심스럽게 셔츠가 올려진 판을 들어냈다. 그러자 그 밑에 숨겨져 있던 무기가 모습을 드러냈다.

나란히 놓인 반짝이는 단검, 비도, 와이어, 독침이 들어간 반지 같은 것들이 한가득이었다.

'사람을…… 죽여야 하려나?'

파이트 클럽이라면…….

'죽이고 싶지는 않은데.'

레사는 눈을 살짝 찡그렸다. 유지아나와 만난 후로, 그쪽 업에는 완전히 손을 씻었다.

'노알이 그런 일을 들고 오지는 않았을 테니까.'

레사는 그렇게 생각했다. 제멋대로 구는 노알이지만 그에게도 선이 있었다. 그렇지 않았다면 유지아나가 진즉에 그를 쳐냈을 것이다.

그녀는 평소에도 무장을 하고 다니기 때문에, 준비라고 해 봐야 몇 가지를 더하는 것뿐이었다.

레사가 셔츠를 벗자 날씬한 몸이 드러났다. 보통의 여자와 다른 점은, 속옷을 입고 있는 것이 아니라 가죽으로 만든 프로텍터를 차고 있다는 것이다.

갈색의 마수 가죽을 잘 갈무리해서 만든 프로텍터는, 심장을 보호함과 동시에 그녀의 가슴을 누르기 위한 것이기도 했다.

'여자인 게 알려지면 불편하기만 할 뿐이니.'

테레사, 라는 유지아나가 지어 준 풀네임을 알고 있는 것도 현재는 셋뿐이었다. 레사는 여자치고는 상당히 키가 컸기 때문에 다들 그녀를 보면 남자라고 생각했다. 그녀의 표정 없는 얼굴도 한몫했다.

그녀는 마음속에서 무엇을 생각하든 감정을 비치지 않고 억누르는 훈련을 오랫동안 해왔고, 그것은 실전에서 항상 유용했다. 개중 의심하는 사람이 아주 없는 것은 아니었지만, 레사의 실력을 보면 다시는 그녀가 여자라는 생각은 하지 못했다.

레사는 검은색 셔츠로 갈아입었다. 피가 튀기든, 이물이 튀기든, 밤에 모습을 숨기든, 검은색이 유리했다.

머리부터 발끝까지 전부 다 검은색 옷으로 갈아입은 레사는 염소 가죽으로 만든 손가락 없는 장갑을 꼈다.

무기 점검을 끝낸 뒤, 그 외 장비가 전부 제대로 작동되는지 한 번 더 확인하고, 레사는 다시 선술집 앞으로 돌아갔다.

그렇게 늦은 시간은 아니지만, 골목의 해는 더 빨리 져서 주변은 이미 어둑어둑했다. 선술집 앞에서 풍겨 오는 양고기 누린내를 맡으며 서 있으니, 금세 노알이 도착했다.

"검은 저당 잡히지 않았나 보지."

레사가 빈정거리는 투로 말하자, 노알이 "검은 검사의 혼이지." 하고 늠름하게 대답해 왔다. 그러나 레사는 콧방귀만 뀌었을 뿐이다.

노알은 한눈에도 고급스러워 보이는 제 검을 한시도 옆에서 떼어 놓지 않았다.

한 번도 검 실력을 확인한 적은 없지만, 죽지 않고 여행을 다니는 걸 보면 그렇게 나쁘지는 않은 실력일 거라고 레사는 판단했다.

"가자."

레사가 고개를 까닥하며 말하자, 노알이 앞장서서 걷기 시작했다.

더 안으로, 안으로.

이제 거리는 빈민굴로 바뀌었다. 레사는 썩어 가는 쓰레기 냄새와 부츠 바닥에 들러붙는 끈적한 진흙을 느꼈다. 어두운 골목에 서 있는 놈들이 피우는 건 담배 같은 게 아니었다. 익숙한 각성제 냄새가 짙게 깔려 있다.

"오빠, 잘해 줄게."

콧소리가 가득 담긴 목소리를 무시하며 노알은 계속 걸었다. 그리고 아무도 없는 골목에서 능숙하게 집을 찾아 쾅쾅 나무 문을 두들겼다.

나무 문에 붙은 작은 창이 슥 열렸다. 노알이 거기에 얼굴을 들이밀며 말했다.

"나야."

그러자 안에서 철컥이는 소리가 몇 번 들렸다. 레사는 그 소리를 주의 깊게 들었다.

'철문이군.'

겉에는 다른 집과 비슷하게 보이도록 나무를 붙여 놨지만, 이 소리는 분명 철이다. 안으로 들어가며 레사는 자신의 생각이 맞다는 것을 확인할 수 있었다. 즉, 몸통 박치기 같은 걸로 문을 부수고 나오는 것은 불가능하다는 말이다.

"이게 누구야."

킬킬거리는 목소리에 고개를 돌린 레사는 한숨이 나오는 것을 눌러 삼켰다.

"이반."

그녀의 짧은 말에 이반이 고개를 뚝뚝 소리 나게 꺾었다. 이 바닥에서 소문난 폭력배 중 하나인 그는, 현재 커다란 도박장을 운영 중이다.

"노알, 돈을 잃은 게 이놈의 도박장에서였어?"

"그래."

노알이 어깨를 으쓱하며 말했다. 이반은 40대 초반의 남자로, 흰머리가 섞이기 시작한 검은 머리를 뒤로 완전히 넘기고 있었다. 이반이 여전히 기분 나쁜 킬킬거리는 웃음을 흘리며 말했다.

"레사, 레사, 레사. 아직도 노알이 싼 똥을 치워 주러 다니는 건가? 으응?"

"꺼져. 그리고 네가 황궁이야?"

'황궁에서 일이 내려왔다고 하는데 왜 네가 나와? 네가 황실이라도 돼?' 하고 비꼬는 말을 이반은 쉽게 알아듣고 대답했다.

"아니, 아니. 난 그냥 중간 업자야."

이반이 어깨를 으쓱했다.

"이쪽."

그가 고갯짓을 하며 안쪽을 가리켰고, 레사는 안으로 걸어 들어갔다. 이반의 부하 두서넛이 그녀의 뒤를 따랐다. 이반이 휘파람을 불며 말했다.

"여전히 끝내주는 엉덩이인데? 내 창관에 오면 금방 인기 있는 남창이 될 텐데. 꽤 큰돈을 만질 수 있을걸?"

"사양하지."

"그거 아쉽군."

끈적함이 묻어나는 눈으로 이반은 레사의 엉덩이를 바라보았다. 레사는 그 시선을 느꼈지만 무시했다.

뒤쪽의 좁은 방으로 들어가자 후드를 푹 눌러쓴, 보기만 해도 '수상한 의뢰를 하러 왔습니다.' 하는 느낌의 사람이 앉아 있었다. 체격을 보아선 남자인 듯했다.

그 뒤에는 역시 후드를 눌러쓴 호위인 듯한 남자 둘이 서 있었는데, 그 덩치로 볼 때 보통 사람은 아니었다.

방으로 들어선 이반이 레사의 어깨에 손을 얹으려고 했지만, 그녀는 교묘하게 피하며 의뢰주의 맞은편에 앉았다. 노알이 재빨리 그녀의 등 뒤에 섰다. 이반은 허공에 들린 손을 가볍게 들어 올리며 말했다.

"이 사람이면 당신의 조건에 부합합니다."

싸구려 양초 불에서 작게 불꽃이 튀었다. 남자는 먼지 냄새가 잔뜩 나는 좁은 방 안에서 오래 기다린 듯했지만, 딱히 불평은 없어 보였다. 대신 그는 오랫동안 레사를 살폈다.

"실력은 어느 정도지?"

"이 바닥에서 세 손가락에는 들죠."

레사가 대답했다. 남자는 그 말에 이반을 바라보았고, 그는 고개를 끄덕였다.

"손님의 조건에 부합한다니까요."

"그렇게는 보이지 않는다만……."

"마음에 안 들면 다른 곳에 가보시든가요. 하지만 우리도 당신네들 귀족을 상대로 사기 칠 정도로 대담하지는 않습죠. 지금 구할 수 있는 사람 중에 이 남자가 최고요."

그 말에 상대는 잠시 침묵하더니 "좋아." 하고 대답했다. 망토 안에서 나온 손이 어찌나 희고 깨끗한지, 레사는 노동을 한 번도 하지 않은 손이라는 건 저런 거군, 하고 묘하게 감탄했다.

그가 작은 주머니를 꺼내어 뒤집었다.

차르륵─

맑은 소리와 함께 육각형의 백금화가 일곱 개 쏟아졌다.

레사는 경악했다. 백금화가 있다는 것은 알고 있었지만, 실물을 본 것은 처음이다.

백금화는 싸구려 양초의 어두운 불 아래서도 스스로 빛나는 것처럼 보였다.

백금화 하나는 금화 백 개.

즉, 모두 금화 칠백 개가 눈앞에 있는 것이다.

"약속한 금액이다."

이반이 고갯짓을 하자 그의 부하 중 하나가 재빠르게 백금화를 확인하고 주머니에 넣은 후, 얼른 이반에게 돌려주었다. 이반이 주머니를 툭툭 두들기며 말했다.

"그럼 나머지는 알아서 이야기하시죠. 저희는 이만."

나가는 이반의 뒤통수에 레사가 말했다.

"분명히 빚은 금 오백이었을 텐데?"

"이자라는 게 있잖아, 레사. 응? 이자, 이자."

이반은 주머니를 흔들어 짤랑짤랑 소리를 낸 다음 킬킬 웃으며 방을 나갔다. 레사는 눈을 감았다.

귀족과 얽혀 있으며, 돈을 저렇게 많이 주는 일.

모든 직감이 비상 경종을 울리기 시작했다.

레사는 눈을 뜨고 상대방을 바라보았다.

"그래서, 제가 할 일은 뭡니까?"

"한 사람의 호위일세."

"호위…… 말입니까?"

전혀 예상하지 못한 업무라 레사는 한 박자 느리게 대답할 수밖에 없었다.

호위?

사람 지키는 그거?

'사생아나 죄인을 지키는 업무라도 시키려는 건가? 아니, 그런 일반적인 호위 업무면 저렇게 돈을 많이 주고 사람을 고용할 리가 없는데.'

"그래, 내일부터 사흘간의 호위 업무네. 호위할 분은 이 나라의 황자님이신 프레이스 님이지."

이야기가 풀려나올수록 레사는 입 안이 바싹 마르는 것 같았다.

황자?

진짜로 황자?

황족의 호위 업무를 왜 자신에게 시킨단 말인가?

그가 자리에서 일어나며 반지를 하나 꺼내어 탁자에 내려놓았다. 금으로 된 꽤 두꺼운 반지는 인장 반지였다.

"내일 아침 여섯 시까지, 이 반지를 들고 궁으로 찾아오도록."

"알겠습니다."

레사는 정중히 대답했고, 상대는 잠시 레사를 내려다보다가 그대로 밖으로 나갔다. 덩치 큰 남자 둘이 함께 빠져나가자, 그제야 방에 숨 쉴 수 있는 공기가 생긴 것 같았다.

레사는 곰팡이 냄새가 나는 방 안 공기를 들이마시고 자리에서 일어났다. 그녀가 반지를 집어 들어 주머니에 넣으며 말했다.

"노알."

"응?"

"내가 돌아오지 않아도 찾지 마."

"레사."

"미나를 잘 돌봐 주고. 그 애가 야무져 보여도 고작 열넷이야. 아직 어른의 손이 필요해."

"레사."

조금 더 노알의 목소리가 높아졌지만, 레사는 무시하며 말했다.

"미나에게는 그냥 여행을 떠났다고 이야기해 두고."

"테레사."

노알의 목소리에 짜증이 올라가자, 레사는 고개를 돌려 그를 바라보았다. 새빨간 눈과 마주쳐 노알은 움찔했다. 어둠 속에서 촛불에 반사된 붉은 눈만이 또렷하게 빛났다.

"금 칠백에, 황족이 얽힌 일이야."

"호위라잖아."

"단순한 호위일 리가 없어."

"아냐, 내 감이 말하고 있어. 괜찮을 거라고."

"네 감은 이반의 도박장에 들어서는 게 괜찮다고 판단한 순간부터 글러 먹었어."

"진짜 딸 수 있었단 말야……."

노알의 말에 레사는 고함인지 한숨인지 모를 것이 치밀어 오르는 것을 겨우 눌렀다. 그녀가 뻣뻣해진 목덜미를 손으로 누르며 말했다.

"글쎄."

지금 일어난 일을 보니, 이반이 의도를 가지고 노알이 빚을 지게 했다는 것에 90% 이상 확신이 들었다. 만약 노알과 얽힌 일이 아니었다면, 자신은 절대로 저 일을 맡지 않았을 것이다.

그리고 이반은 어떻게든 레사 자신을 원했고.

레사는 느리게 방 밖으로 걸어 나갔다. 노알이 재빨리 그 뒤를 따랐다. 방을 나오니 이반은 어디 갔는지 보이지 않았고, 그 부하들만 험악한 눈길로 그녀와 노알을 흉흉하게 바라볼 뿐이었다.

"문."

레사가 말하자 부하 중 한 명이 침을 퉤 뱉으면서도 순순히 문을 열어 주었다. 그 안에서 나오자 그제야 살 것 같았는지 노알은 기지개를 쭉 켰다.

"레사, 넌 얼굴도 괜찮으니까 그 황자의 마음에 들지도 몰라. 혹시 알아? 잘 지키면 귀족 작위라도 내려 줄지?"

"헛소리."

그가 뭐가 부족해서 자신 같은 인간에게 작위를 내리겠는가.

레사는 빠른 걸음으로 빈민굴을 빠져나왔다. 노알이 물었다.

"같이 한잔할래?"

"내일 여섯 시 집합이야. 그리고 가기 전에 코코나 보러 가려고."

레사의 말에 노알은 눈을 찡그렸다. 코코도 그를 싫어했고, 노알 역시 그녀를 싫어했다. 두 사람은 개와 고양이처럼 서로를 향해 으르렁거리고는 했다.

"알았어."

노알이 어깨를 으쓱한 뒤 "삼 일 후에 보자." 하며 손을 흔들고는 골목 사이로 사라졌다.

레사는 일을 맡기는 했지만 한 번도 만져 보지 못한 금화 칠백 개와 그가 도박으로 꼴아 박은 금화 오백 개를 떠올렸다. 그러자 돌아선 그의 뒤통수를 검 손잡이로 후려치고 싶다는 충동이 머릿속을 가득 채웠지만 이내 참았다.

'미나를 위해서 참자, 미나를 위해서.'

엄마를 꼭 닮아 야무진 소녀를 생각하자 레사는 금방 미소가 지어졌다.

어둡지만 익숙한 골목을 몇 개 지난 레사는, 어느새 다다른 약초 화환이 달린 나무 문을 밀고 들어갔다. 문을 열자마자 알싸한 약초 향이 코를 찔렀다.

박하, 회향, 세이지, 라벤더……

온갖 말린 약초들이 한쪽 벽에 나란히 걸려 있었다. 그리고 크고 작은 등이 잔뜩 걸려 있어 안은 매우 밝았다.

딸랑딸랑―

종소리가 들리고 나서 얼마 지나지 않아, 흰색의 옷을 차려입은 늘씬한 여자가 안에서 나왔다.

"어서 오세, 어머, 테레사."

인사를 하다 말고 코코가 웃으며 카운터 뒤에서 걸어 나왔다. 흰색의 광택 있는 얇은 드레스로 온몸을 감싸고, 보기 드문 진귀한 은발을 틀어 올린 그녀는 눈동자 역시 은색이었다.

겉으로 보기에 코코는 그녀와 비슷한 나이로 보였지만, 레사는 코코의 나이가 보기보다 훨씬 많을 것이란 것에 금화 한 개를 걸 수도 있었다.

코코의 손이 그녀의 어깨를 잡고 살짝 당긴 후 부드러운 비쥬가 이어졌다.

"웬일이야, 이 밤중에? 딱히 피 냄새가 나는 것 같지는 않은데? 으응?"

코코가 레사의 목을 감싸 안으며 풍만한 가슴을 밀착시켰다. 코코에게서는 달콤한 장미 향이 흘러넘치듯 나고 있었다.

"내일부터 황궁으로 출근하게 돼서."

그 말에 휙 코코가 레사의 양어깨를 잡아 밀치며 눈을 가늘게 떴다.

"황궁?"

"응."

"황궁에는 왜?"

레사는 간단하게 사정을 설명했고, 코코는 "흐음—." 하는 의미심장한 소리를 흘리며 레사를 놓아주었다. 카운터로 다가간 그녀는 긴 담뱃대에 담배를 채우며 말했다.

"호위라……."

"코코는 뭔가 아는 거 없어?"

그 말에 코코가 담뱃대를 물고 불을 붙이며 웃었다.

"내가?"

"응."

"이런 곳에서 약초 장사나 하는 내가 황궁에 대해서 뭘 알 리가 없잖아."

"그런가."

레사가 중얼거리자 코코는 쿡쿡 웃으며 길게 담배를 빨아들였다가 내뿜었다. 어두운 카운터에 기대어 서서 담뱃대를 문 그녀의 모습은 퇴폐적이면서도 아름다웠다.

"테레사는……."

은색 눈이 가늘어졌다. 코코는 마치 물건의 가치를 재듯이, 레사를 바라보았다. 레사가 마음속 깊이까지 코코를 좋아할 수 없는 이유가 바로 이것이었다. 그녀는 자신을 볼 때 마치 이국의 진귀한 물건을 보는 것처럼 본다. 코코의 호의 역시, 마음에 든 물건을 향한 애정과 비슷했다.

그건 딱히 나쁘지 않은 감각이지만, 그렇다고 좋아하기도 애매했다.

"알반 양은 괜찮을 거라고 생각하는데."

"괜찮다고?"

"실력이 있으니까. 그리고……."

코코가 말을 끌었다.

"그 황자의 무서운 점은, 네게 통하지 않으니까."

"그게 무슨 말이야?"

"글쎄……."

말을 흐리며 코코는 작게 웃었다. 재미있는 장난이라도 치는 듯한 얼굴이었다.

"코코."

레사가 책망하듯 그녀의 이름을 부르자 코코는 다시 담배 연기를 내뿜으며 말했다.

"일단 삼 일 후에 다시 와 봐."

레사는 잠시 서 있다가 한숨을 내쉬었다.

"알았어."

자신은 그녀를 겁박할 수도 없고, 그렇다고 당해 줄 코코도 아니다. 그녀처럼 아름다운 여성이 호위 하나 없이 이곳에서 장사를 한다는 것은, 그녀에게 그만큼의 힘이 있다는 소리다.

"잘 가, 알반 양."

쪽 소리와 함께 손 키스를 날리며 코코가 인사했고, 레사는 대꾸 없이 문을 열고 나왔다. 그녀는 고개를 들어서 하늘을 바라보았다.

좁은 지붕 틈 사이로 보이는 밤하늘에는 별이 반짝이고 있었다.

'저게 다 금화였으면 좋겠군.'

레사는 속물적인 생각을 하며 별을 바라보았다.

'금화 삼백 개…….'

만약 삼 일 후에도 자신이 살아 있다면, 지금 당장 급한 것은 바로 금화 삼백 개였다. 미나의 아카데미는 이제 곧 1학기의 마지막 날을 앞두고 있다. 2학기가 되기 전에 등록금을 마련해야

했고 금화 삼백이면…….

레사는 한숨을 내쉬며 관자놀이를 문질렀다.

'어떻게든 미나를 졸업시켜야 해.'

미나가 다니는 아카데미는, 서민은 꿈도 꾸지 못할 어마어마한 등록금을 내는 학교였다.

금화 삼백이면 괜찮은 직장을 가진 사람의 일 년 치 연봉에 해당하는 금액인데, 그게 1년도 아닌 1학기 등록금이다.

1년이면 금 육백 개.

물론 레사는 괜찮은 직장을 가지고 있지 않았다.

돈이 없어서 학교를 못 간다고 한다면, 미나는 웃으며 괜찮다고, 어차피 분수에 맞지 않는 학교였어, 라고 할 테지만 레사는 그걸 참을 수가 없었다.

심지어 1학기 시험 결과에서는 1학년 중 5위라는 놀라운 성과를 내기까지 했다.

'역시 노알을 없애 버릴 걸 그랬나.'

레사는 부질없는 생각을 다시금 하며 터덜터덜 걸음을 옮겼다. 사실 옛날처럼 가리지 않고 의뢰를 받아 더러운 일에까지 손을 대면, 어떻게든 그 정도의 금액을 마련할 수 있을 것이다. 하지만 정직한 일로 그 돈을 금방 버는 것은 힘들다.

'정 안 되면, 마수 사냥이라도 나가야지.'

레사는 그렇게 생각하며 자신의 집으로 느린 걸음을 옮겼다.

*　　*　　*

황궁.

수도에 산 지 오 년째지만 레사는 황궁의 성벽만 보았을 뿐, 한 번도 그 안으로 들어가 본 적이 없었다.

엄중한 성벽으로 출입할 수 있는 건, 사륜마차를 탄 귀족들뿐이었다. 그래서 레사는 반지를 가지고 있으면서도 긴가민가했다.

그러나 걱정할 필요는 없었다. 약간은 멋쩍음과 불안감을 느끼며 성문 경비병에게 인장을 내밀자, 일은 일사천리로 처리되었다. 인장의 위력은 대단해서 모든 황궁의 문은 그녀 같은 사람에게도 활짝 열렸고, 레사는 곧 황성 한가운데에 도착하게 되었다.

'진짜 눈 돌아가겠군.'

질릴 정도로 화려한 황궁 내부 모습에 레사는 기절할 것 같았다. 지나치게 높은 천장, 대리석을 깎아 만들어 반짝이는 벽과 바닥. 게다가 복도 전면이 전부 유리창이라는 건 반쯤 그녀를 기절하고 싶게 만들었다.

은과 금으로 된 촛대들과 장식품은 흔하게 걸려 있었고, 투명한 수정 샹들리에가 몇 개나 복도에 매달려 있었다. 게다가 시녀라고 하는 사람들도 지나치게 좋은 옷을 입고 있어서, 레사는 자신의 가장 번듯한 옷이 초라해지는 것을 느꼈다.

지금 앉아 있는 이 붉은 벨벳에 흑단목을 댄 의자도 푹신했지만, 심리적으로는 불편하기 짝이 없었다. 레사는 허리를 꼿꼿하게 세우고 최대한 엉덩이를 적게 걸치고 앉아, 대체 왜 이렇게 넓은지조차 알 수 없는 방 안에서 촉각을 곤두세웠다.

'둘, 셋, 사람이 많아. 아니 많은 건 당연하지만.'

너무 넓어 기척을 읽기가 불편했다. 삼 일 내내 여기서 호위를 해야 한다면 진이 빠질 것 같았다.

곧 가까운 방문에서 인기척이 들려 레사는 자리에서 일어났다. 서 있는 것이 훨씬 마음 편했다. 방 안으로 들어온 남자가 누군지 레사는 금방 알아챘다.

'어제 창고에서 본 남자로군.'

기척이나 걸음 소리가 같았다. 겉모습만 본다면 누군지 몰랐겠지만, 레사에게 시각은 판단의 한 부분일 뿐이었다.

"레사 알반."

그가 부르자 레사는 재빨리 무릎을 꿇었다. 귀족이든 황족이든, 우선 납작 엎드리고 보는 게 상책이었다.

"오늘부터 사흘간 그대에게 호위를 맡기겠네. 이쪽으로 오도록."

그가 손가락을 까닥하고 걷기 시작해, 레사는 자리에서 일어나 그의 뒤를 따랐다. 궁을 나와 정원을 지나니, 다시 거기에 궁이 있었다.

'하지만 작은 궁이야. 별궁인가?'

게다가 안의 기척도 매우 적었다. 남자는 거침없이 안으로 들어가 응접실로 향했고, 레사도 그 뒤를 따랐다. 놀랍게도 응접실에서 그를 맞아 주는 시종 없이, 남자는 직접 자신의 도착을 안쪽에 고했다.

"황자님, 던컨입니다."

"왔군."

짧은 대답과 함께 한 사람이 안쪽 방에서 모습을 드러냈다. 던컨이 허리를 숙이자마자 레사는 번개처럼 무릎을 꿇고 고개를 숙였다.

'이 사람이 황자인 건가.'

카펫을 밟는 발걸음 소리가 가까워졌고 레사는 곧 화려한 금장식이 달린 부츠를 눈앞에서 볼 수 있었다.

"이렇게 엎어져 있으면 어떻게 내 호위를 하지?"

놀리는 건지, 진심인 건지 알 수 없는 말이었다. 던컨이 레사에게 말했다.

"일어나라."

레사는 천천히 자리에서 일어났지만, 고개를 들지는 않았다.

"이렇게 작은데 호위라고?"

황자는 못 미덥다는 어조로 말했다. 던컨이 뭐라고 말하려는데 손을 들고 황자가 물었다.

"넌 말을 못 하나?"

"아뇨, 할 수 있습니다."

"다행이군. 호위를 해 본 적이 있나?"

"있습니다."

"사람을 죽여 본 적은?"

"있습니다."

"실력에 자신이 있나?"

"뒤쪽에서라면 세 손가락 안에는 듭니다."

그 말이 뻐기는 듯한 어조였다면, 황자는 당장에 비웃어 줬을 것이었다. 하지만 레사의 말투에는 감정도, 고저도 없었다. 단순한 사실을 말하는 듯한 어투.

"고개 들어."

레사는 천천히 고개를 들었다.

'이런.'

상당히 키가 컸다.

'백팔십 정도 되려나? 내가 방패막이를 하기에는 불리하겠군.'

레사의 키가 크다고 하지만 백칠십사 센티미터 정도였고, 무엇보다도 여자인 만큼 그녀는 호리호리했다. 눈앞의 남자를 감싼다고 해도, 빈틈이 상당히 나와 버린다.

'그렇게 되지 않기를 바라야지.'

방패가 되는 것은 최후의 수단이 되길.

그러고 나서야 레사는 황자의 얼굴을 제대로 보았다.

'오……..'

금발에 짙은 에메랄드빛 눈동자.

여자애들이 좋아할 법한, 동화에 나오는 왕자처럼 잘생긴 얼굴이었다. 어딘지 나른한 듯한 표정까지 합쳐져 묘하게 색기가 돈다고 해야 할까? 그렇지만 동시에 먼 북쪽의 기사처럼 절제된 미가 있는 얼굴이었다.

'미나가 좋아하겠군.'

황자를 만났는데 심지어 잘생겼다고 이야기해 주면 좋아하겠지. 하지만 그런 생각과 달리 레사는 완전히 무감정한 표정을 하고 있었고, 실제로 그녀의 마음속에도 큰 동요가 없었다. 동요가 있다고 해도 그걸 놀랍도록 태연하게 누르겠지만 말이다.

"빨간 눈이라니, 희귀하군."

"저도 저 외에는 본 적이 없습니다."

"서쪽에는 의외로 있다지."

"그렇다고도 하더군요."

"꼬박꼬박 대꾸하는군."

"……."

"아니, 해도 돼."

"감사합니다. 황궁의 예의는 전혀 모르는 천것이라."

"어차피 고작 삼 일이니 상관없어."

황자가 그렇게 말하고 던컨을 향해 손짓했다.

"그만 물러가 봐라. 수고했다."

"황공합니다."

던컨은 허리를 숙인 채로 물러났다. 레사는 힐끗 그가 나가는 것을 보고 다시 황자를 바라보았다. 황자는 자신을 정면으로 바라보는 이는 오랜만에 보는지라 레사의 빨간 눈을 저도 모르게 응시했다.

'루비 같군.'

그것도 최고급의 피존 블러드(pigeon 's blood).

무엇보다 진짜 보석처럼 그 눈동자엔 아무런 감정이 읽히지 않는 것이 마음에 들었다. 게다가 예상과는 전혀 다른 단정한 얼굴이다. 뒷골목 협잡배를 데려오는 것이니만큼, 꽤 험악한 인상의 사람이 올 거라고 생각했는데, 이쯤 되면 남색가들이 눈에 불을 켤 만한 미청년이다.

"아깝군."

"네?"

"그냥."

적당히 대답한 황자는 응접실을 지나 방으로 향했고, 레사는 그 뒤를 따랐다. 들어선 방은 서재나 집무실인 듯, 한쪽 벽이 책장으로 차 있었고, 값비싸 보이는 커다란 책상이 놓여 있었다. 레사는 발목까지 빠져 드는 듯한 푹신한 카펫의 감각이 어색했다.

'걸을 때 많이 주의하지 않아도 소리가 없겠네.'

부츠 굽으로 가볍게 카펫을 치듯이 눌러 보았지만, 역시 소리는 거의 나지 않았다. 황자는 책상에 가서 앉았다. 한쪽엔 이런저런 문서들이 쌓여 있었다. 그는 말없이 문건들을 펼쳐 보며 처리하기 시작했고, 레사는 그 뒤에 섰다.

'큰일이다.'

서 있은 지 삼십 분도 지나지 않았는데 하품이 나오는 것을 레사는 꾹 눌러 참았다.

'왜 호위가 필요한 거지? 하루 종일 방 안에만 있을 거면?'

레사는 힐끗 황자의 어깨너머로 서류를 바라보았다. 하지만 레사는 문맹이었기에, 서류의 글씨들은 전혀 읽을 수 없었다.

'이게 금화 칠백짜리 일이라니.'

그것도 단 삼 일간 일하면서.

역시 수상하다. 지금까지야 별일 없지만, 앞으로도 그럴까?

여러 가지 생각을 하며, 레사는 볼 안을 깨물어 지루함과 졸음에 맞서 싸웠다. 여러 시간 동안 아무것도 하지 않고 서 있는 것은 생각보다 훨씬 힘든 일이었다.

정오가 좀 더 지났을까?

달칵―

황자가 자리에서 일어났다. 그가 집무실 한쪽에 놓인 다기 쪽으로 걸어가더니 물었다.

"차 탈 줄 알아?"

"네."

"그럼 타."

"맛은 보장하지 못합니다만."

"상관없어."

레사는 그런 건 하녀를 시키는 게 낫지 않을까요? 하고 대꾸하고 싶은 것을 누르고, 다기 앞에 섰다. 황자는 뒤에서 그걸 지켜보며 소파에 앉았다. 레사는 잠시 다기구들을 눈으로 쭉 훑었다. 한눈에도 비싸 보이는 다기구들이었다.

'이게 도자기라는 거군.'

성냥으로 작은 버너에 불을 붙여 물을 끓이고 적당히 찻잎을 넣고 적당히 우리는데, 자신의 실력과 다기구의 갭 때문에 레사는 이상하게 양심이 찔렸다. 아까 도자기로 된 차통을 조심스럽게 열었을 때 확 풍겨 오던 차향은, 레사 같은 문외한이 맡기에도 비싼 차같이 느껴졌다.

'이런 건 좀 더 격에 맞는 사람이 제대로 다뤄 줘야 할 것 같은데.'

하여간 완성된 차를 따라 찻잔째로 황자에게 내놓으니, 그는 눈을 찌푸렸다가 한 모금 마시고 바로 잔에 뱉어 냈다.

"이게 뭐야?"

"차입니다."

"어떻게 이렇게 끓이지?"

"맛을 보장하지 못한다고 말씀드렸습니다만."

"그렇다고 해도 그 찻잎을 가지고 이런 맛이라니."

버려, 하고 황자가 레사에게 잔을 돌려주었고 레사는 충실하게 창문을 열어 찻물을 버리고 다시 제자리에 다기를 돌려놓았다. 그 모습을 바라보던 황자가 말했다.

"차를 마셔본 적이 없어?"

"없는 건 아닙니다만, 직접 끓여 본 적은 거의 없습니다."

"그럼 누가 끓여 주는데?"

"선술집의 점원이나, 아니면 다른 사람이 끓여 줍니다."

"그 사람들도 저런 쓰레기 같은 차를 마시나?"

레사는 그 말에 황자의 녹색 눈을 바라보았다. 에메랄드빛 눈이 가늘어져 레사의 반응을 살피듯 웃고 있었다. 레사는 잠시 생각에 잠겼다가 대답했다.

"아까 그 차를 제가 안 마셔 봐서, 맛을 알 수가 없으니 비교할 수가 없군요."

"버리지 말고 다 마시라고 할 걸 그랬군."

"그랬다면 비교가 가능했겠군요."

고개를 끄덕이며 대답하는 레사를 보고 황자는 하, 하고 웃음인지 한숨인지 모를 것을 짧게 내뱉었다. 그가 소파에 반쯤 기대듯 앉아 레사에게 말했다.

"예상과는 다른데?"

"뭐가 말입니까?"

"신분이 낮은 자는 좀 더 비굴하다고 생각했는데."

"권력 앞에서야 다 비슷하겠지요."

"넌 안 그러잖아."

"건방지게 굴고 있는 것이라면 사과드리겠습니다."

"그러니까 그런 점이."

황자는 재미있다는 듯이 웃더니 웃음을 지우고 레사를 보았다.

"삼 일간 내 호위를 하는 동안 주의 점을 하나 말해 줄까."

"기꺼이 듣겠습니다."

레사는 드디어 이 호위의 비밀이 밝혀지는 건가, 하고 귀를 기울였다. 황자가 웃음기 없는 얼굴로 짧게 말했다.

"내게 반하지 마."

"……."

레사는 순간 자신이 잘못 들었나? 했다.

지금 자기에게 반하지 말라고 한 것이 맞는 건가?

제정신으로 하는 말인가?

확실히 잘생기기는 했다. 신분 또한 황자이니, 감히 함부로 대할 수 없는 존재이기도 하다. 그보다 높은 사람은 황제 한 명뿐이니까. 하지만 그렇다고 저 말을 실제로 내뱉고 다닌다면 제정신이 아닐 확률이 높다.

'그걸 또 꽤 진심으로 말하고 있단 말이지.'

정말로 모든 사람이 자신에게 반하는 게 당연하다는 듯이.

심지어 자신은 남자라고 알려져 있는데도.

그래서 레사도 힘주어 진지하게 대답했다.

"반하지 않을 겁니다."

"그러면 좋겠군."

"아니, 반하지 않습니다."

"그런 다짐으로 되는 문제라면 좋았겠지."

그의 입가에 냉소가 걸렸다. 그건 여자들이 본다면 제법 마음이 설렐 만한 차가운 미소였지만, 레사는 약간의 짜증을 느꼈다.

"반하지 않으니 걱정하지 않으셔도 괜찮습니다."

그러나 그는 대꾸하지 않았다. 오히려 그런 대답 같은 것은 진력이 났다는 듯 손을 저었다. 그래서 레사 역시 더 이상 입을 열지 않고 단지 고개를 숙여 보였을 뿐이었다. 황자는 잠시 침묵하며 소파의 팔걸이를 툭툭 두드렸다.

'반지?'

레사의 눈에 그가 끼고 있는 반지가 들어왔다. 화려한 반지였다면 시선을 끌지 않았을 것이다. 오히려 너무 단순해서 시선을 끌었다. 조각도, 장식도 없는 단순한 은반지였다. 그가 끼고 있는 반지보다 지금 그가 팔을 올린 팔걸이 쪽이 더 화려할 정도였다.

그리고 눈앞의 황자가 그런 반지를 할 만한 신분이냐? 하면 아니었다. 레사가 봤던 귀족 중에서 저렇게 아무런 세공 없는 은반지를 하고 있던 사람은 아무도 없었다.

'그렇다면.'

저건 그냥 은반지가 아니라는 얘기.

'마법 도구, 일까?'

충분히 가능성 있는 이야기였다.

마법이라는 것이 완전히 사라진 지금, 남아 있는 마법 무구들은 전부 고대 유적에서 발굴해낸 것이다. 그 무구들은 상상을 초월하는 마법적인 힘을 발휘한다고 알려져 있었고, 그 가격 역시 상상을 초월한다고 했다. 그래서 고대 유물 발굴 업자나, 아니면 유적 사냥꾼 같은 사람들이 한탕을 노리고 유물이나 유적을 찾아다니고는 했다.

양쪽 다 종사자들의 질이 썩 좋지 않았기에 일반인들은 대체로 피하는 직업이었다.

레사도 마법 무구에 대한 것은 소문만 들어 봤을 뿐이라 확신할 수는 없었다.

'아니면 그냥 은반지를 좋아하는 걸 수도 있지.'

신경이 쓰이지만 딱히 자신과 관련 있는 것은 아니니 판단을 보류하고, 레사는 시선을 들어 황자를 바라보았다.

'그리고 또 이상한 점이 있어.'

보통 황자는 시종을 옆에 줄줄이 대기시켜야 하는 거 아닌가? 아까 그 차도, 시녀를 시켰으면 됐을 것이다. 하지만 이 저택에 느껴지는 인기척은 비정상적으로 적었다. 게다가 자신 이외의 기사나 병사도 보이지 않았다. 아니, 있기는 하지만 밖에서 경비를 서는 것일 뿐, 저택 내부는 텅 비워 두고 있는 것과 마찬가지였다.

'황자의 호위가 이렇게 허술해도 되는 걸까.'

이쯤 되면 그야말로 나 잡아 잡수슈 하는 수준의…….

레사는 깨달았다.

'덫이군.'

아예 대놓고, 와서 공격해 보라고 말하는 듯한 덫. 게다가 미끼는 황자 자신이니 최상의 조건이다. 자신의 목숨을 두고 덫을 만들었다고 생각하면 대범하기 짝이 없는 일이었다.

'그러면 나를 고용한 이유는……'

최소한의 눈 가리고 아웅이라고 해도, 호위를 고용하는 것이 필요했을 터.

'죽어도 잡음이 나지 않는 상대를 고른 거군. 내가 소란을 떨면 그사이에 병사들이 들어와 암살자를 잡는 건가.'

그럴듯한 추측이었다. 하지만 레사는 여전히 가능성만 열어 두고 판단은 보류했다. 어떤 일이든 '이럴 거야!' 하고 특정 지어 선택지를 좁혀 버리면, 그 상황이 아닌 상황에 부딪혔을 때 판단이 어려워지고 혼란에 빠지게 된다. 느린 판단은 죽음을 부르기 마련이고.

'하지만 이 추측이 맞다면 어차피 죽을 거라고 생각한 상대에게 '내게 반하지 마라.'라고 말한 셈이잖아.'

레사는 어떤 사람에 대해서 특정하게 호불호를 가르는 일이 거의 없었다. 특히 싫다고 판단하는 일은 드물었다. 그녀가 좋아하는 사람은 지극히 적어서 소중했고, 그녀가 싫어하는 사람 역시 지극히 적었다. 노알조차도 레사가 싫어하는 사람은 아니었다.

'하지만 역시 저 말은 좀 그렇군.'

레사는 황자에 대한 판단을 불호 쪽으로 아주 약간 밀어 두었다.

'어차피 삼 일 후면 보지 않을 상대니까.'

여기서 죽어 줄 생각은 없었다.

물론 이게 덫이 아니고 다른 사정이나 상황이 되어 황자가 직접 자신에 대한 주살령을 내린다면 위험도가 더 증가하겠지만, 그래도 죽어 줄 생각은 없다.

그런 생각을 하는데 문밖에 기척이 났다. 레사는 황자의 앞을 가로막으며 섰다.

똑똑—

"황자님, 식사를 가져왔습니다."

"들어와."

소리 없이 문이 열리고 시녀가 바퀴 달린 트레이를 밀고 들어왔다.

"놓고 나가라."

"네."

황자의 말에 시녀는 공손히 대답하고 물러났다. 단 한 번도 고개를 들지 않았지만 물 흐르듯 움직이는 것을 보며, 레사는 어떤 종류의 훈련이든 익숙해지면 다들 고수가 되는군, 이라는 짧은 생각을 했다.

시녀가 트레이를 밀고 들어온 순간부터 나는 맛있는 냄새에 레사의 위장이 요동쳤다. 그러고 보니 아침에 일찍 나오느라 토스트 한 조각을 먹은 것 외에 지금까지 아무것도 입에 넣지 않았다.

황자가 자리에서 일어나 트레이의 음식을 한쪽에 놓인 대리석 테이블 위에 늘어놓기 시작했다.

레사는 자신이 도와야 하는 건지, 아니면 이렇게 서 있어야 하는 건지, 어느 쪽을 선택해야 할지 알 수가 없었고, 그사이 황자는 음식을 다 차렸다.

"먹지."

"네?"

"같이 먹자고."

"기미를 원하시는 거라면……."

"아니, 앉으라고."

손가락으로 맞은편의 의자를 가리키며 황자가 말했다. 레사는 말없이 잠시 서 있다가 자리에 착석했다.

"그럼 감사히."

심지어 황자는 직접 음식을 덜어 레사에게 건네주었다. 레사는 접시를 받아 들며 "잘 먹겠습니다." 하고 대답했고, 황자는 다시 재미있다는 얼굴을 했다.

보통 자신이 착석을 권한다면 절대로 앉지 않을 것이다. 강권하면 앉겠지만 그래도 안절부절못할 테고, 접시를 건네는 순간 반역죄라도 저지른 듯 희게 질리겠지. 그런 후 연신 송구와 황송을 외치며 대리석 식탁에 이마를 찧지 않을까 걱정해야 했을 것이다.

하지만 눈앞의 남자는 담백하다.

'무지에서 오는 담백이겠지만.'

그래도 보통의 평민이 이렇게 행동하지 않을 거라는 것은, 평민을 몇 번 보지 않은 황자도 알 수 있는 것이었다.

"역시 아깝네."

마음에 드는 상대건만.

그는 그렇게 생각하며 식사를 시작했다. 사람이 아무도 없는 이 별궁은 확실히 마음이 놓이고 편했다. 어찌 보면 위기 상황인데도, 마음이 편하다니.

'계속 이런 식이면 좋겠지만.'

이렇게나 별궁을 텅 비게 만들어 두고 묵는 것도 삼 일간일 뿐. 그리고 나면 다시 원래 묵는 동쪽 궁으로 돌아가야 할 것이다.

'이상하군.'

황자는 눈앞의 남자를 힐끗 보았다.

'그러고 보니 이름도 안 들었네.'

"너."

황자가 부르자 레사는 시선을 들었다.

"이름이 뭐지?"

"레사 알반입니다."

레사는 적당히 대꾸했다. 테레사 알반이라고 풀네임을 대는 것은 '전 여자입니다.'라고 말하는 거였으니 그럴 수밖에 없었다.

일단, 다들 자신을 남자로 알고 있으니 말이다.

황족 기만죄 같은 걸로 잡혀 죽고 싶은 생각은 추호도 없었다.

"그럼 레사라고 부르면 되나?"

"편한 대로 불러 주십시오."

"그럼 좋아, 레사."

"네."

"그럭저럭 네가 마음에 들었으니, 질문을 받아 주지. 묻고 싶은 게 있나?"

황자는 관대한 마음으로 물었다. 어차피 삼 일 안에 죽을 운명이다.

나름대로 마음에 든 상대니 작은 호의를 베풀고 싶었다. 레사는 그 말에 포크를 내려놓고 물었다.

"왜 이렇게 궁에 사람이 없는 겁니까?"

"다 내게 반하니까."

"……."

진지하게 물은 내가 잘못인가.

"그러니까, 사람들이 다 황자님에게 반하기 때문에, 사람을 물리신 거란 말씀입니까?"

"그래."

레사는 황자의 얼굴을 살폈고, 그가 진심이라는 것을 눈치챘다.

"알겠습니다. 한 가지 더 질문해도 됩니까?"

"그래."

"왜 저를 호위로 삼으신 겁니까?"

"예전의 호위가 내게 반해서 날 덮치려고 했지. 그게 벌써 세 번째라, 내 호위를 자처하는 기사를 구하는 게 힘들어서."

"그렇군요."

레사는 태연하게 대답하고 고개를 끄덕였다.

황자는 진심으로 말하는 거고, 저게 사실이라고 믿고 있다. 그렇다면 자신이 거기에 태클을 걸어서 좋을 게 하나도 없다.

높은 사람이 믿고 있는 신념에 대해서는 그저 오냐오냐하는 것이 상책.

'음식은 맛있군.'

토마토소스에 졸인 미트볼을 입 안에 넣으며 레사는 생각했다. 미트볼인데도 육즙이 흘러넘친다. 소금 간과 소스의 절묘한 조화는 감탄사가 저절로 나올 정도였다.

'미나도 먹게 해 주고 싶지만 무리겠지.'

황실 요리사에게 요리를 얻어 갈 수는 없으니까.

황자는 레사가 '아, 그렇습니까?' 정도로 대답하고 열심히 식사를 하는 것을 바라보았다. 귀족처럼 식기를 다루는 것은 아니지만, 그렇다고 꾸역꾸역 먹는 것도 아니다. 일정한 속도로 담담하게 계속 미트볼을 입 안으로 집어넣고 있을 뿐이었다.

황자는 뭔가 말하려다가 그냥 입을 다물고 그 역시 식사를 계속했다. 레사는 힐끗 그가 식사하는 것을 보며 비슷하게 포크를 고쳐 잡았다.

황자는 그야말로 섬세하게 포크와 나이프를 다루고 있었다. 먹는 것도 깔끔 그 자체.

'굉장한데.'

남이 식사하는 모습을 보면서 우아하다고 생각한 것은 처음이라 레사는 순수하게 감탄했다. 그러며 슬쩍 그의 식사 방식을 따라 하기 시작했다. 생각보다도 더 어려웠지만.

"잘 먹었습니다."

인사를 하고 레사가 먼저 일어났다.

"빠르군."

"보통입니다."

짤막하게 대답하며 레사는 그의 먹는 방식에서 한 가지 약점을 발견했다.

'우아하게 먹는 건 좋은데, 느리군. 아니면 느리게 먹으니 우아하게 먹을 수 있는 건가?'

레사가 일어나자 황자는 얼마 더 먹지 않고 식사를 끝냈고, 레사는 그것을 트레이로 옮겨 방 밖으로 내놓았다. 돌아왔을 때 황자는 다시 책상에 앉아 일을 하고 있었다. 그녀는 옆에 서서 다시 지루한 호위를 시작했다.

툭툭—

황자는 문서를 손마디로 두들겼다. 외숙부인 공작을 통해서 요청된, 백작의 상소문이다.

'이제 농번기가 시작되는데 다리 건설이라니.'

그의 얼굴에 비소가 서렸다.

'세금을 빼돌리려는 게 눈에 보이는군. 외숙부님께서는 얼마나 받아먹으셨으려나.'

이런 눈에 보이는 뻔한 요청을 당당히 하는 것도 자신을 상당히 쉽게 보았기 때문이겠지.

황자는 그 상소를 일단 보류 쪽으로 밀었다. 이건 면대면으로 이야기하는 것이 나을 것이다. 거절하지 못하는 것은 어머니가 돌아가신 지금, 그의 유일한 혈육이 클리프랜드 공작뿐이라는 것이었다. 그가 어떤 인간이든 간에 그가 가지고 있는 세력 역시 필요했다.

그런 식으로 하나하나 서류를 처리해 가니 어느새 저녁이었다.

황자는 고개를 돌려 뒤를 보았다. 레사가 책장에 기대어 팔짱을 끼고 눈을 감고 있는 모습이 보였다.

'자는 건가?'

눈을 찌푸리는데 그의 생각을 들은 것처럼 레사가 눈을 떴다.

"끝나셨습니까?"

"일단락."

"그렇군요."

"슬슬 저녁 식사할 때니까."

레사가 책장에서 몸을 떼, 바로 서며 말했다.

"온 것 같습니다."

뭐가? 하고 묻기 전에 노크 소리가 먼저 났다. 황자는 방문을 보았다가 레사를 돌아보았다.

"어떻게 알았지?"

"소소한 재주랍니다. 문을 열까요?"

"그래."

레사가 다가가 문을 여니 아까와는 다른 시녀가 트레이를 밀고 들어왔다. 호위인 레사로서는 마땅찮은 일이었다.

사람이 바뀌지 않는 편이, 호위하기는 더 쉬우니까.

'하긴 삼 일 동안이니, 내가 뭐라고 할 필요는 없겠지.'

저녁 식사를 끝내고 나서 황자는 검을 들고 뒤쪽 테라스로 나가 검술 연습을 시작했다. 레사는 난간에 기대어 그 모습을 바라보았다.

'상당한데.'

검술만이라면 자신이 질지도 모르겠다고 생각하며, 레사는 황자에 대한 평가를 상향 조정했다. 열등감도 우월감도 없이 상대의 실력을 파악하는 것이 레사의 장점이었다. 어차피 검술은 그녀의 전문 분야도 아니다. 밤의 정원에서 불어오는 바람이 머리카락을 간지럽혔다.

레사는 머리를 쓸어 올리며 숲을 바라보았다.

'조용하네.'

층간 소음에 익숙하게 살아온 레사에게 이 적막은 새삼스러웠다.

'5년 전 같은데.'

문득 떠오른 과거에 레사는 목을 좌우로 가볍게 꺾으며 생각을 털어 버렸다.

황자는 거친 숨을 고르려고 노력하며 검을 늘어트렸다. 그가 힐끗 시선을 돌려 레사를 바라보았다. 옆구리에 검을 차고 있는 게 보이기는 하지만, 상대를 부탁할 마음은 없다.

마주친 붉은 눈동자는 여전히 무심했다.

그게 마음에 들어 황자는 픽 웃었다.

예의를 갖추는 것처럼 굴면서도 묘하게 제멋대로인 점도, 그것에 대해서 자각이 없다는 것도 마음에 든다. 하지만 역시 가장 마음에 드는 것은 자신에게 아직까지는 호감이 없다는 것.

황자는 다시 검을 들었다.

레사는 마치 기사의 길 초입에라도 들어선 것처럼, 지쳐 쓰러질 때까지 검을 휘두르겠다는 양 땀을 뚝뚝 흘리며 검술을 연마하는 황자를 바라보았다.

저녁을 소화시키다 못해 야식을 먹어야 할 것 같은 운동량이었다. 거의 세 시간 동안 검을 휘둘렀으니 상당히 지쳤을 터였다.

황자는 검을 던지듯 테라스 바닥에 떨구고 어깨로 숨을 몰아쉬며 한참을 테라스 난간에 기대어 있었다. 레사가 물었다.

"시종에게 목욕물을 준비하라고 할까요?"

"내가 하지."

땀에 젖은 금발을 넘기며 말하고 황자는 안으로 들어갔다. 레사는 그 뒤를 따랐다. 줄을 잡아당기자 5분 후쯤 시종이 문밖에서 문을 두들기고 물었다.

"부르셨습니까?"

"목욕물을 준비해."

"알겠습니다."

황자는 입고 있던 망토의 연결 끈을 잡아당겨 풀었다. 떨어진 망토를 소파에 던지고, 안에 입은 조끼도 벗어 던졌다.

"물."

짧게 말하며 그가 의자에 앉았다.

'물?'

잠시 방황하던 레사의 시선이 차탁 위에 닿았다. 그녀는 주전자 가득 담겨 있는 물을 따라 그에게 건넸다. 그는 금세 잔을 비웠다. 황자는 비어 있는 잔을 내밀었고, 레사는 다시 컵을 채워주었다. 그가 다시 빈 잔을 내밀어 레사가 물을 부으려 하자,

"아니."

하고 황자가 짧게 말했다. 레사는 '아' 하고 잔을 받아서 치웠다.

'다 마셨다고 하면 서로 편하잖아?'

하지만 저렇게 상대에게 독심술을 요구하는 양 굴 수 있다는 것도 신분이 높다는 뜻이겠지.

곧 시종이 다시 돌아와 말했다.

"준비가 끝났습니다, 황자님."

"가지."

"네."

레사는 시종이 물러가는 것을 느낄 수 있었다. 집무실에서 나와 다시 응접실로, 응접실에서 다른 방으로 이어지는 문을 열자 레사는 이곳이 침실이라는 걸 알았다. 그리고 침실 안쪽의 욕실에 목욕물이 준비되어 있었다. 레사는 아무런 기척이나 장치가 없는 것을 확인한 후 물러났다.

'그러고 보니 옷을 벗는 것도, 목욕도, 시중을 받지 않네.'

자신의 손으로 스스로 하는 귀족은 처음 보았다. 아니면 황족은 좀 다른 걸까?

아니면 또,

'자신에게 반할까 봐 자중하는 건가?'

이쯤 되면 단순한 신념이 아니라 편집증에 가까워 보였다.

'하지만 이상하기는 하지.'

나르시스트, 그러니까 자신이 아름답고 훌륭해서 사람들이 자신에게 반한다고 생각하는 쪽은 사실 정말로 사람들이 자신에게 반하지 않는 걸 좋아하지 않는다.

원하지도 않는데 사람들이 어쩔 수 없이 반하는 나, 여기에 도취되어 있는 것이니까.

'하지만 지금까지의 행동을 보면.'

정말로 자신에게 반하는 것을 싫어하는 것으로 보인다. 아니 시중이고 뭐고 다 포기할 정도면 단순히 싫은 것을 넘어서는 감정이다.

'설마 사실인가?'

사람들이 자신에게 반한다는 것이?

'아니면.'

단지 다른 사실을 감추기 위한 것일 뿐일까?

이곳이 덫이기 때문에, 시종도, 병사도 최소한도로 했을 뿐. 삼 일간의 불편을 감수하고자 했다든가?

'그렇다면 물을 뜨게 한 시종에게 목욕 수발 정도는 들게 했겠지.'

정말로 '나에게 반하지 마'라는 말이 진심이란 말인가?

레사는 한숨을 내쉬었다.

'쓸데없는 생각은 하지 말자. 내 임무는 호위니까.'

황자를 삼 일간 무사히 지켜 내는 것만이 자신의 소임이다. 쓸데없는 황족에 대한 정보를 알아봐야 신상에 이로울 것은 아무것도 없었다.

잠시 후 목욕을 끝낸 황자가 가운을 걸치고 침실로 나왔다. 어딘지 피곤해 보이는 얼굴이었지만, 그 기색은 곧 사라졌다.

젖은 금색 머리카락에서 물이 뚝뚝 떨어진다. 수건으로 대충 자신의 머리를 문지르는 것을 레사는 관찰했다.

확실히 잘생기기는 했다.

레사가 본 사람 중에서 가장 잘생긴 사람이다.

'하지만 반한다는 건 다른 문제 아닌가.'

냉정하게 자신의 마음속을 점검해 보지만, '반한다'의 'ㅂ' 자조차, 아니 점 하나조차 찍혀 있지 않았다.

"왜? 반했어?"

놀리는 것도 아니고, 화내는 것도 아닌 어투로 황자가 물어와 레사는 정중하게 대답했다.

"반하지 않았습니다."

"그렇군."

"주무실 겁니까?"

"그래."

"그럼 저는 어디에 있는 게 좋을까요?"

"편한 대로 해. 하지만 침실 안은 수면 향을 피울 예정인데."

황자가 침대 옆에 있는 커다란 향로를 가리켰다. 레사는 향로로 다가가 향을 맡았다. 상당히 복합적인 향이었지만 레사에게 익숙한 향이었다.

"이거라면 저에게는 통하지 않습니다."

"그래? 만만하게 보지 않는 편이 좋을걸. 약해 보여도 강하니까."

"네, 압니다. 하지만 저는 면역력이 있습니다."

그보다 이렇게나 강한 향을 쓴다는 것 자체가 좋지 않았다. 이 정도라면 얼마 지나지 않아 자신만큼이나 내성이 생겨 버릴 것이다.

"면역력이라, 안 그래도 조만간 나도 그렇게 될 것 같군."

황자가 픽 웃으며 레사의 옆으로 다가가 향로에 불을 붙였다.

"여자를 안는 쪽이 내성이 생기지 않아서 좋지만, 그건 너무 정신적으로 지쳐서."

레사는 의아해졌다.

보통 스트레스가 풀리는 쪽 아닌가?

아니면 육체적으로 피곤하다든가?

하지만 의문을 접고 레사는 고개를 숙여 보였다.

"그럼 저는 밖에서 대기하겠습니다. 무슨 일이 있으시면 불러 주십시오."

"그래."

황자가 침대에 앉으며 나가라는 손짓을 해서 레사는 침실 밖으로 물러났다. 침실에는 창문이 없었다. 입구는 오로지 방문 하나뿐이었다.

레사는 방문에 기대어 눈을 감았다. 반쯤 자면서도 레사는 항상 기적을 감지하고 있었다. 마치 새끼를 옆에 둔 야생동물 같은 예민함이었다. 별궁은 조용했고 응접실에 있는 커다란 괘종시계에서 나는 뚝딱이는 소리가 가장 큰 소리였다.

레사는 지나치게 신경을 곤두세우지 않았다. 그런 걸 해 봤자 신경만 갉아 먹힐 뿐이다. 초조함과 불안함은 판단력에 마이너스를 준다.

그녀는 그냥 한쪽의 기감을 열고 느긋하게 휴식을 취했다.

그 판단은 옳아서, 첫날 밤은 무사히 넘어갔다. 레사는 아침에 황자의 기척이 돌아온 것을 느끼고 문을 두들길까 하다가 말았다.

잠시 후 문이 열리며 황자가 얼굴을 드러냈다. 잠을 잤음에도 불구하고 피곤함이 덜 풀린 얼굴이었다.

"좋은 아침입니다."

레사가 방문에 기대고 있던 몸을 바로 세우며 인사하자, 황자는 "그래." 하고 대답하며 하품을 했다.

이틀째 역시, 별다른 일이 없었다. 레사는 '이대로 삼 일이 지나가려나?' 하는 희망적인 관측을 했지만, 그 관측은 삼 일째 밤에 깨어졌다.

이제는 익숙해진 괘종시계의 소리를 반쯤 잠든 귀로 들으며 레사는 응접실의 푹신한 소파에 고양이처럼 몸을 웅크리고 있었다.

둘째 날 "소파에서 밤새 휴식을 취해도 될까요?"라는 질문을 던져 "그러든가." 하는 대답을 받아냈던 것이었다. 그리고 놀랍게도—새삼스럽지만— 소파는 자신의 침대보다 더 질이 좋았다. 물론 그렇다고 해서 푹 잠드는 일은 없었지만 말이다.

똑딱거리는 괘종시계가 새벽 3시를 조금 넘겼을 때, 레사는 눈을 떴다.

'하필 마지막 날 손님이라.'

운이 좋은 건지, 나쁜 건지.

그녀는 스르륵 몸을 일으키며 허리의 검을 뽑아 들었다. 스르렁 하는 서늘한 소리가 고요 속에서 지나치게 크게 들렸다. 레사는 입을 열어, 바로 곁에 있는 연인에게 속삭이듯 작고 부드럽게 말했다.

"나오시죠."

동시에 그녀가 있던 자리에 비수 세 개가 연달아 박혔다. 레사는 카펫을 박차며 앞으로 뛰쳐나갔다.

'둘.'

게다가 상당한 실력자들이다. 이 정도면 아마, 뒤쪽에서도 상당히 명성이 있는 축이겠지.

'하지만 잘못 걸렸어.'

레사는 희미하게 웃었다. 이런 국면에서 웃는 것은, 자신이 어딘가 잘못되어 있다는 것의 증거일지도 모른다. 그렇다고 해도 가슴속 차오르는 강자와 싸우는 것에 대한 즐거움을 부정할 생각도 없었다.

레사의 생각보다도 훨씬 빠른 반응에 상대는 당혹했으나, 바로 침착함을 되찾았다. 하지만 레사가 한발 더 빨랐다. 그녀가 팔찌에서 잡아 뺀 와이어가 먼저 상대의 발목을 감아 잡아당겼다. 휙 하고 균형을 잃는 그의 턱을 레사는 무게를 실어 적확하게 걷어찼다. 우두둑하며 뼈가 부서지는 소리가 났다.

쿵!

상당히 묵직한 소리와 함께 상대가 바닥에 쓰러졌지만, 신음 소리 하나 내지 않았다.

챙!

레사는 자신의 팔뚝으로 다른 상대의 검을 퉁겨 내며 와이어를 도로 휘리릭 감았다. 찢어진 셔츠 아래로 그녀가 차고 있는 브레이슬릿이 보였다. 그리고 반대쪽 손에 든 검으로 레사는 상대를 찌르려고 했으나, 간발의 차로 그는 레사의 검을 피했다. 하지만 레사의 다리는 피하지 못했다.

휙 하고 그녀가 주저앉듯 상체를 낮추며 그의 발목을 걷어찼다. 그녀의 부츠 끝에서 나온 칼날이 퍽 하고 상대의 부츠를 뚫고 들어가 박혔다. 그러고 나서 레사는 퉁기듯 몸을 일으켜 그에게서 떨어졌다.

"—!"

상대는 통증과 동시에 당혹감을 느꼈다. 이건 기사의 싸움 방식이 아니다. 일반적인 호위기사를 상대로 상정하고 있었던 것이 이 두 사람의 패착이었다.

레사 역시 상대방의 경악을 눈치챘다. 그녀의 붉은 눈이 약한 호선을 그리며 웃었다.

"설마 너—!"

아킬레스건을 정확하게 끊는 그 통증에도 소리 하나 내지 않았던 남자의 입에서 경악의 소리가 자신도 모르게 흘러나왔다. 하지만 그 소리가 끝나기 전에 남자는 피를 토하며 쓰러져 몇 번 몸을 경련하다가 잠잠해졌다.

그녀의 부츠 속 칼날에는 독이 묻어 있었던 것이다. 그의 사망을 확인하고 나서 레사는 턱이 완전히 부서져 피를 흘리며 기절해 있는 남자에게 다가가 검을 휘둘러 숨통을 완전히 끊었다. 그러고 나서 응접실 창문을 열어 피비린내가 빠져나가게 만들며 레사는 기척을 살폈다. 더 이상의 적은 없어 보여 그녀는 침실로 들어갔다.

침대는 텅 비어 있었다. 독한 수면 향을 들이켜며 레사는 당황하지 않고 눈으로 벽을 살폈다.

황자의 기척이 일정한 시간만 되면 사라지는 건, 익히 알고 있는 일이었다. 그녀는 곧 희미한 공기의 흐름을 발견할 수 있었다.

황자는 비밀 통로를 빠져나왔다.

'조금 어지럽나······?'

수면 향 때문인가, 하고 그는 잠시 벽에 기대어 숨을 들이마셨다. 그때 발걸음 소리가 들려 그는 검을 뽑으며 돌아섰다. 이어 상대방을 보고 황자는 입을 살짝 벌리며 되물었다.

"······레사?"

레사가 고개를 숙여 보이며 말했다.

"암살자는 전부 죽었습니다. 그러니, 이제 편하게 주무셔도 됩니다. 황자님."

"죽어?"

"네."

"두 사람이었나?"

"네."

"목에 문신이 있고?"

"그건 확인해 보지 못했군요."

태연하게 대답하는 레사를 황자는 한참 동안 바라보았다. 그리고 곧 그가 웃음을 터트렸다.

"아하하하하하!"

진심으로 즐거워하는 듯한, 동시에 피비린내가 물씬 나는 웃음이었다.

"그래? 둘 다 죽었단 말이지? 레사 알반. 그 둘이 누군지 알아?"

"모릅니다."

알 바 아니고 알고 싶지도 않았다.

하지만 황자는 꼭 이야기를 해야겠다는 듯 말했다.

"검은뱀 형제야. 목에 뱀 문신이 있다면 확실하겠지만. 내가 들은 바대로라면 말이지."

"아……."

그 이름이라면 레사도 들어 본 적이 있었다. 절대로 타깃을 놓치지 않는 암살자 형제였다.

암살자가 누군지 알고 있었군.

레사는 그렇게 생각하며 어깨를 으쓱했다.

"그럼 이제 전 두 손가락이군요."

레사가 태연자약하게 하는 말에 황자는 다시 웃음을 터트렸다. 그 소란에 곧 병사들이 횃불을 들고 달려왔다가 상대가 황자인 것을 깨닫고는 황급히 무릎을 꿇었다.

"별궁에 침입자가 나타났다. 내 호위가 해치우기는 했으나 시체에도 독이 있을지 모르니 주의하여 치워라. 목의 문신을 확인해 보고."

잠옷 차림이지만, 그게 느껴지지 않는 차갑고 위엄 있는 목소리였다. 방금 웃었던 것이 거짓말처럼 느껴졌다.

황자의 말에 한바탕 소란이 일어났고, 황자는 레사를 데리고 자신의 궁으로 돌아갔다. 별궁이 아닌, 본궁의 동쪽. 원래 자신의 거처였다.

별궁과는 전혀 다른 호사스러운 거처였다.

별궁에 이리저리 횃불이 왔다 갔다 했지만, 황자는 이 일을 크게 키울 생각은 없었다. 적당한 선에서 마무리를 짓게 한 후 그는 레사를 불렀다.

"난 네가 죽을 거라고 생각했어."

"그랬군요."

역시나, 하는 마음은 접어 두고 레사는 정중하게 대답했다.

"화 안 내?"

"계약은 계약이고, 임무는 임무입니다."

"과연."

속았다고 화를 낼 법도 한데, 황자는 자신도 모르게 감탄했다.

레사는 계약을 한 건 자신이니, 그에 따른 소임을 다해야 한다 생각했다.

"레사."

"네."

"계약을 연장하는 게 어때?"

"네?"

의아해져 그녀가 고개를 들자 황자가 작게 웃었다.

"내게 반하지 않는다는 조건으로, 삼 개월 연장하지."

"반하지 않습니다."

이제 일일이 대답하는 것도 지치지만, 입을 다물고 있으면 반했다고 생각할까 봐 일일이 대꾸하는 수밖에 없었다.

"한 달에 백금화 한 개씩을 지급하지. 삼 개월을 다 채우면 백금화 세 개에 추가로 세 개 더 지급하겠어. 어때?"

'금화 삼백 개!'

레사는 당장에 대답이 튀어나오려는 것을 눌렀다.

삼 개월에 금화 삼백.

어떻게든 미나의 아카데미에 부탁해서 분납한다면, 그녀의 2학기 등록금이 될 것이다. 게다가 추가로 금화 삼백 개면, 그녀가 아카데미에서 생활하는 데 필요한 돈을 내주는 데에도 문제가 없을 터였다.

최대한 침착하게 레사는 대답했다.

"알겠습니다."

"좋아, 자세한 계약서는 돌아와서 쓰기로 하지."

황자는 고개를 끄덕이고 옆에 서 있는 시종에게 손짓했다. 시종이 들고 있던 은 쟁반을 치켜들며 앞으로 나서서 레사에게 내밀었다.

쟁반 위에는 작은 주머니가 놓여 있었다.

"오늘 일을 잘 끝낸 것에 대한 상여금이자 준비금이야."

레사는 주머니를 받아 들고 감사하다는 인사를 했다. 황자는 잠시 생각하다가 말했다.

"준비하는 데 일주일이면 될까?"

"네."

"그럼 일주일 후에 보지. 레사, 삼 일간 수고했네."

"알겠습니다."

레사는 할 수 있는 한 최대한 정중하게 인사를 하고 방을 빠져나왔다. 중간에 몇 번 헤매어 시종의 안내를 받고 나서야 레사는 성 밖으로 나올 수 있었다.

동이 터 오고 있었다.

레사는 밝은 빛 아래서 슬쩍 주머니를 열어 보았다가 다시 닫았다.

빛나는 은색 육각형의 동전이 다섯 개.

레사는 웃음이 터지려는 것을 간신히 억눌렀다.

2장

프레이스 이든 루
왈라키아

미나 리스키는 상당한 미인이었다. 남부인인 어머니와 북부인인 아버지의 장점만 기가 막히게 물려받은 그녀는 이제 열넷인데도 불구하고 사내자식들이 뒤꽁무니를 졸졸 따라다닐 만큼 아름다웠지만, 남자애들에게 관심이 없었다.

다행스럽게 성격만은 어머니를 쏙 빼닮은 그녀는, 독립과 자립에 더 관심이 많았다.

레사는 이 12구역에서 가장 출세할 사람이 있다면, 그건 바로 미나일 것이라고 장담할 수 있었다. 수도는 1구역에서 16구역까지 모두 16개의 구역으로 나뉘는데, 숫자가 커질수록 빈민굴에 가까웠다. 레사가 사는 곳은 13구역, 미나가 사는 곳은 12구역이었다.

미나의 군청색 눈이 동그랗게 떠졌다.

"황궁이라고?"

"응."

"테레사…… 굉장해……."

미나는 자신도 모르게 중얼거렸다.

황자의 호위기사라니. 그건 몇 년이나 종기사 수련을 통해서 정식 기사가 된 사람들 중에서도 소수가 가지는 직위라는 걸 미나도 잘 알았다. 미나의 감탄에 레사는 뺨을 긁적였다.

"뭐 어차피 삼 개월뿐이야."

"그래도! 그래서? 황자님 얼굴도 봤어? 어떤 황자분이야? 일 황자님? 아니면 이 황자님?"

그 말에 레사는 눈을 동그랗게 떴다.

"황자가 둘이야?"

"테레사 알반!"

미나의 입에서 한심하다는 어조의 목소리가 튀어나왔다. 뒤에서 둘의 대화를 듣고 있던 노알이 웃음을 터트렸다.

"미나, 레사에게 상식을 기대하면 안 돼."

"하지만, 하지만 지금 나라를 운영하는 게 누군지도 모른다는 건 말이 안 되잖아."

"몰라도 잘 먹고 잘사는걸."

레사가 고개를 갸웃하며 말하자 미나가 눈을 푹 찌푸렸다.

"하지만 지금부터는 아니니까 잘 들어."

새침한 여교사처럼 말하는 미나를 보고 레사는 순순히 고개를 끄덕였다.

"네, 선생님."

"지금 황실의 후계자는 단둘이야. 후궁 출신이지만 장자인 '애버릿 뤼안 루 왈라키아' 님, 그리고 황후 출신이지만 둘째인 '프레이스 이든 루 왈라키아' 님. 현재 황후마마는 승하하셨으니까 후궁을 관리하는 건 애버릿 황자님의 어머님이신 릴리안 님이셔. 나도 두 황자님의 실물을 본 적은 없지만, 애버릿 님은 은발이고 프레이스 님은 금발이라고 해."

어째서 황족의 성이란 저렇게나 긴 걸까?

레사는 그렇게 생각하면서 대답했다.

"그럼 내가 만난 건 프레이스 님이네."

"그래?"

미나는 갸웃하며 레사의 맞은편 소파에 털썩 주저앉았다. 갈색의 치마가 팔락거렸다. 미나는 턱을 괴고 중얼거렸다.

"프레이스 님이라……. 사실 황후 소생이라는 것, 그리고 외숙부가 클리프랜드 공작이라는 것 때문에 노회한 귀족들의 지지를 얻고 있다고는 하는데, 개인적으로는 젊은 피의 지지를 받고 있는 애버릿 님 쪽이 더 취향인걸."

"아카데미에서 그런 것도 배우는 거야?"

자신은 전혀 모르는 귀족들의 이야기를 늘어놓는 걸 보며 레사는 놀라 물었다. 미나가 피식 웃었다.

"학교 안은 말야, 어떻게든지 귀족의 눈에 들려고 발버둥 치는 애들이 대부분이니까 이런 정보에도 빠르다고?"

"그래?"

"출세하려면 상단이나, 귀족 휘하로 들어가서 일을 하는 게 빠르지. 대부분의 상단을 소유하고 있는 것 역시 귀족이고, 출세하려면 인맥이나 연줄이야. 소개장이 없으면 일을 얻기도 힘드니까. 게다가 나는 여자라는 것에서 일단 마이너스 점수를 먹고 들어가는 거라서 말이지."

"그거 힘들겠네."

레사가 고개를 흔들었다. 미나가 묘한 얼굴로 레사를 보았다가 치맛자락을 죽 잡아당기며 말했다.

"그래도 테레사에게는 감사하고 있어."

"응?"

"아카데미 말야. 등록금이 어마어마하다는 것 정도는 나도 알 수 있어. 이런 고급 교육은 분명 나 같은 12구역 아이에게는 사치겠지만."

"그렇지 않아."

레사가 눈을 찌푸리며 단호하게 말했다.

"미나를 아카데미에 보낸다는 건 유지아나와 나의 꿈이었으니까. 사치라니, 오히려 내가 너에게 힘든 일을 강요하고 있는 건 아닌가 걱정인걸."

"아냐, 공부는 재미있어."

"그보다, 부족한 건 없는 거야?"

"응?"

"드레스라든가……."

레사는 미나의 옷을 바라보았다. 이곳에서야 고급스러운 의복이지만, 황궁에 한 번 다녀온 레사는 이제 확실히 그녀의 옷이 고급이 아니라는 것을 알 수 있었다. 미나가 손을 내저었다.

"아냐, 그런 건 진짜 사치지."

솔직히 말하면 그녀의 옷차림을 가지고 놀려 대거나 비웃는 일당들이 상당히 많았다. 하지만 한 벌에 금화 수십 개나 나가는 드레스를 사달라고 조를 정도로 미나는 분별없지 않았다. 아버지와 테레사가 버는 돈으로는 자신의 등록금을 감당하는 것만으로도 벅차리라.

레사는 자리에서 일어나 미나의 팔을 잡고 일으켰다.

"가자."

"어딜?"

"옷 사러."

"괜찮다니까."

"가서 레사를 잘 뜯어먹고 오렴."

노알의 말에 미나가 "아빠!" 하고 꽥 소리를 질렀다. 레사는 "간다." 하고 반강제로 미나를 끌고 나왔고, 노알은 손을 흔들어 주었다.

골목에서 질질 끌려가는 것도 우스워, 미나는 결국 항복했다.

큰길가로 나가 레사는 공용 마차를 잡아탔다.

10구역, 8구역, 6구역을 지나 4구역에서 레사가 내리자, 미나가 당황해 레사의 팔을 잡았다.

"테레사, 여기는 너무 비싼 곳이야."

"괜찮아."

"안 괜찮아."

"황궁에서 일하게 됐잖아? 기념으로 옷 정도는 사 주게 해 줘."

"고작 삼 개월 일하는 거잖아."

"괜찮아. 준비금도 받았거든."

금화 오백 개 중에서 삼백 개는 미나의 등록금. 나머지 이백 개는 호위 준비금으로 쓰려 했지만, 무기를 준비하는 거라면 금화 오십 개로도 차고 넘친다.

즉, 금화 백오십 개를 미나에게 투자할 수 있는 것이다.

레사는 적당히 괜찮아 보이는 옷 가게의 문을 밀고 들어갔다.

"어서 오세요."

레사와 미나의 초라한 옷차림을 보고도, 점원은 웃음을 잃지 않았다.

"옷을 보러 오셨나요?"

"네, 이쪽이 입을 만한 걸로 부탁해요. 아카데미 학생이거든요."

레사가 자랑스럽게 미나의 어깨를 앞으로 밀며 말했고, 미나는 어쩔 줄 몰라 하며 레사를 돌아보았다.

"어머, 그러시군요. 아주 영민한 아가씨신가 보네요. 겨울 무도회 드레스를 주문하러 오신 건가요?"

"겨울 무도회요?"

레사가 의아해져서 묻자 점원이 "어머?" 하고는 되물었다.

"매해 겨울마다 아카데미에서 열리는 대무도회 말이에요."

"딱히 춤출 파트너도 없으니 괜찮아요."

미나가 빠르게 말했다. 레사는 눈을 가늘게 뜨고 미나를 보았다가 주머니에서 백금화를 꺼내 튕겨 올렸다. 육각형의 동전에 미나는 눈을 휘둥그레 떴다. 점원은 잽싸게 그 동전을 허공에서 가로챘고 레사가 말했다.

"일단 일상복부터 부탁할게요."

미나는 모자부터 양가죽 구두까지, 말 그대로 머리에서 발끝까지 모든 것을 맞췄다. 거스름돈 하나 남기지 않는 걸 보며 그녀는 기절할 것 같은 얼굴로 간신히 참았다.

"안녕히 가세요!"

상큼한 점원의 인사를 들으며 가게를 나온 미나가 휙 레사를 돌아보았다.

"테레사는?"

"응?"

"왜 테레사는 드레스 안 사는데?"

"입을 일이 없는걸."

"왜 안 입어?"

"불편하니까."

레사가 어깨를 으쓱하며 대답했다. 딱히 드레스나 꾸미는 것을 싫어하는 건 아니다. 필요하다면 얼마든지 할 수 있다. 단지 그걸 하지 않는 이유는 그게 비효율적이기 때문이었다.

"입어."

"응?"

"테레사도 드레스 입어. 입으면 분명히 미인인데—!"

자신만 꾸며지는 게 미안한 미나였다. 레사는 잠깐 눈을 깜박였다가 고개를 끄덕였다.

"알았어. 미나가 원하면 입을게."

자신이 좋아하는 사람이, 자신의 예쁜 옷차림을 보고 싶다고 하는데 그게 싫을 리는 없었다. 순순한 그녀의 대답에 미나는 갑자기 자신이 마구 억지를 부린 것 같아서 미안해졌다. 레사가 왜 여자 차림을 하지 않는지는 자신도 잘 알고 있다.

이 구역에서 여자로 험한 일을 하는 건 힘드니까. 자신의 어머니가 상당히 고생했다는 것 역시, 눈으로 봐서 알고 있었다.

"아냐."

"응?"

"테레사가 원하는 옷차림을 해."

레사는 풀이 죽은 미나를 보고 미소 지으며 그녀의 결 좋은 초콜릿빛 머리카락을 쓰다듬었다.

"나중에 멀리 나갈 때 입고 나가자."

"괜찮아……?"

"괜찮아."

"테레사가 친언니라면 좋았을 텐데."

"지금도 그렇다고 생각하고 있는데."

"아냐, 그러면 한심한 아빠에게 괜찮은 딸만 둘인 거잖아."

한숨 섞인 애늙은이 같은 말에 레사는 다시 웃었다. 노알이 빚을 졌다거나 하는 일은 부러 미나에게 말하지 않았다. 미나가 아무리 똑똑하다고 해도 그녀는 아직 어렸다. 그런 일까지 알 필요는 없다고 생각했다.

'가끔 그런 한심한 짓을 해도 기본적으로는 미나를 사랑하니까.'

부모에게 사랑을 받는다는 건 아이에게 꽤 중요한 일이라는 것을 레사도 어렴풋이 알고 있었다. 헤어지는 걸 아쉬워하는 미나를 집에 데려다주고 나서 레사는 바로 코코에게로 향했다.

딸랑딸랑―

"어머, 테레사 알반."

오늘은 마치 기다렸다는 듯이 코코가 카운터에 서서 그녀를 맞았다.

"일은 재미있었어?"

"일을 재미로 하지는 않지."

"그런가?"

코코가 쿡쿡 웃었다. 창백할 만큼 흰 피부와 대조되는 붉은 입술이 호선을 그렸다.

"사실은 바로 너에게 올까 했는데, 미나와 시간을 보내느라."

"바로 내게 올 일이 있어? 미나와의 시간이 소중한 게 당연하지. 아직 여름방학이지? 아카데미의 여름방학은 기니까 말야."

"아쉽게도 난 곧 일로 돌아가지만."

"어머나!"

코코가 눈을 깜박였다. 일부러인 게 분명한 깜박임이었다.

"놀라라."

"전혀 안 놀랐으면서."

레사가 그렇게 말하며 카운터로 다가가 상체를 기댔다. 코코와 정면으로 마주 보며 레사가 물었다.

"황자에 대해서 뭐 알고 있어?"

"어째서 내가 알고 있다고 생각하는 거야?"

"그냥, 왠지 코코는 마법사 같아서 말야. 뭐든 다 알고 있을 것 같거든."

그 말에 코코가 눈을 동그랗게 떴다가 크게 웃음을 터트렸다.

"내가 마법사라고?"

"나에게는 그렇게 보이는걸."

레사의 말에 코코의 은색 눈이 가늘어졌다.

"정말 내가 마법사면 어떻게 할 거야?"

그 말에 레사가 고개를 갸웃했다.

"음, 신기하구나?"

그 말에 코코가 다시 웃었다. 그리고 레사의 귓가에 속삭였다.

"테레사 알반, 난 네가 마음에 들어. 인간적으로도, 비인간적으로도."

비인간적으로 마음에 든다는 건 또 뭘까?

코코의 손이 레사의 뺨을 훑었다. 도자기 인형이라도 더듬는 듯한 아주 부드럽고 섬세한 손놀림이라, 레사는 손가락이라기보다 깃털이 자신의 뺨을 쓰는 듯한 느낌을 받았다.

"때때로는 모르는 게 약일 때도 있는 거야."

붉은 입술로 속살거리자 레사는 작게 한숨을 내쉬었다.

"여기까지 궁금하게 부추겨 놓고서 이러는 거야?"

그 말에 코코가 싱긋 웃고는 말했다.

"말할 수 있는 것에 대해 말하자면 황자는 말야, 특이 체질이야."

"특이 체질?"

"그래, 그를 보는 사람이라면 누구나 그에게 호감을 가지는 체질이지."

"모두에게 사랑받는 나, 같은 건가?"

"그래. 하지만 호감은 애정으로, 애정은 집착으로, 집착은 종국에 가서 파국으로 치닫게 되는 거지. 가장 무서운 건 말야, 사랑한다는 말로 사람을 목 조르는 거란다."

"그래서……."

나에게 반하지 마라, 같은 말을 한 건가.

"그럼 나도 그렇게 될까?"

혼잣말처럼 레사가 중얼거렸다.

"아니."

즉각적으로 돌아온 대답에 레사는 고개를 들었다. 코코가 싱
긋 웃었다.

"너에게는 통하지 않아."

"왜?"

"왜일까?"

"코코."

"모든 것을 쉽게 알아내려는 건 치사하지 않아?"

"쉬운 길이 있는데 굳이 돌아가는 게 비효율적이지."

"낭만이 없네, 테레사 알반은."

"낭만이 목숨을 살려 주지도 않고, 밥을 먹여 주지도 않는걸."

생존이 항상, 레사에게는 최우선이었다. 코코는 배꼽까지 내
려와 물결치는 은발 머리를 손가락으로 빗으며 말했다.

"내가 대답하는 건 여기까지야. 그리고 왔으면 연고나 좀 사
가지 않을래? 베인 상처에 잘 듣는 연고가 단돈 은 다섯 닢인데."

결국 레사는 연고와 해독제 같은 약제를 잔뜩 들고 코코의 가
게를 나섰다. 레사의 뒷모습을 배웅하고 코코는 가게 뒤쪽으로
들어갔다.

불빛이 하나 없는, 어두운 공간이었다. 위아래 앞뒤 어디도 구별되지 않는, 누군가 거기 선다면 자신의 눈이 멀었는지 의심할 만한 곳이었지만, 코코는 거침없이 안으로 걸어 들어가 손을 뻗었다. 그러자 밝게 빛나는 지팡이가 허공에서 나타나 그녀의 손에 쥐어졌다.

우윳빛의 나무로 되어 있는 지팡이는 위로 갈수록 점점 투명해져서 맨 위쪽은 아예 유리처럼 투명한 모습이었다. 도저히 이 세계의 재료라고는 생각할 수 없는 모습이었지만, 그 지팡이에서 뿜어져 나오는 빛은 다정하고 밝았다.

—은나무가시, 은나무가시, 그 애는 갔나?

어디선가 들려오는 부름에 코코는 피식 웃으며 대답했다.

"다 듣고 있었으면서 뭘 물어?"

—왜 말해 주지 않았지? 그 애에게는 마법이 듣지 않는다는 걸?

"말해 봐야 또 '왜'라는 질문만 돌아올 뿐이잖아. 결국 그 애의 혈통에 대해서 말해 줘야 하고, 그러면 이야기가 귀찮아질 테니까."

—의외로 담담하게 받아들일 것도 같은데.

"그건 그 애가 아직 모르니까."

—모른다?

"인간의 감정에 둔하니까, 깨닫지 못한 감정이 많으니까. 어느 쪽으로는 지나칠 정도로 예민하면서도, 어느 쪽으로는 지나치게 둔하단 말이지. 균형이 맞지 않아."

　─은나무가시가 답지 않게 쓸데없는 정이 늘었군.

　그 말에 코코는 코웃음을 쳤다가 어깨를 으쓱했다.

　"그보다 마법이 통하지 않는 상대가 날 마법사라고 생각하다니 우습지 않아?"

　─오히려 그러니까 그런 거 아닌가? 상대를 속일 수 없으니.

　"그런가……."

　작게 말하며 코코는 눈을 감았다. 그리고 물었다.

　"떨어지는 새벽별은?"

　─아직 발견하지 못했다.

　"대체 무슨 속셈일까."

　─모르지.

　"넌 진짜 쓸모없는 대화 상대야, 정화하는 독."

　그 말에 상대가 낮게 웃었다.

　이제 이 세계에 여섯 명밖에 남지 않은 마법사들은 저마다의 이명(異名)을 가지고 있었다. '은나무가시'는 코코의, 그리고 '정화하는 독'은 상대의 이명이었다.

　처음 테레사가 코코의 눈에 띄게 된 것은, 그녀에게 마법이 들지 않는다는 것을 깨닫고 나서부터였다.

　마법사 인생 약 300년.

　안티매직(Antimagic)은 처음 겪어보는 이능이었다. 그리고 마법이 극도로 드문 이 세계에서 알아채는 게 거의 불가능한 이능이기도 했다. 코코 역시 마법사가 아니었다면 레사가 그런 체질이라는 것을 몰랐을 것이다.

"황혼의 혈족…… 인가."

코코는 작게 중얼거렸다.

*　　*　　*

아쉬워하는 미나에게 작별 인사를 남기고 레사는 황궁으로 돌아갔다. 두 번째 방문이어서 그런지, 레사는 그 화려한 풍경에 어느 정도 담담할 수 있었다.

시녀가 레사에게 갈아입을 정복을 내주었고, 레사는 가림막 뒤에서 옷을 갈아입었다. 지금까지 한 번도 입어 본 적 없는 비싼 재질의 옷이었다. 게다가 단추는 전부 다 금.

더해서 케이프같이 짧은 망토를 둘러 보는 건 처음이라, 레사는 그걸 어떻게 어깨에 고정하는지 몰라 살짝 헤매기도 했다.

허리에 차는 벨트도 세트로 만들어져 있었는데, 레사는 그건 슬쩍 밀어 두고 원래의 벨트를 찼다. 그녀의 벨트는 일반 벨트가 아니라 안에 연검이 들어 있는 종류였기 때문이다.

거기에 원래 가지고 왔던 무기들을 다시 다 착용한 레사는 마지막으로 장갑을 꼈다. 엄지, 검지, 중지만 감싸고 나머지 두 개 손가락은 내어놓은, 활쏘기 전용처럼 생긴 장갑이었다.

레사가 전부 차려입고 나오자 대기하고 있던 시녀가 상자를 내밀었다. 붉은 벨벳 위에는 은색의 펜던트 두 개가 달린 목걸이가 빛나고 있었다.

'목걸이?'

뭐라고 쓰여 있는 게 보였지만, 까막눈인 레사는 알 수가 없어 그걸 그냥 목에 걸었다.

"황궁 출입증과 신분 패입니다."

시녀가 설명해 주어 레사는 그제야 '아' 하고 깨달아 고개를 끄덕였다.

거기에는 그녀의 신분인 호위기사 직위와 함께 1급 출입을 상징하는 문장이 새겨져 있고, 다른 하나에는 레사 알반이라는 이름과 키, 머리, 눈 색 같은 간단한 외모가 새겨져 있었다.

짤랑—

펜던트 두 개가 부딪치며 경쾌한 소리가 났다. 그런 레사의 옆모습을 슬쩍 바라본 시녀의 뺨은 약간 붉어져 있었다.

레사는 어디로 보나 귀족적인, 훌륭한 미청년이다. 호리호리한 몸이 청년이라기보다는 소년 같은 느낌도 주는데, 그게 더 매력적으로 느껴졌다.

"이쪽으로."

시녀가 공손하게 말해 레사는 "아, 네." 하고 화급히 대답했다. 그 대답에 시녀는 쿡쿡 웃고 앞장서서 걷기 시작했다.

레사는 살랑살랑 흔들리는 시녀의 치맛자락을 바라보았다. 이곳의 시녀들은 비슷비슷한 옷을 입고 있었는데 색이나 디자인

이 미묘하게 달랐다.

'아마 그걸로 일하는 구역이나 직급을 나누는 게 아닐까?'

복도는 반짝거렸고, 화려함도 여전했다. 레사는 자신도 모르게 햇살이 쏟아져 들어오는 복도를 응시하다가 시선을 밖으로 돌렸다.

투명한 유리창이 끝도 없이 늘어서 있다.

'불안하네.'

유리는 약하니, 이렇게 창문으로 있는 걸 건드리면 부서질 것 같아 불안했다. 서민적인 불안감을 느끼며 레사는 시녀를 따라 한참을 걸었다.

"황자님, 알반 님을 모시고 왔습니다."

닫힌 문밖에서 시녀가 노크 후에 고하자 안에서 "들어오라고 해." 하는 대답이 들려왔고, 시녀가 레사를 위해 문을 열어 주었다. 레사는 널찍한 방 안으로 걸어 들어갔다.

별궁과는 분위기가 완전히 달랐다.

가운데에 가장 큰 프레이스의 책상이 있고 그 양옆으로 작은 책상이 놓여 있는데, 거기에 사람이 앉아 있었다. 레사가 들어가자 시선이 쏠렸다.

"오늘부터 삼 개월간 내 호위를 맡게 될 레사 알반."

프레이스는 레사를 바라보지도 않고 말했다. 그는 고개를 숙이고 문서에 집중하고 있었다. 햇살이 집무실 전체를 강렬할 정도로 밝게 채우고 있어서 그의 금발이 녹아내린 황금처럼 보일 정도였다. 레사는 '블라인드를 내리는 게 눈에 더 좋지 않나?' 하고 생각하며 허리를 숙여 보였다.

"레사 알반이라고 합니다. 앞으로 잘 부탁드립니다."

"아, 새 호위? 난 에릭 도프. 그냥 에릭이라고 부르면 돼."

붉은 갈색 머리에 젊은, 주근깨투성이의 남자가 씩 웃으며 말했다. 그 맞은편에 앉아 있는 붉은 머리의 남성은 프레이스와 마찬가지로 고개를 들지 않고 말했다.

"어차피 삼 개월 다 채우지도 못할 텐데, 인사할 필요는 없겠지. 얼굴 볼 일도 별로 없을 테고."

"저런 밉살스러운 말을 하는 놈은 윈스턴 베렛."

에릭이 덧붙였다. 둘의 인사가 끝나고 나서야 프레이스는 고개를 들었다가 레사를 보고 웃었다.

"차려입으니까 그럴듯한데?"

"감사합니다."

"삼 개월 동안 시녀 몇 명에게 고백받나 내기할까?"

"황궁에서 일하는 여성분이 저에게 눈길을 주실 리가 없죠."

레사는 담담하게 대답하며 창문가로 다가갔다.

"눈부시지 않으십니까?"

"밝은 편이 좋아."

"그러신가요."

"그래."

레사는 그렇다면야, 하고 프레이스의 뒤에 가서 섰다. 에릭이 레사를 힐끗 보고 물었다.

"알반은 평민이라고 했지?"

"네. 레사라고 불러 주시면 됩니다."

"하지만 그렇게 보이지 않네."

"생김새는 신분과 관계없지 않을까요."

레사는 미나를 생각하며 대답했다. 개인적으로 미나보다 예쁜 여자아이는 본 적이 없었다.

"아, 불쾌했어?"

"아뇨?"

불쾌할 일이 뭐가 있지?

레사가 의아해져서 오히려 되묻는 눈으로 에릭을 보자, 에릭이 "오―." 하고 웃었다.

"자잘한 것은 신경 쓰지 않은 호쾌한 사람이군."

"무신경한 거겠지."

윈스턴이 대답하고 자리에서 일어나 서류 뭉치를 프레이스의 앞에 쌓았다. 그러면서도 절대로 그와 눈을 마주치지는 않았다.

"그럼 일을 끝냈으니 전 이만."

프레이스는 고개를 끄덕이며 서류를 잡아당겼고 윈스턴은 그에게 정중히 인사를 한 뒤 방을 나갔다. 에릭이 "아, 저 자식이 먼저." 하고 한참 부스럭거리더니 말했다.

"나도 끝났어. 간다."

프레이스는 말없이 손을 내밀었다. 에릭은 서류 뭉치를 던지듯 그의 책상에 내려놓고 후다닥 집무실을 나갔다.

'폭풍 같은 사람들이군.'

그런 생각을 하는데 휙 하고 프레이스가 의자를 돌려 그녀를 돌아보았다.

"계약서 써야지."

"계약서, 말인가요."

"그래. 일단 읽어 봐."

프레이스가 종이를 서류철에서 꺼내는데 레사가 대답했다.

"죄송합니다만, 황자님. 전 글을 읽을 줄 모릅니다."

"뭐?"

"글자를 읽지 못합니다."

"문맹이라고?"

"네."

프레이스가 눈을 찌푸리며 말했다.

"내 측근이 멍청한 건 참아도 무식한 건 참을 수 없어."

"……둘의 다른 점이 뭡니까?"

"멍청한 건 선천적인 거고 무식은 후천적인 거지. 하여간, 그렇다면 글을 배워야겠네."

"업무에는 불필요한 부가적인 일이라고 생각됩니다만."

"배울 기회를 걷어차는 건 무식한 데다가 멍청한 일이라고 생각되는군."

레사는 억울한 기분이 되었다.

아니, 칼 밥 먹는 사람이 무슨 글을 읽어야 한단 말인가?

"배울 수 있는 데도 배우지 않는 사람은 필요 없어."

프레이스는 경멸을 담은 녹색 눈으로 레사를 보았고, 레사는 높은 월급과 미나를 떠올리며 고개를 숙였다.

"배우겠습니다."

"좋아. 내일 교재를 준비하지."

프레이스는 계약서를 힐끗 보았다가 물었다.

"너 내 이름도 모르지?"

"압니다."

"허?"

"프레이스 이든 루 왈라키아, 시죠."

"호오, 황자님이라고 부르기에 모르는 줄 알았더니. 프레이스님이라고 불러."

"알겠습니다."

프레이스는 순순히 대답하는 레사를 흥미롭게 바라보았다. 보통 사람이 뒤에 서 있으면 등에 송충이가 기어가는 것처럼 기분이 나쁘다. 하지만 레사는 뒤에 서 있어도 거의 기척이 없었고, 가끔 등 뒤에 그가 서 있는 것을 까먹을 정도였다.

마치―,

"고양이 같군."

"네?"

"아냐. 일단 계약에 대해서 말하자면, 기본적으로 삼 개월이지만, 내게 반하면 바로 끝이야."

"반하지 않습니다."

"그래. 하여간 삼 개월이 보통 한계니, 삼 개월로."

"그때까지도 제가 황, 프레이스 님에게 반하지 않으면 어떻게 됩니까?"

그 말에 프레이스의 녹색 눈이 차갑게 빛났다.

"지금 월급의 두 배를 주고 고용하지."

"알겠습니다."

코코가 자신은 반하지 않을 거라고 했다. 그러니까 괜찮을 거고, 지금에 두 배의 월급이라니.

'미나를 졸업시킬 동안 다닐 수 있으면 좋겠는걸.'

월 백금화 두 개라니, 아마 자신 평생에 이렇게 많이 버는 날은 전무후무하지 않을까.

프레이스는 담담히 대답하는 레사를 날카로운 눈으로 바라보았다. 그래, 자신도 기대했을 때가 있었다. 남자만 보면 소름이 돋는다는 놈이나, 자신은 감정을 없애는 훈련을 받았다는 둥 헛소리를 해 대는 것들.

하지만 결국은 자신에게 호감을 표시하고, 나중에는 사랑한다고 매달렸다. 생각하니 전신에 소름이 돋는 것 같아 프레이스는 느릿하게 팔뚝을 문질렀다.

프레이스가 몸집이 작은 레사를 호위로 삼은 것은 물론, 그의 실력이 훌륭했기도 하지만 작다는 것 때문에 위협감이 덜 느껴지기 때문이었다.

하지만 그 말을 입 밖으로 꺼내느니 프레이스는 혀를 깨무는 것을 택할 것이었다.

어쨌든 자신은 제국의 황자였고, 황위 계승권을 가지고 있는 사람이다.

'어떻게 다시 돌아왔는데.'

프레이스는 서늘하게 웃었다.

'다시는 누구도 날 건드리게 두지 않을 거야.'

그러며 그는 시선을 서류로 돌렸다.

현재 제국의 황제인 자이안 2세이자 자신의 아버지는 정무에서 거의 손을 뗀 상태였다. 나라의 일은 지금 애버릿과 프레이스 두 사람이 나눠서 하고 있는 것이나 다름없었다. 자신의 이복형을 생각하며 프레이스는 눈을 가늘게 떴다.

'얼른 죽이고 싶다, 이거지.'

혈통적으로 자신은 완벽하다.

정궁의 유일한 외동아들.

애버릿은 자신보다 네 살이나 위였지만, 정통성은 자신보다 떨어졌다. 물론 제국은 강한 자를, 실력이 있는 자를 사랑한다. 그게 그와 애버릿이 같은 출발선에 서 있는 이유 중 하나였다.

'하지만 암살자를 보낼 거라고는 생각도 못 했는데.'

적어도 정정당당하게 실력으로 겨룰 줄 알았는데 말이죠, 형님.

물론, 암살자를 보낸 상대가 애버릿이라는 확증은 없었다. 하지만 현 상황에서 자신을 죽이고 싶어 하는 사람은 애버릿뿐이었다.

'본인이 아니라 하더라도 측근 중 하나일 테지.'

프레이스는 황제의 자리를 어떻게든 차지할 생각이었다.

어머니가 돌아가시고 나서 3년간 수도원에서 겪었던 그 절망을 다시 맛보고 싶지 않았다.

"레사."

"네."

"뒤에 서 있지 않아도 돼."

프레이스는 끓어오르는 감정을 수면 밑으로 내리누르며 조용히 말했다.

"마음 편한 대로 있어."

"알겠습니다."

프레이스는 서류를 펼쳤다.

그는 여러 가지 경험을 통해 시선을 마주치거나, 신체 접촉을 하면 더 빨리 자신에게 반한다는 것을 알아냈다.

그러니 측근들과 있을 때는 눈을 마주치지 않고, 말도 거의 하지 않았다. 시녀나 시종은 3교대로 최대한 접촉을 줄이는 길을 택했다. 물론 신체 접촉은 엄금. 하지만 호위인 레사는 세 가지를 전부 하는 수밖에 없다.

아니 눈을 마주치지 말라고 하면 하지 않겠지.

'하지만.'

정욕이 담겨 있지 않은 눈을 마주 보는 건 생각보다도 기분 좋았다.

'어차피 금방 버리는 패니까.'

프레이스는 그렇게 생각하며 업무에 집중했다.

한참 후에 피곤해져서 고개를 들자 프레이스는 눈앞의 소파에 느긋하게 반쯤 누워 쿨쿨 자고 있는 레사를 발견할 수 있었다.

기가 막혀서 입을 벌리는데, 레사가 눈을 뜨고 몸을 일으켰다.

"끝나셨습니까?"

"잘 자네."

"불쾌하시다면 낮에는 그만두겠습니다만, 단지 그러면 밤에 효율이 떨어집니다."

레사의 대답에 프레이스는 의아해졌다.

"무슨 효율?"

"24시간 경호를 해야 하니, 지금처럼 짧은 간격으로 휴식을 취하지 않으면, 밤에 아무래도 반응이 떨어집니다."

"그러니까 잠깐잠깐 눈 붙이는 걸로 괜찮다는 거야?"

"네."

'진짜 고양이 같군.'

"제대로 일어난다면 상관없어."

그러고 보니 자신이 고개를 들자 바로 기척을 눈치챈 듯 고개를 들고 일어났다. 상관없다고 말하자마자 레사는 다시 소파에 푹 앉았다.

할 수 있다면, 할 수 있을 때에 최대한 휴식을 취해 둔다.

'에너지의 사용은 효율적으로.'

그녀는 합리적이며 실용적인 사상의 소유자였던 것이다. 하지만 프레이스가 그 사실을 알 리는 없어, 그는 신기하게 레사를 바라보았다.

물론 자신이 '편하게 있으라.'고 하기는 했다. 하기는 했지만……

'아니, 그래도 보통 황자 앞에서 저렇게 소파에 반쯤 누워 뒹굴뒹굴하지는 않지.'

저렇게까지 뻔뻔하니 오히려 유쾌하게 느껴졌다.

오전 업무를 전부 끝내고 나자 시녀가 식사를 준비하고 나갔다. 시녀가 밖에서 소리 없이 식탁 위에 식사를 차리고 나서 "식사 준비가 끝났습니다." 하고 고했고, 나갔을 때는 역시나 사라지고 없었다. 주변에 기척은 느껴지는데 눈에 보이지는 않으니 레사는 꼭 목소리들이 시중을 드는 기분이었다.

'직접적으로 시중은 안 드는 거군.'

별궁일 때와 마찬가지로 프레이스는 레사에게 앉기를 권했다.

'황자와 마주 앉아서 식사했다고 하면 미나는 뒤집어지게 놀라겠지.'

그리고 어째서 목이 붙어 있는 거냐고 소리칠지도 모른다.

'확실히.'

이렇게 예법을 신경 쓰지 않는 황족도 드물겠지.

레사는 저번과 마찬가지로 빠르게 식사를 끝냈다. 프레이스는 여전히 속도가 느렸지만, 전처럼 중간에 그만두지 않고 전부 끝냈다. 시녀를 불러 뒷정리를 시키고 양치질을 한 후 프레이스가 말했다.

"산책하지."

"네."

프레이스는 산책하자고 말했으면서 정원이 아니라 궁내의 복도를 걷기 시작했다. 레사는 그의 뒤를 따르며 주변 구조를 파악했다.

본궁은 'ㄷ'자 모양의 건물이 3개 합쳐져 위에서 보면 'ㅓ' 모양을 하고 있었는데, 그중 동쪽 궁이 바로 프레이스의 거처였다. 서쪽은 애버릿의 거처라고 프레이스는 설명했다.

단순한 산책이 아니라 궁 내부를 파악하라는 뜻이라는 걸, 레사는 쉽게 알아챘다. 다른 곳에서 자신이 둔하다는 건 미나나 유지아나의 반응을 봐서 알고 있었다. 하지만 일에 있어서는 빠릿빠릿한 레사였다.

레사는 높은 복도와 복잡한 방, 계단의 개수와 꺾어지는 복도들, 얼핏 보이는 하인 전용 통로까지 전부 머릿속에 집어넣었다. 그렇게 성내를 한 바퀴 돌고 프레이스는 성 밖으로 나갔다. 기하

학적인 대칭 구조로 만들어진 정원과 인공적으로 조성된 숲이 눈에 들어왔다.

그리고 그 정원에서 프레이스는 달갑지 않은 상대와 마주쳤다.

"어라, 프레이스?"

부드럽고 상냥한 목소리로 자신을 보며 싱긋 웃는 상대의 모습에, 프레이스는 고개를 숙였다.

"형님."

레사는 눈을 동그랗게 뜨고 애버릿을 보았다가 얼른 고개를 숙였다.

'아, 전혀 다른 타입의 미남.'

이복형제인데도 비슷한 곳은 전혀 없었다. 미나의 말대로 은발이었는데, 프레이스가 순금 같은 금발인 것과 마찬가지로 여기도 순도 높은 은을 두들겨 만든 듯한 은발을 길게 기르고 있었다. 거기에다가 호리호리한 몸매는 어딘지 선이 여성스러웠다.

여장을 한다면, 자신보다 더 아름다운 게 아닐까?

"새 호위?"

애버릿이 호기심 어린, 채도 높은 녹색 눈으로 레사를 바라보았다. 레사는 자신에게 물은 건지 프레이스에게 물은 건지 알 수가 없어 머뭇거리는데, 프레이스가 대신 대답했다.

"네."

"귀여운 아이네."

애버릿이 싱긋 웃었다. 레사는 고개를 들어 힐끔 애버릿을 보았다. 하지만 그보다 더 레사의 눈을 사로잡은 것은 애버릿의 옆에 서 있는 호위기사였다.

커다란 덩치에 절제된 기도.

레사는 쓴웃음을 삼켰다.

'정면으로는 절대로 못 이길 상대로군.'

일단 근력부터가 상대가 안 될 것이다. 자신과는 달리 제대로 된 검술을 제대로 된 스승에게서 착실하게 배워 온 사람.

호승심이 드는 건 주제넘은 것일지도 모른다.

'하지만.'

정면이 아니라면, 이길 방법이야 무궁무진하다.

애버릿이 여름 장미를 손끝으로 어루만지며 프레이스에게 물었다.

"암살자가 거처에 침입했었다는 이야기는 들었어. 배후는 찾지 못했다면서?"

"형님의 정보력은 대단하시군요."

"그저 풍문이지."

"저도 그 풍문을 가져오는 바람이 곁에 있으면 좋겠네요."

그 말에 애버릿이 "무슨 말이야?" 하고는 놀란 듯이 "동생 주변에는 동생을 사랑해 주는 사람이 잔뜩 있잖아?" 하며 웃었다.

레사는 한순간 프레이스의 손에 힘이 들어갔다가 풀리는 것을 보았다. 프레이스가 고개를 들자 애버릿은 시선을 장미꽃으로 옮기며 말했다.

"몸조심해. 우리 제국은 손이 적어서, 너와 나 둘밖에 없으니까."

"명심하도록 하겠습니다."

"그럼 내 기사를 빼앗기기 싫으니 난 이만 가 봐야겠네."

프레이스는 대답 없이 다시 고개를 숙였고, 애버릿은 몸을 휙 돌려 정원을 빠져나갔다. 애버릿이 옆에 선 자신의 호위인 이든에게 속삭였다.

"어떻지?"

"네?"

"저 호위 말야. 약해 보이는데, 검은뱀 형제를 죽였다는 게 진짜일까?"

그 말에 이든은 잠시 생각에 잠겼다.

날렵하고 유연해 보이는 몸, 보통의 사람보다도 훨씬 적은 기척.

분명히 기사 출신은, 더해서 제대로 된 검사도 아니겠지.

하지만.

"아마도 맞을 겁니다."

실력을 가늠할 수 없었다. 기세나 기도로 판단할 수 있는 일반적인 상대가 아니었다. 이든은 꽤 흥미로운 호위라고 생각하며 덧붙였다.

"정통파는 아닌 것 같지만 말입니다."

"어때? 너라면 이길 수 있을까?"

애버릿의 물음에 이든이 "글쎄요." 하고 대답해 애버릿은 놀랐다.

"그 정도야?"

"불확정 요소가 상당한 인물이라고 생각합니다만, 두 번째 싸움에서는 지지 않을 겁니다. 물론 싸울 일이 있다면 말이죠."

그렇게 말하고 이든은 '싸울 일이 있습니까?' 하는 눈으로 자신의 주군을 바라보았다. 애버릿은 대답하지 않고 희미하게 웃었다.

그리고 프레이스에게서 같은 질문을 받은 레사는 갸웃하며 답했다.

"정면으로 말입니까? 그렇다면 전 그가 검을 다 뽑기 전에 양손을 들며 항복할 겁니다."

"뭐?"

프레이스는 기가 차서 레사를 돌아보았다. 레사는 태연하게 대답했다.

"결투나 대련을 통해서 이길 상대를 찾으신다면 제가 아니라 다른 사람을 찾아보시는 게 더 빠를 겁니다. 프레이스 님."

프레이스는 기가 찼다. 보통의 검사라면 자존심 때문이라도 저런 대답은 안 하지 않나?

그러다 문득 다른 것에 생각이 미쳤다.

"그럼 정면이 아니라면?"

"호위라면 가능합니다. 그리고 단순히 '살해'를 목적으로 한다면……."

말을 하려다가 레사는 힐끗 프레이스를 보고 말했다.

"추가금이 들어갑니다만?"

"……."

순간 프레이스는 뭐라고 대답해야 할지 몰랐고, 레사가 덧붙였다.

"농담입니다. 그러니 단순 살해에 대한 제 의견은 접어 두기로 하죠."

"넌 농담은 하지 않는 편이 좋겠어."

프레이스가 작은 한숨을 내쉬며 말하자, 레사는 어깨를 으쓱였다.

"그런가요."

방금 그 농담은 꽤 센스 있지 않았나?

하지만 고용주가 아니라면 아닌 거겠지, 하고 레사는 자신의 의견을 접었다. 프레이스가 레사에게 말했다.

"하여간 기억해 두는 게 좋겠지. 내 이복형님인 애버릿 뤼안루 왈라키아. 그리고 그의 호위인 이든 스워드 경. 보통은 동쪽 궁까지 오지 않는데……."

새 호위가 왔다는 이야기를 들었나?

피차 서로에 대한 정보를 탐색하는 사이이기는 하지만, 그래도 결코 좋은 기분은 아니었다.

'하지만.'

정말로 레사의 웃기지 않은 쓸데없는 농담 때문인지, 아까보다 훨씬 기분이 나아져 있었다.

"돌아가지."

프레이스는 어깨를 으쓱하며 자신의 거처로 걸음을 옮겼다.

집무실은 고요했다.

프레이스는 다시 업무로 돌아갔다. 애버릿과 둘이서 정무를 나누고 있다고 해도, 제국이니만큼 업무량은 무시무시했다. 게다가 프레이스도 애버릿도, 어떻게든 실적을 내야 하는 일이니 대충 보는 것이 아니라 꼼꼼하게 짚고 넘어가야 했다.

물론 그걸 혼자서 전부 하는 건 무리다.

프레이스 역시 측근들에게 일을 나누고 있지만, 믿을 만한 측근을 찾는 것은 실력 있는 사람을 찾는 것만큼이나 힘들었다. 게다가 그에게는 클리프랜드 공작이 있다.

프레이스의 외숙부인 그는, 프레이스가 모든 일을 자신과 의논하기를 바랐다. 자신의 조카를 앞에 두고 마음껏 권력을 휘두르고 싶어 하는 타입의 인간이었고, 프레이스는 그와 손을 놓을 수 없는 입장이다 보니 미묘한 갈등 역시 항상 발생했다.

'게다가……'

책상 앞에서 서류만 보고 있어서는 알 수 없는 일들도 잔뜩 있다.

서서히 해가 기울기 시작하자 프레이스는 자리에서 일어났다. 줄을 잡아당겨 시종을 부르며 프레이스는 레사를 돌아보았다.

"밤 근무다."

'밤 근무가 뭔가 했더니.'

파티였다.

레사는 프레이스의 한 걸음 뒤에 붙어 서서 사람들을 바라보았다. 귀족들은 영지와 수도, 양쪽에 저택을 가지고 있었다. 물론 수도의 1구역, 2구역에 저택을 가지고 있다는 건 상당한 부를 가지고 있다는 말도 된다.

제국은 귀족의 수도 많은 만큼 가난한 귀족도 많았고, 그들 모두가 수도에 저택을 가지고 있지는 못했다. 즉, 수도에 저택이 있는 귀족이라면 어느 정도 힘을 가지고 있는 귀족이라는 말이었다.

오늘의 파티는 시에란 백작가에서 열리고 있었다.

레사는 영애들이 지나치게 반짝이는 눈으로 프레이스를 바라보며 한껏 들뜬 목소리로 말을 걸어오는 것을 지켜보았다.

'게다가 진짜 황자님 같잖아.'

그런 영애들에게 부드럽고 상냥한 미소와 달콤한 말로 응답하고 있는 프레이스의 모습은, 그야말로 동화 속에서 뽑아낸 듯한 모습이었다.

'덧붙여서.'

남자들의 시선 역시 느껴졌다. 대놓고 여자들처럼 다가오지는 못하지만 몇몇은 꽤나 노골적으로 프레이스를 보고 있었다.

"황자님, 와 주서서 영광입니다."

파티의 호스트인 시에란 백작이 등장하자 사람들이 순식간에 갈라지듯 물러났다. 40대 중반으로 보이는 백작은 회색빛 콧수염을 멋지게 다듬어 기르고 있었다.

"아, 시에란 백작. 백작의 파티라면 당연히 참석해야지. 게다가 이번에는 아드님이 영지에서 올라왔다고 들었소만."

"네, 영지에만 있다 보니 아무래도 소식에 밝지 않아 이번에 수도로 불러들였지요. 세드릭!"

백작이 목소리를 높이자 약간 떨어진 곳에 서 있던 열일곱, 열여덟쯤 되어 보이는 남자아이가 얼른 다가왔다. 하지만 미리 고지받은 듯 프레이스와 시선을 마주치지는 않았다.

"황자님을 뵙습니다."

"백작을 닮았군."

"늦게 얻은 아이라 오냐오냐해서 버릇이 없습니다. 황자님의 많은 가르침을 부탁드립니다."

"백작의 아들이니 분명 영특하겠지. 세드릭, 앞으로 많이 배워 국정에 도움이 되기를 바라네."

은근히 출세를 암시하는 말이었다. 세드릭은 깊이 허리를 숙이며 말했다.

"예, 노력하겠습니다."

"그러고 보니, 황자님. 아직 제 딸을 보지 못하셨지요."

"호? 백작에게 딸이 있었는가?"

"아직 어리지만 제법 영특하답니다. 세라."

백작의 부름에 이제 열셋, 열넷이 되어 보이는 여자아이가 그 나이에 입기에는 너무 화려한 드레스를 입고 나타났다. 거기에 다가 나이가 들어 보이게 짙은 화장까지 해서, 좋지 않은 의미로 인형 같은 느낌이 드는 얼굴이었다.

"황자님을 뵙습니다."

"아직 사교계에 데뷔하지 못했지만, 이번 겨울 무도회에 데뷔할 생각이랍니다."

"그렇군."

프레이스는 아직 초경도 시작하지 않은 딸을 밀어붙이는 백작을 보며 싱긋 웃어 보였고, 레사는 노골적이면 노골적이고, 돌려 말한다면 돌려 말한다고 말할 수 있는 이 상황을 꽤나 흥미로운 눈으로 지켜봤다. 바싹 긴장한 듯한 소녀는 힐끔힐끔 레사에게 시선을 던졌다. 레사가 싱긋 웃어 주자 세라는 뺨을 붉히며 고개를 푹 숙였다.

백작이 말했다.

"첫 데뷔의 에스코트 상대가 황자님이 되어 주신다면 가문의 영광일 것입니다."

"나도 그러고 싶지만, 미안하네, 백작. 난 그때 애슐리를 에스코트하게 되어 있어서."

웃으며 말하자 백작이 눈을 살짝 찌푸렸다가 웃었다.

"도프 백작 영애라면 어쩔 수가 없지요."

어디서 들어 본 성이라 레사는 머리를 굴렸다.

'아, 아침에 만났던.'

주근깨투성이의 남자 이름이 분명 에릭 도프였다. 그러면 애슐리는 그 남자의 누이겠지. 프레이스의 집무실에서 일하고 있으니 이 백작보다 그쪽이 더 측근일 터.

'약혼녀라도 되는 건가.'

귀족사에 무지한 레사라도 혼인 동맹이란 게 유구한 전통을 가진 동맹이라는 것쯤은 알고 있었다. 백작은 자신의 딸을 밀어붙이는 건 다음에 하기로 마음먹었는지 세라를 물러가게 했다. 프레이스가 샴페인 잔을 손안에서 돌리며 말했다.

"그보다 백작, 카렌 자작과 분쟁이 좀 있었다고 들었소만."

"저런, 불민한 사건으로 황자님의 심기를 어지럽힌 점, 송구스럽습니다. 하지만 일이 해결되었으니 황자님께서 염려하실 것은 아무것도 없답니다."

"그런가? 아시다시피 제국의 강은 황제 폐하의 것. 적절한 관리를 각 영주에게 맡겨 두고 있기는 하지만 법으로 정한 것 이상의 금액을 '직접적으로' 요구하는 것은 곤란하네."

그 말에 시에란 백작이 웃으며 허리를 숙였다.

"물론입니다. 감히 그런 불충을 저지른 적은 없습니다."

"그렇다니 다행이군. 시에란 백작은 충실한 가신이라 다행이야. 황제 폐하의 복이지."

프레이스가 샴페인 잔을 가볍게 들어 보였다. 짧은 건배가 오
가고 그는 샴페인을 들이켰다.

"좋은 술이군."

"과찬입니다."

술을 칭찬하는 짧은 겉치레가 끝나고 프레이스가 말했다.

"난 잠시 바람 좀 쐐야겠군. 백작의 정원이 꽤 볼만하다고 들
었네."

"예, 그러면 제 딸에게 안내라도—."

"아니, 호위가 있으니 괜찮아."

손을 들어 프레이스가 저지하며 하는 말에 백작은 레사를 힐
끗 보았다가 고개를 끄덕였다.

"알겠습니다."

낮에 보았던 황궁의 정원만 못하지만 백작가의 정원도 상당
히 훌륭했다. 한밤중인데도 파티 때문인지 새하얀 분수에서 물
이 솟구쳐 오르고 있었다.

불빛에 물줄기들이 수정처럼 반짝이며 수면으로 떨어졌다.
그 소리도 나쁘지 않아 레사는 멍하니 분수를 바라보았다.

'예쁘네.'

광장에도 분수가 있기는 하지만 항상 사람이 많았고, 이런 식
으로 밤의 정원에서 분수를 보는 건 또 다른 각별한 맛이 있었
다.

희미한 물 냄새가 묘하게 강가에 있는 듯한 느낌을 주었다.

"둘만 있으면 떠들 줄 알았는데."

프레이스의 말에 레사는 그를 바라보았다. 파티에 오기 위해서 옷을 갈아입은 그는 정말로 신분이 아주 높은 사람처럼 보였다.

'실제로도 높지만.'

그래도 성에 있을 때는 그나마 편한 차림을 했었다는 걸 레사는 깨달았다.

"딱히 떠들 말이 없습니다."

"그래?"

프레이스는 고개를 갸웃했다.

그는 레사가 시에란 백작과의 대화를 듣고 한 소리 할 줄 알았다.

보통의 기사들은 조금 전의 대화를 상기시키면서 프레이스에게 사건을 첨부시키고 싶어 했다. 특히 방금처럼 귀족 간의 권력 다툼과 관계된 일이라면 더욱더 말이다.

그리고 그게 당연한 것이, 그들은 황자인 프레이스에게 어떻게든 인상을 남기고 싶어 했기 때문이다.

호위라는 지극히 가까운 거리에 있으면 더욱더.

레사가 프레이스 쪽으로 몸을 살짝 숙였다. 프레이스가 움찔하는데 그가 속삭였다.

"누군가 만나기로 하셨습니까?"

"뭐?"

"손님이 오신 것 같습니다만, 아닙니까?"

"아닌데."

"알겠습니다."

레사는 몸을 돌려 어두운 정원을 바라보았다. 프레이스 역시 레사를 따라 시선을 돌렸다. 그리고 한참 뒤에야 부스럭부스럭하는 소리와 함께 정원의 관목 사이에서 나오는 사람을 알아챌 수 있었다.

"프레이스 님."

가냘픈 목소리였다.

불빛이 비치는 곳으로 한 여인이 들어서자 프레이스는 그녀가 누군지 알아챘다.

"디아린 준남작 영애."

"프레이스 님."

준남작 영애는 홀린 듯 그를 향해 걸어왔다. 얼굴은 창백했고, 깊게 그늘이 드리워진 눈은 눈물로 차 반짝거리고 있었다. 그 눈에는 묘하게 초점이 없었다. 한눈에도 바싹 말라 있는 그녀는 어딘지 이상해 보였다.

"제 아버지가, 제 아버지는―."

"디아린 준남작에게 일어난 일은 불행한 일이네."

"아버지가 룬 족과 연관이 있다는 걸 아는 사람은 아무도 없었어요."

"이제 모두가 다 아는 사실이 되었지."

"그, 그 편지를 황자님에게 가져다 드린 건 저예요."

"편지는 감사하게 받았소, 영애. 영애의 기지 덕분에 자작가가 준남작가로 보존되었지."

디아린 준남작 영애는 다시 한 걸음 앞으로 걸음을 내디뎠다.

프레이스와의 사이는 열 걸음 정도.

"저를 사랑하신다고 하셨잖아요."

"그런 말을 한 적은 없는데."

프레이스가 의아하다는 어투로 말했다. 그 말에 디아린 준남작 영애가 격하게 소리 질렀다.

"당신을, 당신을 사랑했어요! 그래서, 그래서 이 모든 일을 했어요! 당신을 위해서! 하지만 그 뒤로 황자님은 제 연락을 받지도 않으시고, 어떻게, 절 버리실 수가―."

"외적과 소통한 귀족 가문의 여식과 개인적인 연락을 주고받을 수는 없지. 하지만 영애의 신고 덕분에 가문이 멸절되는 것은 막지 않았나? 그 정도면 충분하다고 생각하는데."

프레이스의 대답은 여지없이 냉정했다.

레사는 곧 준남작 영애의 눈에 증오가 가득 들어차는 것을 보았다. 쌕쌕거리며 그녀는 거칠게 숨을 몰아쉬기 시작했다. 충격과 동시에 격렬한 증오가 그녀의 입을 열었다.

"당신은, 당신은 정말로 끔찍한 인간이에요. 내가 우리 집에서 어떤 취급을 받는지 아나요?! 아버지를 팔아넘긴 딸이 어떤 취급을 받는지? 그래도 당신을 기다렸어! 기다렸다고! 정식 부인은 아니더라도, 조금이라도 날 바라봐 줄 거라고 생각했는데!"

"어째서 그런 착각을 했는지 궁금한데."

프레이스의 말에 준남작 영애가 힉힉거리며 숨을 내쉬어 레사는 당장이라도 그녀가 호흡곤란으로 쓰러지는 게 아닌가 걱정이 되었다. 하지만 준남작 영애는 쓰러지지 않았다. 대신 그녀는 작은 단도를 꺼내 들고 소리를 지르며 프레이스에게 달려들었다. 레사가 재빨리 그녀의 팔목을 낚아채 치켜들었다.

"아아아아아악!"

바싹 마른 사람이라고는 생각되지 않는 격렬한 몸부림이었다. 계절에 맞지 않은 긴소매 아래 잡힌 그녀의 팔은 뼈가 그대로 느껴지게 딱딱하고 차가웠다. 보통의 기사라면 섬뜩함이나 동정심을 느낄 만한 일이었지만, 레사는 동정 없이 준남작 영애의 팔을 꺾어 단도를 떨어트리고 땅바닥에 그녀를 처박았다. 여자라고 해서 사정을 봐주지 않는 몸놀림이었다.

계속되는 준남작 영애의 비명에 경비병들이 모여들기 시작했다.

"저주해! 당신을 저주해! 왈라키아의 대가 끊어지기를! 당신이 끔찍하게 죽기를! 눈이 파여지고, 내장이 드러나 죽기를! 죽어! 죽어! 죽어!"

레사는 그녀의 턱을 움켜쥐었다.

"레사!"

프레이스가 레사를 불렀다. 레사가 의아해져서 그를 돌아보자 프레이스가 말했다.

"죽이지 마."

제가 설마 이런 약해 빠진 생물을 죽일 사람으로 보이냐고 대답하는 대신 레사는 단답했다.

"알겠습니다."

대신 레사는 무릎으로 그녀의 명치를 강하게 누르듯 쳤고, 그녀의 버둥거림과 고함이 완전히 멎었다.

"기절시켰습니다. 귀가 따갑네요."

태연하게 말하며 레사가 바닥에 준남작 영애를 내팽개치고 일어나 툭툭 자신의 옷을 털었다. 곧 나타난 시에란 백작은 경비병에게 준남작 영애를 넘겼고, 프레이스가 그에게 말했다.

"부친의 죽음으로, 준남작 영애의 정신이 나간 모양이오. 아무리 나라를 위한 충정이라고 하나, 자신의 고발로 부친이 효수당한 것은 꽤나 힘든 일이었겠지."

"그렇지요. 다치신 곳은 없으십니까?"

"호위가 유능해서."

대답하고 프레이스는 침을 삼킨 후 말했다.

"파티 도중에 미안하지만, 난 돌아가 봐야겠군."

"죄송합니다, 황자님. 제가 좀 더 경비를 확실하게 했어야 하는데."

"아니오. 설마 몰래 누군가가 숨어들 거라고는 백작도 생각하기 어려웠겠지. 디아린 준남작 영애는 요양이 필요한 것 같군."

"제가 알아서 잘 처리하겠습니다."

"내일 사람을 보내겠네."

"네."

짧은 대화를 나누고 프레이스는 마차에 올라탔다. 마차의 문이 닫히자마자 프레이스는 자신의 손을 억눌렀다.

덜덜 손끝이 떨리고 있었다.

숨을 몰아쉬며 프레이스는 눈을 감았다.

"한심한가?"

빈정거리는 목소리가 저절로 튀어나왔다.

"뭐가 말입니까?"

"계집애 하나에 이렇게 떠는 게."

"그렇게 생각하지 않습니다만."

그 대답에 프레이스는 눈을 떠, 맞은편에 앉아 있는 레사를 바라보았다. 그의 붉은 눈은 미동도 없이 어둠 속에서 자신을 빤히 바라보고 있었다. 시선이 마주치자 레사가 물었다.

"보이기 싫으시면 눈을 감을까요?"

그 말에 프레이스는 헛웃음을 짓고 물었다.

"왜?"

"네?"

"왜 한심하다고 생각하지 않지? 적당히 비위를 맞추자 이런 건가?"

"제 동료들 중에 도살자라는 별명을 가진 남자가 있었습니다. 별명대로 적을 사정없이 죽이는 녀석이었는데, 개를 무서워했습니다. 주먹만 한 강아지도요."

레사가 자신의 주먹을 쥐어 들어 보였다.

"실험을 통해 확인된 사실입니다. 그러니까 딱히, 자신에게 달려드는 인간을 보고 떤다는 게 한심하게 느껴지지 않습니다."

"······실험?"

"진짜로 강아지도 무서워하는지 보려고 그가 자는데 배 위에 새끼 강아지를 올려놨습니다. 깨우니 거의 미친 사람처럼 공포에 질려 발작하더군요. 강아지가 불쌍해서 그만뒀는데, 그때 그 실험을 시도한 제 또 다른 동료는 도살자의 살해 위협에 상당히 시달려야 했습니다."

프레이스는 픽 웃었다.

저잣거리의 농담 같은 이야기라 황족 앞에서 할 만한 이야기는 아니다. '도살자'라는 별명도 그렇고.

"그러면, 너도 별명이 있어?"

"지금은 없습니다."

"예전에는?"

"예전의 일은 그렇게 자랑할 거리가 아니라서."

"거기까지 말했으면서 다물 셈인가? 궁금하잖아?"

"별명이라기보다는 제가 있던 단체명으로 총칭해서 불린 거라, 딱히 말씀드리고 싶지 않습니다."

"그래."

프레이스는 의외로 순순히 고개를 끄덕였다.

"싫다는 일을 억지로 캘 생각은 없어."

"황공합니다."

"그건 그럴 때 쓰는 말이 아냐."

쓰게 웃으며 말하자 레사가 "그런가요." 하고 갸웃했다. 프레이스는 다시 픽 웃다가 깨달았다.

'멈췄군.'

떨림이 완전히 멈춰 있었다. 평소보다 훨씬 빠르다. 주먹을 가볍게 쥐었다가 펴 본다. 평소와 다를 바가 없었다. 불쾌감도 완전히 사라졌다.

이건 눈앞에서 엉뚱한 소리를 내뱉는 호위 때문일 터.

"준남작 영애에 대해서는?"

"네?"

"그녀에 대해서는 어떻게 생각하지?"

대화 내용만 들어 봐도, 프레이스 자신이 그녀를 이용했다는 것은 누구나 쉽게 알 수 있을 것이다.

"역시 귀족이니까 욕도 고상하구나, 하고 생각했습니다."

"뭐?"

생각지도 못한 대답이라 프레이스는 고개를 들었다. 레사가 신기하다는 듯이 말했다.

"보통 저잣거리에서 치정 싸움이 나면 말입니다. 육시랄 놈이라든가, 좆을 잘라 주마라든가, 다시는 계집질을 하지 못하게 기타 등등의 이야기가 나올 텐데, 상당히 고상하게 저주하겠다거나 대가 끊어지기를, 같은 신선한 단어를 쓰셔서 말입니다."

프레이스는 레사를 바라보고 입을 살짝 벌려 뭐라고 말하려다가 곧 웃음을 터트렸다.

"레사 알반, 너 진짜."

한참을 웃고, 프레이스의 눈이 즐거운 기색을 가득 담아 레사를 보았다.

'웃긴 얘기였나?'

자신은 신기해서 한 말이었는데, 상대가 신나게 웃자 레사는 묘한 기분이 되었다. 프레이스가 마차 쿠션에 푹 기댔다.

"궁에 도착하면 할 이야기가 있어."

"알겠습니다."

"그리고 말야."

"네."

"역시 너, 잘 떠들잖아."

그렇게 말하고 프레이스는 눈을 감았다. 그의 입가에 미소가 감도는 걸 보며 레사는 조금 억울한 기분이 되었다

아니 물어봐서 대답한 건데 그게 왜 떠든 거람?

그러면서도 묘한 곳에서 예의를 차려 '그래도 토를 달지는 말자.' 하고 입을 꾹 다무는 레사였다.

황가의 문장을 단 마차는 통금 시간에도 저지 받지 않고 거침

없이 달려 곧 황성으로 들어섰다.

궁으로 돌아간 프레이스는 휙휙 망토와 재킷을 벗어 던졌다. 바닥 여기저기 옷을 떨어트리며 그는 일직선으로 집무실을 향해 걸어갔고, 레사는 옷을 피해 그 뒤를 따랐다. 레사의 뒤로 시녀가 재빨리 옷을 집어 들었다.

"차."

"준비해 올리겠습니다."

시녀가 대답하며 집무실 문을 닫았다.

집무실에는 모두 문이 세 개였다. 하나는 응접실에서 집무실로 이어지는 문이었고, 다른 하나는 화장실, 다른 하나는 일인용 안락의자 여러 개가 빙 둘러 놓인 작은 회의실 같은 곳인데, 진지한 업무 회의보다는 편하게 앉아 잡담하기 좋아 보이는 공간이었다.

프레이스가 그 안으로 들어가 손짓했다.

"들어와."

레사가 방 안으로 들어가자 프레이스가 문을 닫았다. 재미있게도 문 안쪽에 노커가 달려 있었는데, 프레이스가 그것을 돌리자 웅 하고 공기가 작게 진동했다.

"마법 도구야. 안에서 나는 소리를 밖으로 새어 나가지 않게 해 주지."

"신기하군요."

프레이스가 레사를 똑바로 바라보았다. 자신보다도 작은 호위는 의아한 눈으로 자신을 올려다보고 있었다.

"내게 반하지 말라고 했었지?"

"네."

"거기에 관한 이야기야."

설마 본인에게 직접 이야기를 듣게 될 줄은 몰랐던지라 레사는 놀랐다. 프레이스는 조끼 단추를 풀고 낮은 안락의자에 쓰러지듯 털썩 앉았다.

"앉아."

레사는 그 옆의 의자에 앉았다. 지나치게 낮아서 앉으니 편하기는 했지만 앉기까지가 살짝 불안한 의자였다. 프레이스가 턱을 괴고 레사를 보았다. 그가 고개를 기울이자 다이아몬드 장식이 달린 귀걸이 역시 같이 기울어지며 반짝 빛이 났다.

레사는 그의 미모에 순수하게 감탄했다.

"태어났을 때부터 체질이 그랬어. 저주인지, 축복인지. 난 저주라고 생각하지만."

프레이스는 잠시 생각에 잠긴 듯 눈썹을 모았다. 그가 레사를 보지 않고 말을 이었다.

"누구나 내게 호감을, 애정을 품게 돼. 맹목의 애정이라는 게 얼마나 끔찍한 건지, 겪어 보지 않으면 모를걸. 이기적인 사랑을 멋대로 강요하지. 이유는? 나도 몰라. 원인은? 알까보냐. 고칠 방도는? 해 보지 않은 게 없어. 그냥, 이런 체질인 거야."

프레이스가 고개를 들어 레사를 보고 싱긋 웃었다.

"그러니까 이용하지 않으면, 이것 때문에 당해 온 내 인생이 불쌍하잖아? 실컷 이용할 예정이야."

레사는 고개를 끄덕였다.

"알겠습니다."

"그래?"

"네, 하지만 역시 저는 반하지 않을 겁니다."

코코가 한 말이 사실이었다. 그렇다면 그녀의 뒷말도 사실이겠지. 레사의 장담에 프레이스가 광포한 웃음을 터트렸다.

"내 말을 못 알아들었군. 누구나, 예외는 없어. 아니면 역시 정신병자의 헛소리라고 생각하나?"

"아뇨, 이해했습니다. 누구나 프레이스 님에게 반한다는 말이죠. 하지만 전 반하지 않을 겁니다."

그 말에 프레이스가 자리를 박차고 일어나 문으로 다가가 노커를 다시 반대로 돌렸다.

"내가 쓸데없는 소리를 했군. 그냥 잊어."

"원하신다면, 알겠습니다."

쾅!

프레이스가 주먹으로 문을 쾅 내리쳤다. 잠시 격한 감정을 가라앉히듯 어깨를 들썩인 그가 고개를 반쯤 돌렸다. 에메랄드빛 눈이 얼어붙을 만큼 차가웠다.

"사람을 잘못 본다는 건, 꽤나 불쾌한 일이야."

가볍게 이야기한 것 같지만, 그것은 프레이스에게 있어서는

중요한 문제였다. 그런데 그걸 아무렇지도 않게, 고민도 없이,

'전 반하지 않을 겁니다.' 라니.

프레이스는 짜증이 치밀어 몰랐다. 그런 의지로 해결되는 간단한 문제였다면 진즉에 해결했겠지. 모처럼 마음에 드는 상대라 마음을 열었던 게 잘못이다.

"호위는 없던 일로 하지. 다음 사람을 구할 때까지 일주일 정도만 해 둬."

그 말에는 레사도 놀랐지만,

"알겠습니다."

하고 대답하는 수밖에 없었다.

레사는 갑자기 왜 프레이스가 화를 내는지 알 수가 없었다. 반하지 않을 테니까, 반하지 않을 거라고 이야기했을 뿐인데.

달칵—

문을 열고 나가는 프레이스의 뒤를 레사가 따라붙었다. 일주일 후에 잘리든 뭘 하든 지금은 충실하게 할 일을 해야 한다.

응접실에는 시녀가 놓고 나갔는지 소파 테이블에 차가 준비되어 있었다. 하지만 프레이스는 차를 마실 기분이 아니었다.

응접실을 거침없이 걸어 나온 그는 복도와 계단을 지나, 방 두 개를 거쳐서 침실에 도착했다.

레사는 말없이 그의 눈치를 살피며 최대한 그의 시선 밖에 섰다.

프레이스는 향로에 불을 피우고 침실에 있는 장식장을 열었

다. 술의 마개를 따자마자 나는 익숙한 냄새에 레사는 살짝 눈을 찌푸렸다.

수면 향의 원료가 되는 딜로의 꽃과 열매 냄새다.

"프레이스 님."

"뭐?"

그가 날카롭게 대답하며 술을 들이켜려는 걸 레사가 화급히 붙잡았다.

"뭐야?"

짜증 섞인 그의 말에 레사가 답했다.

"원래, 이 술이 딜로 꽃과 열매로 만든 겁니까?"

"그래."

프레이스가 대답해 레사는 잔에서 손을 뗐다.

'어떻게 그렇게 독하게 향을 피워 두고 혼자서 걸어 비밀 통로로 나갔는지 알겠군.'

보통 사람이 먹으면 수면이 아니라 죽음에 이를 만한 양이었다. 저렇게나 딜로에 의지하고 있으니 완전히 내성이 생길 날도 머지않았다. 아니, 그보다…….

'저걸 저만큼 마셔야 할 정도로 잠이 안 오는 건가?'

그 정도의 불면이라면 정말로 지독한 불면이다.

프레이스가 빈정거렸다.

"약에 의지하는 정신병자라니, 새삼스러워?"

"정신병자라고 생각하지 않습니다."

레사가 부인했다. 프레이스는 대답하지 않고 잔을 전부 비웠다.

"꺼져."

프레이스가 휘청하고 장식장을 짚으며 하는 말에 레사가 물었다.

"침대에 가기 전에 쓰러지실 것 같으면 검이라도 가져다 드릴까요?"

"뭐?"

"지팡이가 필요하실 것 같아서 말입니다."

그 말에 다시 프레이스는 헛웃음이 나올 것 같은 걸 눌렀다.

"넌 진짜."

시야가 어질어질했다. 눈앞의 호위는 그런데도 자신을 건드리려고 하거나 부축하려는 시늉을 조금도 하지 않았다.

'쓸데없는 눈치는 있군.'

자신이 사람과 닿기 싫어한다는 걸 눈치챈 걸까.

프레이스는 비틀거리며 침대로 걸어갔고, 레사는 그가 쓰러지면 받칠 마음으로 그 옆을 따라 걸었지만 프레이스는 무사히 침대에 푹 쓰러졌다.

레사는 한참을 잠이 든 그를 바라보다가, 그가 깊은 수면에 빠진 걸 확인한 후에 부츠를 벗겨 주고 침대 가운데로 끌어다 둔 뒤에 이불을 덮어 주었다.

귀걸이도 빼야 하나 했는데 거기까지 손을 대면 일어나 불쾌해할 것 같았다. 레사는 침실 문을 닫고 나와 거실 소파에 털썩 앉았다.

'분위기 좋은 것 같았는데 첫날부터 잘리다니.'

노알에게 뭐라고 할 게 아니네.

레사는 한숨을 내뱉었다.

'아 참, 준비금.'

그거 돌려달라고 하는 건 아니겠지. 전부 다 써버렸는데.

'돌려 달라고 하면 진짜 몸으로 때우는 수밖에 없는데, 설마, 안 그러겠지. 황족이니까 돈도 많을 테고. 쩨쩨하게 그런 거…….'

레사는 끙 하고 머리카락을 북북 긁었다.

'잘린 것도 싫기는 한데.'

더 신경이 쓰이는 건 역시…….

'왜 그렇게 화가 났지?'

아무리 레사라도 그렇게 격렬하게 화를 내며 반응하는데 모를 수가 없었다. 하지만 이유만은 역시 알 수가 없었다.

'그러면 저 역시 반하겠네요, 하고 대답했어야 한단 말야? 그건 좀 이상하잖아. 게다가 그런 대답을 바라는 것 같지도 않고. 그러면 반하지 않을게요, 이게 가장 무난한 대답 아닌가. 그런데 왜 화를 내지.'

모르겠다.

그리고 한 가지 더하자면.

'미인이 화내면 꽤나 박력 있구나.'

쓸데없는 생각을 덧붙이며 레사는 눈을 감았다.

*　　*　　*

에릭이 "뭐어?" 하고 고개를 들었다.

"자른다고?"

힐끗 레사를 바라보며 에릭이 불만스러운 어조로 말했다. 프레이스가 펜을 잉크에 적시며 "그래" 하고 짧게 대답했다.

"고용한 게 바로 어제거든?"

"그런데 뭐."

"레사."

에릭의 부름에 레사가 고개를 들어 에릭을 바라보았다.

"반했어?"

"아닙니다."

"그럼 왜?"

에릭의 목소리가 높아졌고, 프레이스가 눈썹을 모으며 답했다.

"시끄러워."

"하지만, 하지만ㅡ."

호위 구하기도 이제 힘들잖아.

에릭은 뒷말을 삼키며 목덜미를 북북 문질렀다. 그가 다시 레사를 힐끗 보았다. 눈앞에서 해고 발언을 들었는데도 속눈썹 하나 까닥하지 않는다.

'꽤 마음에 드는데 말야.'

보통의 기사라면 여기서 명예와 불명예에 대한 이야기를 하며 무릎을 꿇고 부디 재고해 달라고, 이유를 말씀해 달라고 했겠지.

하지만 레사는 그런 게 없다.

'그건 기사가 아니니까 당연한 일이지만, 깔끔해서 좋긴 하네.'

프레이스가 레사에게 작은 소책자를 던졌다. 소책자를 받아든 레사가 눈을 깜박거리자 프레이스가 말했다.

"윈스턴."

"네, 황자님."

"얘에게 글자 좀 가르쳐."

그 말에 윈스턴의 얼굴이 일그러졌다. 레사는 소책자를 파라락 빠르게 넘겨보았다. 그림과 단어들이 어우러져 있었다.

'일주일 후에 잘릴 건데 배우나? 하긴, 배워 두면 미나와 편지도 주고받을 수 있겠지.'

레사는 윈스턴을 향해 고개를 숙여 보였다.

"잘 부탁드립니다."

윈스턴이 말했다.

"이런 일은 제가 아니라 시녀에게 맡기는 게 어떨까요?"

"어차피 잠깐이잖아."

"그렇지만."

윈스턴이 얇은 입술을 꾸욱 깨물었다.

그렇다고 해도, 자신은 이 황자의 측근이며, 귀중한 인재이다. 그런 자신이 평민 출신의 칼 밥 먹는 무지렁이나 가르쳐야 한다고?

자존심이 상하는 일이었다.

하지만 그렇다고 황자의 명을 정면으로 거역할 만한 성격은 되지 못해, 윈스턴 베렛은 고개를 숙였다.

"알겠습니다. 업무를 끝내고 나면, 가르치도록 하죠."

"고마워, 윈스턴."

"아닙니다."

에릭이 "어라?" 하고 서류 한 장을 빼 들며 말했다.

"프레이스, 디아린 준남작 영애에 대한 시에란 백작의 보고서가 올라왔는데?"

"빠르군. 어떻게 하기로 했어?"

"핵심만 보면, 지극히 불안정한 심신미약의 상태를 보여 한적한 수도원에서 요양을 시키기로 했다. 배려를 부탁한다, 요 정도일까."

"알았다고 해."

"그래."

어제와 달리 몇 가지 이야기가 더 오가고 나서 윈스턴이 자리에서 일어났다. 정리한 보고서를 프레이스에게 건네고 그가 레사에게 따라 나오라는 턱짓을 했다.

"실례하겠습니다."

레사가 프레이스에게 작게 말하고 윈스턴을 따라나섰다.

응접실로 나온 윈스턴은 소파에 앉아 손을 내밀었고, 레사는 그에게 책자를 건넸다.

"황자님의 명으로 널 가르치는 거니, 적어도 일주일간 기초적인 글자를 읽는 법 정도는 익히도록. 그게 성은에 보답하는 길이다."

"노력하겠습니다."

레사의 말에 윈스턴은 못마땅한 표정을 지었다. 그의 잘 다듬은 눈썹과 매끈한 턱 선을 바라보며 레사는 그가 털 한 가닥 흐트러트리는 것도 용납하지 않는 사람일 거라고 생각했다.

"그럼."

윈스턴이 책을 펼쳤다. 짜증이 가득한 어조로 그는 읽고 레사에게 따라 하기를 시켰다. 그의 날카로움과 짜증을 신경 쓰지만 않는다면 그는 좋은 선생이었고, 레사는 신경 쓰지 않았으므로 감탄했다.

"알기 쉽군요."

윈스턴이 레사를 올려다보자 레사가 책을 가리키며 말했다.

"설명 말입니다."

"나에게 아부해 봐야 아무것도 안 나와. 난 너 따위 고용 안 하니까. 귀족에게 엉키고 싶다면 에릭이라도 찾아가 보든지. 그는 널 꽤 마음에 들어 하는 것 같으니까."

"충고는 감사합니다만, 딱히 귀족과 얽히고 싶은 마음은 없습니다."

그게 레사의 솔직한 심정이었다.

프레이스 역시 그렇게 높은 금액을 제시하지 않았다면, 아니 제시했다고 하더라도 미나의 아카데미 일 때문이 아니었다면 덥석 물지 않았을 거다. 평민인 레사에게 있어서 귀족이니 황족이니, 높으신 분들과 얽히는 것은 최대한 피하고 싶은 일이었다.

하지만 윈스턴은 픽 비웃고는 책을 탁 덮었다.

"오늘은 여기까지."

"감사합니다."

"감사할 필요 없어. 황자님의 명이 아니라면 가르치지 않았으니까. 난 너같이 칼 들고 설치면서 잘난 줄 아는 놈이 가장 역겨워."

윈스턴이 뒷말을 작게 속삭이며 책을 던지듯 레사에게 돌려줬고, 레사는 책을 받아 들었다. 윈스턴은 자리에서 벌떡 일어나 빠른 걸음으로 응접실을 나갔다.

'까칠하신 분이네.'

레사는 책을 들고 다시 집무실로 돌아갔다. 에릭이 들어오는 레사를 보며 히죽 웃고 물었다.

"괜찮았어? 잔뜩 한 소리 듣지 않았어?"

"괜찮았습니다. 쉽게 가르쳐 주셨어요."

"오? 그 자식이 웬일이지? 칼 쓰는 사람이라면 다 깔보는 녀석인데?"

에릭은 신기하네? 하고 다시 서류로 눈을 돌렸고 레사는 프레이스의 뒤에 서서 책자를 펼쳤다. 복습은 바로 하는 게 최선이다.

레사가 글자의 절반쯤을 머릿속에 집어넣었을 때 에릭이 일어났다.

"그럼, 나도 간다. 일단 클리프랜드 공작가에서 올라온 요청서를 최대한 뒤로 돌리기는 했는데, 이게 언제까지 통할지는 나도 모르겠다. 네 숙부는 섭정이라도 되고 싶으신가 보네."

"그러신 모양이야."

에릭은 보고서를 프레이스에게 넘기고 우아하게 인사를 했다.

"그러면 다음 주에."

프레이스는 고개를 끄덕였고 에릭은 레사에게도 손을 흔들며 집무실을 나갔다.

'좋은 사람.'

레사는 허리를 숙여 마주 인사하며 생각했다.

"그럴 필요 없어."

"네?"

"내 옆에 서 있으면서 내 가신들에게 일일이 인사할 필요 없다고."

"그렇군요."

그건 편하네.

대답하고 나자 더 이상 할 말이 없었다. 레사는 창문으로 다가가 밖을 내다보았다.

'오늘은 꽤 덥겠는데.'

미나는 잘 지내고 있을까?

'이렇게 멀리 떨어져서 지내게 될 거라고는 생각도 못 했어.'

레사는 유지아나를 떠올렸다. 옅은 갈색 피부에 짙은 갈색 머리를 가진 유지아나는 부모님 중 한 분이 남부인이라고 했다.

5년 전, 엉망진창이 된 채로 골목에서 다 죽어 가고 있던 자신을 둘러업고 데려간 것이 노알. 노알은 유지아나와 함께 살고 있는 집에 자신을 던져두고 이튿날 사라져 버렸다. 결국 유지아나가 그 대신 자신을 돌봐주어야 했다.

'다시 생각해도 노알은 정말.'

절레절레, 고개가 흔들어졌다. 사실 그때 자신은 죽고 싶다고 생각했다. 그래서 그냥 조용히 눈감고 숨이 멈춰지게 해 줘, 라고 기도했다. 그게 그녀의 바람이었으니까.

그때 문틈 사이로 고열에 시달리는 자신을 빼꼼히 바라보던 어린 미나를 선명히 기억한다. 유지아나는 사정없이 자신의 상처를 찰싹 때리고,

"살다 보면 '살기를 잘했어.' 하는 날이 오기 마련이야."

하고 큰 소리로 말했다. 열이 떨어지고 상처에서 피고름도 멈

췄을 때쯤, 유지아나는 특제 스프를 끓여 줬었다.

'맛있었지 그거.'

"일단 맛있는 걸 먹을 수 있다는 걸로 살아야 할 이유를 정해 두는 게 어때? 군이 거창한 건 필요 없잖아?"

그게 유지아나의 두 번째 말이었다.

자신의 손을 잡은 미나의 "죽지 마." 하는 말도 좋았다. 왜냐 면 한 번도 누군가에게서 그런 말을 들어 본 적이 없었으니까. 그렇게 두 모녀에게 보살핌을 받아서 지금까지 제대로 살고 있 다. 딱히 살아야 할 큰 이유를 찾지는 못했지만, 미나가 있다는 것만으로도 이유는 충분했다.

'아마 지금이 내가 가장 열심히 사는 때가 아닐까? 돈을 벌어 야 하니까?'

새삼 깨달아 레시는 스스로를 대견스럽게 생각했다.

"레사."

"네."

부름에 레시는 책을 덮고 돌아섰다.

"내일 사냥 모임이 있어."

"사냥 모임, 입니까?"

레사가 갸웃 그게 구체적으로 뭘까 하는데 프레이스가 설명 했다.

"근처의 사냥터로 가서 다 같이 사냥을 하며 친목을 도모하는 행사인데. 말 탈 줄 아나?"

"압니다."

"그래?"

이건 의외인 사항이라 프레이스는 살짝 놀랐다. 평민이 말을 탈 기회는 거의 없다. 짐수레나 마차를 끌게 하는 거라면 모를까, 등에 올라타는 승마는 귀족을 위한 것이라고 해도 과언이 아니었다.

게다가 시골도 아니라 도시에서 산다면 더더욱.

"당나귀나 노새를 타는 것과는 달라."

"네."

레사는 압니다, 하며 고개를 끄덕였고, 프레이스는 "그래? 그럼 호위에 별문제는 없겠군." 하고 시선을 책상으로 돌렸다.

클리프랜드 공작의 청원서가 맨 위에 놓여 있다.

자신의 영지에서 지정된 기간 외에도 소작농을 동원할 수 있게 해달라는 요구서였다. 농사를 위해 나라에서 법으로 일정 기간 외에는 함부로 소작농을 동원하는 것을 금지하고 있는데, 그걸 아예 마음대로 하게 해달라는 요구다.

'쓰레기 새끼.'

외숙부에게 하는 말치고는 지나친 말이라 할 수도 있겠지만, 프레이스에게는 그렇게 느껴졌다. 이렇게 되면 차라리 외숙부든 뭐든 자신을 사랑하게 만들어서 이용해 먹을까, 하는 생각마저 들었지만, 클리프랜드 공작은 프레이스를 만나는 것을 지극히 조심하고 있었다.

대부분의 업무는 서신이나 서류를 이용했고, 사람을 보내 청원하는 경우도 있었지만, 직접 얼굴을 마주 보고 이야기하는 등의 직접적인 접촉은 최대한 피했다.

'덕분에 내 쪽도 그쪽의 지나친 요구를 돌려서 피할 수 있지만.'

하지만 그렇다고 완전히 무시할 수도 없었다.

'폐하께서는 무슨 생각이신 걸까.'

무엇보다도 황제의 생각을 읽을 수가 없다는 것이 가장 답답했다.

프레이스는 한숨을 삼켰다.

폐하.

그래, 자신에게는 어디까지 폐하다.

아버님, 이라는 명칭은 와 닿지 않았다.

'그러니까 어떻게든 옥좌를 차지하고 말겠어.'

더더욱.

자신을 수도원에 팽개쳐 놓은 폐하의 얼굴이 굳어지는 걸 보기 위해서라도.

프레이스는 서류에서 눈을 뗐다.

고개를 돌리니 햇빛에 비껴 진짜로 고양이 눈처럼 아무것도 읽을 수 없는 붉은 눈이 자신을 빤히 보고 있었다.

"왜?"

"네?"

"왜 그렇게 보지? 나르시스트가 될 만큼 잘생겼나, 확인해 보려고?"

자신도 모르게 뾰족한 말이 나갔다.

"일단은 지켜보는 것 역시 제 업무 중 하나입니다만."

"안 봐도 할 수 있잖아."

"네."

"그럼 보지 마."

억지라는 걸 알면서도 프레이스는 말했고, 레사는 순순히 "알겠습니다." 하며 고개를 숙였다. 그러자 또 불쾌감이 치밀어 올랐다.

"반하지 않겠다고 했으니 정면으로 봐도 반하지 않겠지? 생각해 보니 고개를 숙일 필요가 없잖아."

레사가 그 말에 고개를 들고 말했다.

"프레이스 님."

"왜?"

"화내시는 건 상관없습니다. 하지만 업무에 지장이 갈 만한 상반된 명령은 내리지 말아 주시길 부탁드립니다."

레사는 그런 말을 하면서도 책망하는 것이 아니라 지극히 사무적이고 담담한, 그래서 부드럽게까지 느껴지는 어투로 말했고, 프레이스는 입을 다물었다. 잠시 후 그가 머리를 거칠게 쓸어 올리며 말했다.

"미안."

갑작스러운 사과에 레사는 놀라 눈을 동그랗게 떴고, 그가 놀라자 프레이스는 그게 우습게 느껴졌다. 무슨 말을 해도 눈 하나 깜짝하지 않더니, 사과에는 놀라?

"내가 지금 신경이 날카로워서 화풀이를 했어. 사과하지."

"아닙니다."

레사는 당혹해 대답했다. 사과하는 귀족이라는 건 들어 본 적도 없었다. 그런데 황자의 사과라니?

"사과도 못 하는 사람이라고 생각했어?"

"아닙니다."

"근데 왜 그렇게 놀라?"

집요하게 물어 오는 그에게 레사는 솔직히 말했다.

"사과하실 거라고 생각 못 했습니다."

"왜?"

"저에게 화내셔도 상관없는 분이시니까요."

"그렇지."

프레이스는 고개를 끄덕였다. 멋대로 화를 내고, 짜증을 내고, 분노하고, 패악질을 해도 괜찮은 직위이다.

"하지만 그게 옳다고는 생각 안 해."

프레이스의 말에 레사는 다시금 놀랐다가 살짝 미소 지었다.

"그렇군요."

'아, 웃었네.'

스쳐 지나가는 바람보다도 더 짧은 찰나였지만 확실히 웃었다. 프레이스가 줄을 잡아당겨 시녀를 부르며 말했다.

"오늘은 밤 근무가 없어."

"네."

"그러니까 저녁에는 내 침실에 들어오지 않아도 괜찮아."

"들어오지 말라 하시면 들어가지 않겠습니다."

"아니, 들어와도 별 상관없기는 한데."

"부르셨습니까?"

밖에서 시녀의 목소리가 들려왔다.

"던컨에게 오늘 저녁에는 여자를 들이라고 해."

"알겠습니다."

시녀가 대답하자 프레이스가 레사를 돌아보며 말했다.

"밤에 여자들 끼고 잘 거라서."

"그런 거라면 피해드리겠습니다."

"아니 봐도 상관은 없는데, 싫잖아?"

"딱히 성생활에 관심은 없습니다만, 보는 것은 역시 사적인 문제이니 프레이스 님이 아니더라도 여성분들이 싫어하실 수도 있겠지요."

대답했다가 레사가 "아" 하고는 프레이스를 보았다.

"다른 사람에게 보여 주면서 흥을 돋우는 사람도 있다고 했습니다, 그런 거라고 하시면……."

그 말에 프레이스는 신음을 내뱉었다.

"아니, 그런 거 아냐. 그냥 밖에 있어."

"알겠습니다."

"수면제나 여자나, 둘 중 하나를 골라야 하는데…… 여자 쪽이 더 낫잖아?"

"그렇죠."

프레이스의 딜로 복용량을 떠올리며 레사는 고개를 끄덕였다. 그걸 매일매일 마시느니 여자를 끼고 잠드는 게 훨씬 나을 것이다.

그날 저녁, 던컨이 두 명의 여자를 데리고 왔다. 눈을 가리고 약간 불안한 표정으로 던컨의 손에 이끌려 나타난 두 여자는 침실 안에서 눈가리개를 푼 후 프레이스를 보고 환한 미소를 던졌다.

"어머나, 이렇게 잘생긴 귀족 도련님이?"

"그쪽도 같이예요?"

레사를 보며 던지는 말에 레사는 "아닙니다." 하고 대답했고, 여자는 까르륵 웃었다.

"창녀에게 존댓말 쓰는 귀족은 처음 봐요."

"그럼, 거기 녹아 버리게 잘생긴 오빠 혼자서 우리 둘인 거야?"

"그래."

프레이스가 대답하며 레사를 보자 그녀는 인사를 하고 침실을 빠져나와 문을 닫았다. 던컨이 레사를 보고 말했다.

"쓰고 버리실 줄 알았는데."

"내구성이 좋아서요."

"검은뱀 형제를 죽였다고 그랬지. 뱀 죽인 고양이라."

그 말에 레사는 살포시 이마를 찌푸렸다.

"뭐, 좋겠지."

던컨은 내뱉듯 말하고는 응접실을 떠났다. 레사는 오랜만에 자신의 과거를 아는 사람을 만나 불쾌해지는 걸 느끼며 벽에 뒤통수를 기댔다.

고양이.

그건 레사가 있던 암살자 단체를 지칭하는 말 중의 하나였다. 그녀는 자신도 모르게 손을 뻗어 어깨 뒤를 어루만졌다. 단단한 프로텍터 뒤에 새겨진 문신이 느껴질 리는 없지만. 레사는 한숨을 삼켰다.

안에서 웃는 소리가 들리다가 얼마 지나지 않아서 교태로운 신음 소리가 들려왔다. 레사는 가볍게 하품을 하고 눈을 감았다.

이튿날 프레이스는 평소보다 일찍, 여자들의 움직임에 눈을 떴다.

"안녕히 주무셨습니까."

들려오는 익숙한 목소리.

"그래."

잠에 취한 목소리로 대답하자 레사는 두 여성을 밖으로 데리고 나가 던컨에게 인도했다. 그녀들은 깔깔거리며 웃고, 레사의 뺨에 키스를 하거나 달라붙으려 했지만 레사는 정중하게 밀어냈다. 프레이스는 멍한 머리로 누워 천장을 바라보았다.

자신이 잠을 자지 못하는 가장 커다란 이유는 불안감 때문이었다.

언제 누가 자신을 덮칠지 모른다, 하는 생각 때문이었다. 그러니 그 불안감을 없애려면 약물이나, 아니면 매도 먼저 맞는 것이 낫다고, 정말로 자신과 몸을 섞을 사람을 구하든가.

그러면 적어도 '덮쳐지지는' 않을 테니까.

하지만 사람과의 접촉은 다른 면에서 정신적으로 힘들었다. 잠은 자지만 그래도 깨고 나면 피곤함이 남아 있었다.

한참 이마를 문지르다가 프레이스는 침대 헤드에 걸린 가운을 잡아 빼며 몸을 일으켰다.

'사냥 모임 전에 일은 대충 끝내 놔야 하니.'

가운을 걸치고 세면대로 다가가니 레사가 다가와 옆의 병을 들어 세숫물을 채워 주었다. 세수하고 나니 이번에는 수건을 건네준다.

"자른다니까 잘하는 건가?"

수건을 받아 들며 프레이스가 빈정거리자 레사가 "피곤해 보이셔서." 하고 대답했다.

"쓸데없는 참견이야."

프레이스의 뾰족한 말에 레사는 고개를 숙이고 "네." 하고 대답한 후에 물러났다. 프레이스는 옷을 갈아입고 침실 밖으로 나갔다.

나오니 평소와는 다른 옷을 입은 레사가 서 있었다. 자신의 장갑 단추를 채우고 있던 레사가 힐끗 프레이스를 보고 말했다.

"시녀가 새로 옷을 가져다줬습니다. 사냥터용, 이라는데요."

딱 붙는 늘씬한 승마용 바지를 입은 레사를 보고 프레이스가 말했다.

"좀 더 먹고 키 크는 게 좋을 것 같군."

"이미 다 큰 겁니다."

"그래?"

"네."

"그렇군. 역시 호위 일 하기에는 너무 작은 거 아닌가."

"능력은 훌륭하다고 생각하는데요."

"하긴."

레사의 말에 프레이스는 순순히 고개를 끄덕였다. 아침 업무를 시작하는데 시종이 문밖에서 말했다.

"베렛 공자님이 찾아오셨습니다."

"윈스턴이? 오늘 오는 날이 아닌데?"

"황자님의 명으로, 알반 님께 글자를 가르치러 왔다고 합니다."

"아―."

프레이스는 고개를 들었고 레사는 '일부러? 날 가르치러 등성했다고?' 하고 당혹했지만 프레이스가 "나가 봐."라고 말해 집무실을 나왔다.

응접실에는 윈스턴이 벗은 장갑을 한 손에 들고 서 있었다. 레사는 마른 그의 몸을 잠시 바라보았다.

'그래도 나보다 키는 크단 말이지.'

여자인 이상 어쩔 수 없기는 하지만, 사실 성별 따위는 상관없으니 키가 백팔십이 넘고 근육질 몸이면 더 좋겠다고 생각하는 레사였다.

"책을 어디다가 태워 먹은 건 아닌 것 같군."

윈스턴의 말에 레사가 들고 있던 책을 들어 보이며 말했다.

"일단 가르쳐 주신 곳까지는 전부 암기했습니다."

그 말에 윈스턴은 한쪽 눈썹을 치켜 올렸다가 차갑게 말했다.

"거짓말은 금방 들통나."

"들통날 거짓말을 할 정도로 어수룩하지는 않습니다."

윈스턴은 자리에 앉아 레사에게서 책을 받아 들었다. 가타부타 말도 없이 책자를 열어 가벼운 테스트를 본 그는 레사가 정말로 자신이 가르쳐 준 곳까지 훌륭하게 복습했다는 것을 알았다.

"의외군."

"네?"

"머릿속에 든 게 근육만은 아닌가 보지."

"장식으로 달고 다니는 정도는 아닙니다."

좀 둔하기는 하지만.

그 정도의 자각은 있었다.

"저도 의외입니다."

"뭐가?"

"가르쳐 주러 오실 줄은 몰랐습니다."

"황자님의 분부시니, 확실한 실적을 내놓아야지. 네놈의 머리를 믿을 수 없으니, 꾸준히 때려 박는 수밖에."

"노력하죠."

레사는 진지하게 대답했다.

*　　*　　*

애버릿은 홍차를 따르는 어머니를 바라보았다. 릴리안은 마흔 중반이지만 아직도 소녀 같은 면을 가지고 있었다. 그녀가 쓰는 다기들은 우아함보다는 귀엽고 발랄함이 더 강조된 것이었다.

"프레이스에게 암살자가 갔다면서요."

"네."

"궁에서 암살이라니, 프레이스도 큰일이에요."

달칵, 가볍게 주전자를 내려놓으며 릴리안이 뺨에 손을 대고 한숨을 내쉬었다. 애버릿은 그런 어머니를 살피듯 바라보며 싱긋 웃었다.

"큰일이죠."

"황자도 몸을 조심하도록 하세요. 이든 경이 있는 한 안전하겠지만요."

"네, 안 그래도 만전을 다하고 있답니다."

"프레이스가 없어지면, 황위 계승자는 애버릿, 그대 하나뿐이니 말이에요. 반대도 마찬가지고. 좀 더 몸을 사리는 게 좋아요."

"하지만 여러 임무를 맡고 있는바, 제국을 위하는 일에 몸을 사릴 수는 없지요. 저만 아니라 프레이스도 말이에요."

"그래도 종종 몸을 쉬어 주는 것도 중요해요. 그러고 보니 프레이스는 오늘 사냥을 나간다고 하더군요."

자리에 앉아 릴리안이 설탕 통의 뚜껑을 열었다. 보통이라면 시종들을 시킬 일이지만 오늘은 아들과의 오붓한 자리이니 사람을 물리고 모든 것을 직접 하고 있었다.

애버릿이 잔을 들며 말했다.

"사냥이라, 암살의 위협이 얼마 전에 있었는데 무모하네요."

"건재하다는 걸 보여 주고 싶은 게 아닐까요?"

"그래도 밖은, 황성 안보다 더 불확정 요소가 많으니까요."

애버릿이 은발을 귀 뒤로 넘겼다. 릴리안은 자신의 은발을 쏙 빼닮은 아들을 흐뭇하게 바라보았다. 그녀가 각설탕을 찻잔에 빠트렸다.

붉은 찻물이 순식간에 설탕을 물들이며 녹여간다.

"전 황후마마를 닮았지요."

릴리안이 작게 중얼거리고 고개를 들어 아들을 바라보았다.

"무모한 점이나 활달한 점이 말입니다. 황후마마도 그런 분이셨죠."

황후라는 직위를 가졌지만, 총애는 받지 못했던 여인.

릴리안은 달콤한 차를 마시기 시작했다.

그만큼 자신을 향한 질투에 불탔던 황후는 무슨 일을 하든 사사건건 릴리안을 괴롭혔다. 이제는 그것도 옛이야기가 되어 버렸지만 말이다.

"아버님은 좀 어떠십니까?"

애버릿의 물음에 릴리안이 장난스럽게 웃으며 말했다.

"걱정이 되면 한번 찾아뵙지 그러세요?"

"주변 사람의 눈도 있고, 프레이스도 알현을 청했다가 거절을 당했으니……."

"그러니 더더욱이요. 폐하께서 누구에게 마음이 있는지 모든 사람들이 알아야죠."

"절 만나 주시지 않을지도 모르죠."

애버릿이 피식 웃으며 말했다.

두 아들에게 정사의 대부분을 맡기고 칩거해 있는 황제를 가장 자주 만나고 있는 것은 자신의 어머니다. 그리고 그것만으로도 애버릿에게는 충분히 힘이 되었다.

만나기를 청했다가 거절을 당하느니, '만약'으로 상황을 남겨 두는 것이 나았다.

"아버님의 확답을 받아 주시면, 만나러 가겠습니다."

"어머나, 이 어미를 부려 먹을 작정이군요."

릴리안이 싱긋 웃으며 잔을 내려놓았다. 그리고 정원을 바라보며 말했다.

"오늘은 날씨가 아주 좋네요."

"네, 사냥하기에 좋은 날씨인 것 같습니다."

애버릿이 그녀를 따라 시선을 돌리며 맞장구쳤다.

* * *

뿌우우웅―!

사냥 나팔 소리가 커다랗게 울려 퍼졌다. 승마복을 멋들어지게 차려입은 프레이스가 햇살에 눈을 가늘게 떴다.

"요즘 사냥터에 사슴이 많이 늘었다고 하는군요."

프레이스의 곁으로 제프 자작이 말을 가까이 붙이며 말했다.

"그런가? 오늘 사냥이 기대되는군."

"황자님의 활 솜씨야 다들 알고 있으니까요. 하하하하."

호탕하게 웃음을 터트리며 제프 자작은 두툼한 배를 두들겼다. 레사는 말을 타는 건 오랜만이었기에 적응하기까지 약간 시간이 걸렸지만, 곧 능숙하게 말을 몰아 프레이스의 옆에 붙었다.

"오, 이자가 새 호위군요."

"그래."

레사는 가볍게 그에게 목례했다. 제프 자작이 히죽 웃었다.

"평민이라죠."

"실력은 탁월해."

"황자님의 선택이니 당연히 그렇겠지요."

제프 자작이 끈적한 눈으로 레사를 바라보았다. 그의 취향은 미소년이었던 것이다. 프레이스는 그의 취향에 비해 너무 컸고, 레사가 딱 그의 취향이었다.

프레이스는 그런 시선에 민감했고, 그게 자신을 향한 것이 아니더라도 불쾌한 것은 마찬가지였다. 그가 말을 앞으로 빠르게 몰자 레사가 얼른 그 뒤를 따랐다. 프레이스가 힐끔 멀어진 제프 자작을 한 번 보고 레사를 불렀다.

"너."

"네."

"제프 자작에게 가까이 가지 마."

"안 갑니다."

레사가 의아해하며 대답했다. 아니, 당신의 호위인데 내가 어디를 갑니까?

"그럼, 됐어."

오후 햇살에 비스듬히 쓴 승마 모자에 붙은 장식이 반짝였다.

본격적으로 사냥이 시작되어 먼저 몰이꾼의 소리와 개 짖는 소리가 요란하게 들려왔고, 황자도 일행 몇몇과 함께 몰이꾼을 따라 숲으로 달려 들어갔다.

'취미로 사냥이라.'

사치구만.

여유로세.

레사는 자신도 모르게 빈정거리는 생각을 했다.

'이건 내가 오 일 후에 잘리기 때문인 건 아냐.'

레사는 열심히 프레이스의 옆에 붙어 있기 위해 힘썼다. 몰이 꾼이 여기저기서 고함을 치며 "꿩이야!", "사슴이야!" 하고 외쳤기 때문에 다들 몰이꾼을 따라 이리저리 흩어졌다.

'흩어졌는데.'

레사가 말을 약간 빨리해 프레이스의 옆에 붙었다.

"프레이스 님."

"왜?"

"원래 사냥이 이렇게 뿔뿔이 흩어지는 겁니까?"

"때에 따라서는."

"그런가요. 상당히 숲 안까지 깊이 들어왔는데."

그 말에 프레이스가 말을 멈춰 세웠다.

"그런가."

"네."

대답하고 레사는 숨을 크게 들이마셨다.

"프레이스 님. 몰이꾼이 아닙니다."

그 말에 프레이스의 녹색 눈이 휙 레사를 돌아보았다. 레사가 등에 맨 활을 꺼내 시위를 걸며 말했다.

"게다가 이 수는 상당합니다. 일단—."

말하던 레사가 말에서 몸을 날려 프레이스를 밀쳐 떨어트렸다.

"—!"

프레이스는 놀랐지만 생각보다 충격은 크지 않았다. 등자에 발이 걸리지 않은 게 천운이었다. 레사가 몸을 벌떡 일으켰다.

"히이이잉!"

독화살을 맞은 말이 거품을 물고 미친 듯이 날뛰기 시작해 프레이스는 비틀거리며 일어나 말에게서 멀리 떨어졌고, 레사가 그의 팔을 잡아당겼다.

"뛰십시오."

"어느 쪽으로?"

레사는 이를 드러냈다.

둘, 셋, 넷, 다섯, 여섯.

드러내는 기척이 꽤나 당당하다. 거기다가 도주로는 다 막혔으니⋯⋯. 레사는 "뒤로!" 하고 외쳤고, 프레이스는 뒤도 돌아보지 않고 달리기 시작했다. 레사는 활을 어깨에 끼고 휘리릭, 허리띠의 연검을 잡아 뽑았다.

다루기가 까다롭고, 낭창하게 흐르는 연검이 허공에서 춤을 췄다.

챙챙—

날린 독침과 화살이 무력화되는 것을 보고 암살자들은 서로 얼굴을 바라보았다가 앞으로 달리기 시작했다. 레사는 입술을 핥았다.

'내 마음대로 싸우면 좋은데.'

지금의 자신은 호위. 어떻게든 황자가 무사히 이곳을 빠져나갈 때까지 사수하는 것이 목적이다. 레사는 프레이스를 따르면서 계속 뒤를 견제했다.

'그런데 이 자식들 너무 여유만만인데?'

쫓아오는 폼이 왜인지 설렁설렁했다. 물론 죽이겠다는 의지는 확실하게 전해져 왔지만—,

'이 숲을 벗어나기 전까지 반드시 죽이겠다는 각오가 보이지 않는달까.'

마치 사냥꾼이 몰이를 하듯……

프레이스는 멈춰 섰다. 깊은 계곡이 아래쪽에 보이고 있었다. 레사 역시 물소리와 갑자기 확 트인 전망을 보고 그것을 눈치챘다.

여섯 명이 천천히 포위를 좁히며 다가왔다. 레사는 등 뒤에 프레이스를 두고 서서 앞으로 짓쳐 나갔다.

따앙—!

쇠와 쇠가 맞부딪치는 맑은 소리가 울려 퍼졌다. 프레이스 역시 검을 빼어 들고 응전했다.

'하나!'

레사가 허벅지를 휙 상대의 목에 감으며 그걸 축 삼아 한 바퀴 돌듯 움직였다. 무슨 서커스라도 보는 듯한 동작이었지만 효과는 확실했다.

우드득—

상대방의 목이 완전히 돌아가며 꺾였다. 동료가 죽었는데도 암살자들은 동요 없이 움직였다.

팅, 팅, 팅!

레사가 프레이스에게 발사되는 쿼럴을 튕겨 냈다. 덕분에 틈이 생겨 그대로 팔을 베이고 말았다.

"레사!"

레사는 대답하지 않고 남은 다섯을 바라보았다.

그사이 점차 점차 뒤로 밀려 계곡이 바로 발뒤꿈치 뒤였다. 힐끗 돌아본 계곡은 떨어진다면 돌바닥에 바로 즉사할 모양새였고, 안쪽에 위치한 물길은 꽤 깊었지만 돌이 많은 만큼 휘몰아치고 있었다.

레사는 그대로 몸을 돌리며 프레이스를 잡아끌고 절벽에서 뛰어내렸다. 전혀 예고 없는 동작이라 프레이스뿐 아니라 암살자들도 당황했다.

순식간에 바닥이 가까워져 온다.

레사는 프레이스를 끌어안아 자신의 품에 그의 머리를 감쌌다. 그리고 동시에,

우지직, 콰드득—

하는 소리와 함께 속도가 경감했다.

"큭—!"

절벽의 나무에 한 번 몸을 부딪쳐, 레사는 속도를 줄였다. 그리고 나서 떨어지며 와이어로 나무뿌리 쪽을 감아 그대로 스윙

했고, 계곡의 물속으로 몸을 날렸다.

"숨을 멈추십시오!"

레사의 외침이 귀에 똑똑히 들려 프레이스는 숨을 크게 들이마셨다.

이어 두 번째 충격.

빠른 물살에 둘은 순식간에 휩쓸려 내려가기 시작했다. 레사는 팔다리를 움직여 어떻게든 수면 위로 올라가려고 애쓰며 계속 프레이스를 추슬렀다.

속도가 빠른 계곡에서 돌에 치이기라도 하면 큰 부상을 입을 것이다. 하지만 레사의 몸무게와 근력으로 물살에 휩쓸려가는 프레이스를 건져 내는 게 쉬운 일이 아니었다. 프레이스는 몸을 바위에 부딪치며 숨을 토해 냈다.

깜박이는 시야 사이로 탁한 수면 아래와 수면 위가 번갈아 보였다. 자신의 목덜미를 잡아당기며 소리치는 목소리를 들으며 프레이스는 그대로 정신을 잃었다.

황자님, 황자님.

달콤한 목소리에 프레이스는 진저리를 쳤다. 그런 그의 옷을 벗겨 내며 여자는 뺨에 목에 가슴에 키스를 퍼부었다.

"싫……."

절 이렇게 만든 건 황자님이에요.

절 이렇게 어린아이에게 빠진 음탕한 여자로 만든 건 황자님이에요.

더듬거리는 뜨거운 손길.

전신에 소름이 돋았다.

"저리…… 가!"

소리를 치며 프레이스는 헉하고 눈을 떴다. 동시에 느껴지는 통증으로 그는 몸을 웅크렸다.

"허윽―!"

"갑자기 움직이시면 아플 거예요. 근육이 놀랐거든요. 게다가 멍도 상당히 들었고 말입니다."

들려오는 침착한 목소리에 프레이스는 간신히 고개를 들었다. 거기에는 창백한 얼굴의 레사가 자신을 바라보고 있었다.

"어떻게……?"

탁한 목소리와 함께 목에 통증이 느껴졌다. 레사가 작게 말했다.

"물을 많이 드셔서 숨 쉬거나 말하실 때 목이 아프실 겁니다. 금방 괜찮아질 거예요."

"여기는……?"

"계곡의 하류를 따라 내려온 어딘가의 동굴입니다."

프레이스는 후우, 후우, 하고 숨을 몰아쉬고 훗, 하고 숨을 삼킨 후 몸을 일으켰다. 시선을 돌리니 돌로 만든 작은 화로에서 타오르는 불이 보였다.

그 흔들리는 불꽃을 한참 보다가 프레이스가 중얼거렸다.

"살았군."

"살았습니다."

레사가 희미하게 웃었다. 프레이스가 그런 레사를 바라보며 물었다.

"몸은?"

"정상은 아닙니다만, 운이 좋았습니다. 일단 관통상을 입은 곳은 없고, 전부 타박상입니다."

나무에 몸을 부딪쳐 속도를 줄이면서 레사는 일차적으로 나무에 관통당할 거라고 생각했지만, 다행히도 그런 일은 일어나지 않았다. 이어 스윙하면서 팔 관절이 빠지고 아작 날 걸 각오했는데, 관절에 무리가 오기는 했지만, 팔을 쓰지 못할 정도는 아니었다. 계곡 안에서 프레이스를 보호하고 끌어 올리면서 전신에 타박상을 입었지만, 역시 운신을 못 할 정도는 아니다.

말 그대로, 운이 좋았다.

"하지만, 그놈들이 우리를 포기할 리가 없으니 쫓아올 겁니다. 그리고 황자님이 없어진 걸 알면 역시 황성 쪽에서도 병사들이 나오겠죠."

"얼마나 시간이 지났지?"

"밤입니다. 아직 하루가 지나지 않았습니다. 흔적을 최대한 지우기는 했지만, 그쪽도 추적술의 달인이고, 전 정신을 잃은 프레이스 님을 옮겨야 했으니 완벽하지는 못할 겁니다."

"……거기서."

"네?"

"거기서 계곡으로 뛰어들 줄이야."

"그거 외에는 방법이 안 보이기에."

"둘이서 다섯을 못 이겨?"

레사가 갸웃하고 말했다.

"물론 단순히 검술과 체술의 싸움이라면 저도 그냥 싸웠겠습니다만, 그쪽에서 독 가루와 그물을 쓰려고 하더군요."

레사의 말에 프레이스는 침묵했다. 그래도 위험한 선택을 했다고 추궁하려나, 하고 있는데 그가 불쑥 말했다.

"옷 벗어봐."

"네?"

"상처 보여 줘."

"별로 보실 만한 건 못됩니다."

"심한지 안 심한지 봐야 알지."

"제 몸은 제가 잘 압니다."

"빨리 벗어. 명령이야."

레사는 머뭇거리다가 천천히 셔츠를 벗었다.

어차피 셔츠 안에 가죽으로 된 프로텍터를 차고 있으니 상관없기는 한데…….

드러난 그녀의 어깨와 허리 그리고 팔은 전부 멍과 쓸린 상처 투성이였다. 그리고 팔에 감은 붕대에는 피가 번져 나와 있어서 총체적으로 '괜찮은 꼴'은 아니었다.

"엉망이군."

"살아 있고, 심한 상처는 없으니 괜찮습니다."

답하고 레사가 다시 셔츠를 입었다. 프레이스는 셔츠를 입은 레사를 물끄러미 바라보았다. 생각보다도 훨씬 말랐다.

'아니, 말랐다기보다는 가냘프다는 느낌인가.'

청년이라기보다는 아직 소년의, 성장기에서 완전히 벗어나지 못한 듯한 모습이었다.

그런 사람에게 감싸여졌다.

물론 그것이 그의 임무라는 것을 알지만, 머리로 아는 것과 실제로 겪는 것은 전혀 다른 것이다. 입으로야 얼마든지 '목숨 바쳐, 몸 바쳐 지키겠습니다.'라고 말할 수 있다. 하지만 정말로 그 상황이 되었을 때 그럴 수 있을까?

게다가 레사는 기사도 아니다. 명예나 직위에 몸을 바치는 종류의 사람도 아니며, 귀족도 아니다. 단순히 돈을 내고 계약한 관계.

그런데도 감싸였을 때의 안온감은 확실하게 기억하고 있었다. 추락하는 와중인데도 힘 있게 자신을 끌어안는 팔에는 망설임이 없었다.

'불안감이 없었어.'

"그러면."

레사의 말에 프레이스는 상념에서 깨어나 퍼뜩 고개를 들었다. 레사가 조용히 말했다.

"두 가지 선택지가 있습니다. 첫 번째는 지금 이 자리에서 암살자든 구원병이든 기다리는 겁니다. 두 번째는 우리 쪽에서 먼저 황궁이나 믿을 만한 병사들 쪽으로 이동하는 거고요."

"암살자를 피해서 도망친 거니 첫 번째 선택지를 선택할 필요는 없겠지. 이동하지 못할 만큼 심각한 부상을 입은 것도 아니고."

"알겠습니다."

레사가 고개를 끄덕이며 자리에서 일어났다. 프레이스는 뭐라고 하려다가, 그제야 자신이 망토 한 장만 두른 벗은 차림이라는 걸 깨달았다.

"내 옷은?"

"말리는 중입니다. 거의 다 말랐으니 가져오도록 하죠."

프레이스는 시선을 돌려 위를 보고서야 자신의 옷이 불 위에 나란히 걸려 있는 것을 보았다. 부츠는 아직 말리는 중인 듯했다. 레사가 옷을 가져다가 프레이스에게 주고는 돌아섰다. 프레이스는 얼른 옷을 입으며 물었다.

"네 옷은?"

"전 그냥 입은 채로 말렸습니다."

"나도 놔뒀어도 상관없었을걸."

어차피 여름이니까.

"옷을 벗긴 게 불쾌하셨겠지만, 적은 양의 체력이라도 온존하는 것이 좋습니다. 그리고 마른 옷을 입는 편이 기분도 더 좋지 않나요?"

그건 그렇지.

소매나 깃 부분이 덜 마르기는 했지만, 그래도 다른 부분은 전부 말라 있어서 괜찮았다.

"다 입었어."

프레이스의 말에 레사가 돌아서서 물었다.

"어디 아프거나 하신 곳은 없으십니까?"

"네가 감싸 줘서 괜찮아."

"다행입니다. 그렇다면 프레이스 님이 하실 일은 한 가지입니다."

진지하게 말해 프레이스 역시 진지하게 레사를 바라보았다.

"잘 먹고, 주무시는 겁니다."

"……."

"고기 손질은 해놨으니 이제 굽는 일만 남았답니다."

"그게 그렇게 중요해?"

"어느 상황에서든지 먹는 건 중요합니다."

레사는 더할 나위 없이 진지했다. 체력은 무슨 일을 하든 가장 기본이 되는 것이고, 이 체력은 연료가 없으면 돌아가지 않는다. 좋은 연료를 넣는 것이 무엇보다 중요하다.

마지막에 약간의 체력이 생사를 가르게 되는 것이다.

"그보다 이동하는 게 좋지 않을까?"

프레이스는 걱정이 되어 물었지만, 레사는 고개를 저었다.

"아마 편하게 쉴 수 있는 건 오늘 밤 정도가 한계일 겁니다. 오늘은 쉬고 체력을 비축해 두십시오."

프레이스는 고개를 끄덕였다. 이런 상황에서 레사의 조언을 따르지 않는 것이 더 바보 같으리라. 레사는 솜씨 좋게 준비해 둔 토끼 고기를 구워 냈다.

"불은 어떻게 붙인 거야?"

"방수 주머니에 성냥이 들어 있어서요."

"방수 주머니?"

레사가 가죽으로 된 자신의 힙색을 툭툭 두들겨 보았다. 기본적인 서바이벌 용품이 들어 있는 기특한 주머니다. 평소의 호위 때는 매지 않는데, 오늘은 사냥이라서 '사슴이라도 잡아 구워 먹는 건가?' 하고 챙겼던 것이 정답이었다.

'안에 들어 있는 코코의 연고는 효과도 뛰어나니, 내일이면 타박상의 통증도 상당히 경감하겠지.'

그녀는 토끼 고기를 잘라, 나뭇가지로 꼬치를 꿰어 굽기 시작했다.

곧 지글지글 기름이 뚝뚝 떨어지면서 토끼 고기가 갈색으로 반지르르하게 익어가기 시작했다.

그 냄새에 프레이스는 입 안 가득 침이 고였다.

'배고파. 이렇게 허기진 것도 오랜만이네.'

프레이스는 감회 아닌 감회에 젖어 레사가 고기를 굽는 것을 바라보았다. 레사는 상비하고 있던 암염을 살짝 고기 위에 뿌렸고, 탁탁 소금 튀는 소리가 나더니 곧 사르르 육즙 사이로 녹아든다.

레사는 잘 익은 고기를 프레이스에게 꼬치 채로 건네주었다. 프레이스는 덥석 고기를 입에 물었다가 뱉었다.

"뜨것―!"

"천천히 드십시오. 많이 있으니까요."

암염을 살살 뿌린 토끼 고기는 맛있었다. 아니, 지금 먹으면 뭐라도 맛있겠지. 프레이스는 허겁지겁 토끼 고기를 먹어 치웠다. 중간에 레사가 수통의 물을 권해 마셨다. 가죽 냄새가 났지만 거기에 불평할 만한 상황이 아니라는 건 프레이스도 알았다.

먹으며 그는 생각을 정리했다.

'일단 이 암살에 제프 자작이 관여되어 있을 경우.'

그런 경우라면 자신을 찾으러 나온 병사들조차도 적이 될 수 있는 상황이다. 그리고 구원병은 미뤄지겠지.

'개인적으로 사병을 풀어 황자님을 찾아보았으나, 찾지 못했습니다, 같은 이야기가 되려나. 아냐, 그렇게 대담한 인물은 못 돼. 그렇다면 상당히 필사적으로 날 찾고 있겠지. 문제는…….'

이곳까지 병사를 보내느냐 아니냐다.

계곡에 떨어졌다고 생각할까? 아니면 그 사냥터 숲 속에서 길을 잃었다고 생각할까? 계곡에 휩쓸렸다고 생각한다 해도 탐색 범위는 어디까지 잡을까?

"레사."

"네."

"우리가 얼마나 휩쓸려 내려왔지?"

"저도 정확히는 모르겠습니다만…… 수도를 벗어난 게 아닌가 싶습니다."

이미 사냥터 자체도 수도의 외각에 존재하는데 레사가 프레이스를 끌어 올릴 수 있었던 것은 드디어 계곡의 폭이 넓어지면서 물살이 완만해졌기 때문이었다. 물살은 인간의 생각보다도 훨씬 빠르다.

"내가 없어졌다고 하면 일단 사냥터를 뒤질 거야. 그러는 데만 하루 이틀은 걸리겠지. 계곡에 떨어졌다, 라고 판단해서 병사를 풀면 위에서부터 훑어서 내려올 테니……."

프레이스는 혀를 찼다.

"구원은 기대하지 않는 쪽이 편하겠군."

"계곡에 떨어졌다고 하면, 시간과 유속을 계산해서 아래쪽을 뒤질 정도의 지혜는 있겠죠."

"아, 그래, 그렇군. 황실 병사들까지 동원되면 의외로 빠를지도. 뭐, 합류하기 전까지 살아남는 게 쟁점이기는 한가."

"그리고, 꽤나 노골적인 암살 시도였습니다. 게다가 여섯이나 고용하다니."

레사는 살짝 눈을 찌푸렸다.

황족 암살이라는 무시무시한 타이틀의 의뢰를 받는 곳 자체가 드물다. 잘못하면 조직째로 뿌리 뽑혀 나갈 것이다. 게다가 황족은 깊은 곳에서 경호원들에게 둘러싸여 있기 마련이다.

어지간히 실력에 자신이 없으면 안 된다. 그리고 그런 사람은 뒷세계에서도 손에 꼽을 만큼 적다.

"이 기회에 남은 다섯을 전부 잡아 버리면 앞으로는 암살이 오지 않을 가능성이 높네요."

레사의 말에 프레이스가 "그래?" 하고 물었고 레사는 고개를 끄덕였다.

"암살 의뢰 자체를 받지 않을 테니 말입니다."

"왜?"

"황자를 암살할 만한 실력자를 키우는 데 얼마나 많은 시간과 돈이 투자된다고 생각하시나요. 그렇게 대량으로 단시간에 뽑아낼 수 있는 게 아닙니다."

"과연."

제대로 된 기마병이나 궁병을 키우는 데 들어가는 비용이나 시간을 생각하니, 프레이스는 납득했다.

'암살자라는 것도 막 만들어 낼 수 있는 건 아니겠지.'

단순히 정예 보병을 키우는 데에도 상당한 시간이 투자된다. 기사들이 귀족일 수밖에 없는 건 당연한 일이다. 말을 먹이고, 갑옷을 갖추고, 검과 창을 휘두르는 데에 상당한 시간을 할애해야 하니, 돈과 시간이 남는 귀족이 하는 수밖에.

종기사 시절부터 치면 한 사람의 기사가 될 때까지 최소 4, 5년에서 최대 8, 9년이 걸리는 셈이다. 그렇게 시작한 기사 중에서도 위로 올라가려면 단순히 돈과 시간으로는 되지 않는 재능의 영역.

암살자 역시 마찬가지일 터.

"게다가 기본적으로 수가 적을 테니……."

프레이스가 중얼거렸다.

"네 말이 맞는 것 같다."

프레이스의 말에 레사는 고개를 끄덕이고 덧붙였다.

"물론 백 퍼센트는 아닙니다."

어디에든 가능성은 열려 있는 법이니까.

"알아."

짧게 대답하며 프레이스는 물끄러미 레사를 바라보았다. 일렁이는 불꽃이 무표정한 그의 얼굴에 표정을 만들어 내고 있었다.

탁, 타탁―

나무의 공기가 터지는 소리가 작게 들렸다.

오늘 날 위해서 목숨을 건 호위, 인데…….

"레사."

"네."

"너 나에게 반했냐?"

"아닙니다."

"아, 역시?"

"네. 반하지 않는다고 말씀드렸잖습니까."

프레이스는 피식 웃었다. 보통이라면 보여야 할 충의도, 애정도 보이지 않았다.

"금화 백 개에 목숨을 판다는 건가."

"돈보다는 계약이 더 중요하죠."

"음?"

"돈이 중요했으면, 적이 저에게 돈을 더 주고 프레이스 님을 죽여 달라고 했을 것 아닙니까."

"그러네."

"돈의 액수는 상관없습니다. 어떤 액수든 저는 당신을 지키겠다고 계약했고, 그렇다면 그건 지켜야 하는 겁니다."

"계약의 신의, 인가."

"그런 겁니다."

그게 없다면, 아무도 용병을 써 주지 않을 것이다.

"좋네."

프레이스는 작게 중얼거렸다. 정말로 그는 나에게 반하지 않은 것이다.

기묘한 울렁임과 기쁨이 프레이스의 마음속에 솟아났다.

'어쩌면, 어쩌면 진짜로.'

날 사랑하지 않는 사람을 만난 건지도 모른다.

하지만 마음속에는 여전히 미약한 불신이 자리 잡고 있었다. 호위가 된 뒤로 고작 이틀째다. 지나치게 설레발을 치는 걸지도 모른다.

믿지 않는 편이 좋다. 그 편이 상처 받지 않으니까.

다시 프레이스의 고기 먹는 소리가 느려질 때쯤, 레사도 자신의 몫을 먹기 시작했다. 식사를 끝내고 나서 프레이스는 순순히 레사가 주는 약을 받아먹었다.

물론, 레사가 먼저 그 약의 반을 자신이 먹는 걸 보여 주었지만 말이다. 그리고 나서 레사는 불을 완전히 껐다.

"이제 주무십시오. 잠자리가 불편하시겠지만."

"맨정신으로 잘 수 있을 것 같지는 않은데."

"기절이라도 시켜드릴까요?"

레사의 말에 프레이스는 가볍게 웃었다가 어둠 속에서 곧, 그가 진심을 말했다는 걸 깨달았다.

"정말로 날 기절시키려고?"

"잠이 안 오신다면요."

"올 리가 없잖아. 밖에서는 암살자가 날 노리고 있고, 바깥인 데다가, 수면 향도, 수면제도 없어."

"대신 제가 있습니다."

프레이스는 그 말에 침묵했다.

어쩌나 그 말을 사무적으로 하는지, 차갑게 느껴질 지경이었다. 하지만 그래서 오히려 마음이 놓였다. 그의 말에는 달콤한 애정이나 사근사근하게 비위를 맞추려고 하는 흔적이 없었으니까.

"네가 있으니까 뭐?"

"왜 수면에 문제가 있으신지는 저도 모르지만, 암살자는 걱정하실 필요가 없습니다. 일단 암살자가 찾아오면 제가 먼저 그들을 맞을 겁니다. 그러니 프레이스 님이 일어나셔서 준비하실 시간은 충분합니다. 그리고 제가 암살자를 알아차리지 못한다면, 프레이스 님이 깨어 계셔도 알아채지 못할 겁니다. 그러니 똑같죠. 물론 제가 최선을 다해서 프레이스 님을 지킬 거라는 걸 믿지 못하신다면―."

"믿어."

말을 뚝 자르고 프레이스가 답했다.

지금까지 해 온 행동을 눈으로 봤는데 믿지 않는 쪽이 이상하다. 프레이스는 망토를 깔고 바닥에 누웠다. 동굴이라고 해도 그렇게 깊지 않은 곳이라서 그런지, 바닥이 심하게 울퉁불퉁하지 않았다.

"레사."

"네."

부르고 나서 프레이스는 말문을 닫았다. 네가 안 보여, 라든가. 어디에 있어? 같은 말 따위는 그야말로 어린애의 어리광이다.

"손이라도 잡아드릴까요?"

레사는 침묵에 농담 삼아 물었다. 지나치게 진지해서, 농담으로 들리지 않는다는 게 문제이기는 했지만.

"그래."

그리고 의외의 대답이 돌아와 레사는 눈을 동그랗게 떴다가 무릎걸음으로 프레이스 쪽으로 다가갔다. 그녀는 망토 사이로 조심조심 손을 밀어 넣었다.

덥석, 손이 잡힌다.

'뜨거워.'

생각보다 훨씬 높은 체온에 레사는 놀랐다.

"차갑네."

프레이스가 레사의 손을 잡고 작게 말했다. 잡고 슬쩍 만져 본 소매 깃은 아직도 축축했다. 자신이 아니라 그야말로 체력적으로 괜찮은 건가?

걱정이 되었다.

"너 정말로 몸은 괜찮은 거야?"

"백 프로 완벽하다고는 할 수 없지만 팔십 퍼센트 정도로 괜찮습니다."

"그게 뭐냐."

프레이스는 픽 웃었다. 차가운 손이, 손가락이, 거칠긴 하지만 가늘다. 그 서늘함이 기분 좋았다. 타박상 때문에 미열이라도 오르고 있는 걸까?

"너 사실은 인간이 아닌 거 아냐?"

"그럴지도 모르겠네요."

"뭐?"

프레이스가 놀라 고개를 살짝 들었다. 그걸 레사가 제지하듯 살짝 그의 이마를 도로 누르며 말했다.

"부모님에 대한 기억은 전혀 없습니다. 부모가 누군지도 모릅니다. 그러니 혹시 인간이 아닐 수도 있지요."

그 말에 프레이스는 픽 웃었다.

"너 이상해."

"그런가요."

자신의 감정이나 생각이, 어딘지 일반인과 어긋나 있다는 건 스스로도 알고 있었다. 하지만 '중요한 곳에서 빗나가지 않으니까 괜찮아', 하고 노알이 말했었다.

'웬일로 쓸데 있는 말을 했었지.'

"아, 참고로 좋은 뜻이었어."

"이상해가 말입니까."

"어."

프레이스의 대답은 당당했고, 레사는 고개를 끄덕였다. 좋은 의미라면, 좋은 의미인 거겠지. 나쁜 의미보다야 낫다.

레사가 프레이스의 이마를 눌렀던 손을 펴서 손바닥으로 그의 이마를 감쌌다. 손이 차가워서 프레이스는 기분이 좋았다.

"약간 미열이 있으신 것 같습니다만, 몸이 회복하려는 조짐이죠. 코코의 약도 먹었으니 괜찮을 겁니다. 주무세요, 황자님."

잠이 올까 보냐.

프레이스는 그렇게 생각했다.

하지만 눈을 떠보니 동이 터 오고 있었다. 푸르스름한 빛이 동굴 천장을 비추고 있었다.

'어?'

스스로도 놀라 프레이스는 자리에서 몸을 휙 일으켰다.

'아.'

아프지 않다.

주먹을 쥐었다가 펴고 프레이스는 자리에서 일어나 망토를 털었다. 입으려고 해 보니 셔츠에는 고정할 곳이 없었다.

'재킷이나 조끼는⋯⋯.'

눈을 굴려 보지만 보이지 않았다. 대신 불이 붙은 임시 돌화로가 눈에 들어왔다.

"레사?"

작게 불러 보지만 대답은 돌아오지 않았다. 당혹스러움을 느끼는 대신 프레이스는 한 번 더 그를 불렀다.

"레사 알반!"

"일어나셨습니까?"

레사가 소리도 없이 조용히 들어오며 말했다. 한 손에 손질된 새를 들고 있었다.

"당연히 깼지."

"너무 잘 주무셔서."

비꼬는 건가, 하고 봤는데 아무래도 그런 얼굴은 아니었다.

'게다가 진짜로 잤어.'

머릿속이 상쾌하다. 수면제도, 여자도 없이, 이런 불편한 자리

에서 푹 자고 일어나다니. 그동안의 불면이 대체 뭐였지? 하는
생각이 들 정도였다.

푸르스름한 새벽빛이 동굴 입구에서 비춰 들어오고 있었다.

"내 윗옷은?"

"물에 떠내려 보냈습니다."

"물에?"

"네, 조금이라도 다른 쪽으로 시선을 돌릴까 하고요."

"그럼 어쩔 수 없지."

대답하고 프레이스는 망토를 대충 말아 몸에 묶었다. 그사이
레사가 손질한 새를 잽싸게 구웠다. 어제보다는 입맛이 없었지
만 불평하지 않고 프레이스는 구워진 새고기를 먹었다.

"그러면 어느 쪽으로 이동할까요?"

"수도로. 수도 경비병을 만나면 이야기는 일단 끝이지."

물론 암살자를 보낸 게 애버릿이라면, 거기까지 손을 댈 수도
있겠지만.

"알겠습니다."

레사는 고개를 끄덕였다.

*　　　*　　　*

제프 자작은 그야말로 새파랗게 질린 얼굴이었다. 에릭의 얼
굴은 험악했다.

쾅!

그가 책상을 때려 부술 듯 두들겼다.

"그래서, 동이 터서야 우리에게 연락을 한 건가?!"

"소, 소신이 찾을 수 있다고 생각해서……."

"황족이 실종되었는데, 그 안일한 생각은 대체 어디서 나온 거지?"

"송구합니다!"

제프 자작이 부들부들 떨며 말했다. 에릭은 평소의 발랄함이라고는 조금도 찾아볼 수 없는 사자와 같은 얼굴을 하고 있었다. 웃을 때는 귀염성 있어 보이는 주근깨가 얼굴을 찌푸리자 더없이 인상을 험궂어 보이게 만들었다.

"그래서, 황자님은? 흔적은?"

옆에서 윈스턴이 차디찬 목소리로 말했다. 하지만 그의 목소리는 침착해서 제프 자작은 에릭보다는 그가 더 말이 통한다고 생각해 얼른 변명을 늘어놓았다.

"그게, 처음에는 사냥감을 따라 안으로 들어가셨다고 생각했습니다. 하지만 해가 지기 시작해 뿔 나팔을 불었는데도 돌아오지 않으셔서…… 모인 몰이꾼들을 추궁하니 황자님을 뵙지 못했다고 하여, 사냥터의 수색을 개시했습니다."

자작은 번들거리는 이마의 땀을 닦았다.

"그러나 황자님과 호위의 모습이 보이지 않아서…… 밤이 되어 횃불을 들고 찾았지만…… 밤이다 보니 수색의 한계가 있어서, 그래도 최선을 다했습니다."

"그리고 날이 밝자마자 우리에게 뛰어왔다, 이거로군."

윈스턴의 말에 제프 자작은 고개를 연신 끄덕였다.

"그, 그렇습니다."

"사냥터에서 황자님의 흔적을 조금도 발견하지 못했다고?"

"예, 예."

에릭이 크게 혀를 찼다. 윈스턴이 물었다.

"그 사냥터에 협곡이 있지?"

그 말에 제프 자작이 고개를 들어 힐끔 윈스턴을 바라보고 말했다.

"그 생각도 해 보지 않은 것은 아니어서…… 하지만 계곡에서도 아무것도 발견하지 못했습니다."

"자네에 대한 처벌은 황자님을 찾고 나서 하도록 하지."

"윈스턴!"

에릭이 고함을 치며 친우를 돌아보았다. 윈스턴이 그런 에릭을 무시하며 제프에게 말했다.

"황자님을 찾는 데에 최선을 다하도록. 계곡을 따라 병사를 내려보내고, 주민들을 탐문하시오."

"네, 물론입니다. 지금 하고 있습니다."

제프는 고개를 조아리다가 윈스턴의 축객령에 응접실을 나갔다. 그가 나가자마자 에릭이 윈스턴의 멱살을 잡아 쥐었다.

"너 미쳤어?!"

"너야말로 미쳤어? 그 사냥터는 제프 자작의 영지야. 영지에 대해서 가장 잘 알고 있는 것도 그고. 그를 구금하고 그의 부하들이라도 부릴 작정인가? 그사이에 그들에게 애버릿 황자가 손이라도 뻗으면?"

"—!"

쳇 하고 혀를 차며 에릭은 던지듯 그의 멱살을 놓았다. 윈스턴은 불쾌한 얼굴로 옷매무새를 단정히 하며 말했다.

"황자님이 그냥 사냥터에서 사라지셨을 리가 없어."

"알아. 암살자인가? 또?"

"암살 시도 간격이 너무 짧아."

"빌어먹을 애버릿 새끼가."

에릭은 이를 득득 갈았다.

"아직 애버릿이라고 확정된 건 아니야."

"그럼 대체 누군데?!"

"……."

윈스턴은 대답할 수가 없었다. 확실히, 그 말고 다른 사람은 없었다.

에릭은 붉은 머리를 북북 긁으며 응접실 안을 꼬리 잡는 고양이라도 된 듯이 빙글빙글 돌기 시작했다. 그야말로 정신 사나운 몰골이었다.

"프레이스는 안 죽어. 그 자식 생명력이 얼마나 끈질긴데. 떨어져서 죽었다면 계곡에서 시체가 나왔겠지. 휩쓸려 내려갔을 거야. 하류 지점에서 그 자식을 찾아야 해. 암살자보다 먼저. 병사를 보내는 게 좋겠어. 제프 자작의 사병만으로는 부족해. 그 사병 사이에도 애버릿이 손을 뻗쳐 놨을지도 모르니까."

중얼중얼하는 내용을 들으며 윈스턴 역시 생각을 정리했다.

"일단 황자님의 상태를 일단 사망, 이 경우에 우리가 할 수 있는 일은 없으니 논외로 치고―. 에릭, 가정이야."

에릭은 살기가 뿜어져 나오는 푸른 눈을 꾹 감았다. 윈스턴 역시 속이 활활 불타오르기는 마찬가지였다. 하지만 그는 에릭처럼 직접적으로 그걸 표출하는 타입은 아니었다.

"일단은 움직이실 수 없는 중상을 입으신 경우. 아니면 부상, 그리고 전신이 무사하신 경우. 세 가지에 따라서 황자님의 움직임은 달라지실 거다."

"레사도 같이 없었어."

"호위니까."

"그래, 호위가 붙어 있는 한, 중상을 입지는 않으셨을 거야."

"호위가 뭔가를 할 수 있는 범위를 넘어섰을 수도 있지."

"아냐, 걔는 잘할 것 같아."

"왜?"

"감."

"……정말로 쓸모라고는 찾아볼 수가 없는 의견이로군, 도프경."

"내 감은 잘 맞아. 분명히 프레이스는 무사할 거야."

"네 바람과 네 감을 헷갈리지 말아줬으면 하는군. 만약에 움직이지 못하는 중상일 경우, 어디에 숨어 계시거나, 주변 주민의 도움을 받았을 수가 있어. 유속의 흐름이나 여러 가지를 계산해서 지금 당장 병사들을 계곡 하류로 보내는 게 좋겠지. 유능한 치료사를 꼭 붙여서."

"지금 부르지."

에릭이 줄을 잡아당겨 시종에게 제1근위기사단 부단장을 부르라고 말했다. 윈스턴이 말을 이었다.

"적당히 운신할 수 있는 부상이라고 해도, 사태는 비슷할 거다. 그리고 세 번째로 사지가 멀쩡한 경우. 암살자에게 쫓기고 있는 상황이실 테니, 한곳에 머무르실 가능성은 적어. 아마 황성을 향해 오시겠지. 제프 자작의 병사를 발견해도 도움을 청하시지 않으실 거다. 적과 아군을 구별할 만한 정보가 없으시니까."

"근위병단을 꼭 내보내야겠군."

"그래."

에릭은 불려 온 부단장에게 두 가지 명령을 내렸다.

제프 자작을 감시하며 협력해 계곡 하류를 뒤질 것. 그리고 황성으로 향하는 관도에 병사들을 보내 자주, 꼼꼼하게 순찰을 돌게 할 것.

말하고 나서 에릭은 윈스턴에게 말했다.

"나도 나갈 거다."

"그래."

윈스턴은 고개를 끄덕였다. 기사단장이 나가야지.

"넌?"

"난 여기에서 정보를 취합하지."

윈스턴이 가늘게 숨을 내쉬며 심호흡하고 에릭을 보았다.

"에릭 도프, 이건 암살자와 우리의 시간 싸움이야. 황자님께서 얼마나 더 버티실 수 있는지 어떤 상황인지 모르는 이상 최악을 상정할 수밖에 없어."

"알아. 계곡에서 몸을 던졌잖아. 보통의 상황이라면 절대로 프레이스는 그걸 택하지 않았을 거야. 하지만 가장 좋은 방안을 택한 게 그거겠지."

레사가 그를 잡고 뛰어내렸다고 생각하지 못하는 에릭으로서는 그렇게 판단할 수밖에 없었다. 하지만 그게 틀린 건 아니었다.

"난 황제 폐하와 애버릿 황자님에게도 이 사태를 알리겠어."

"……그래."

말하고 나서 에릭이 뒷덜미를 문지르고 말했다.

"윈스턴."

"……?"

의아한 눈으로 윈스턴이 에릭을 바라보자 에릭이 고개를 숙였다.

"아까 멱살 잡아서 미안."

"괜찮아, 네 단순무식함이라면 잘 알고 있으니까."

"……아, 방금 사과한 거 취소하고 싶어졌어."

그 말에 윈스턴이 피식 웃었다.

"뭐, 하여간 알았어. 미안, 나 간다."

깔끔하게 인사하고 에릭은 응접실을 뛰쳐나가듯 나갔다. 윈스턴은 그가 나간 문을 바라보다가 크게 한숨을 내쉬었다.

황제와 애버릿 황자를 만나는 건 그로서도 상당히 심력을 소비하는 일이었다.

일단, 황제의 거처인 태양궁을 찾아갔지만, 프레이스가 실종되었다는 말만 전할 수 있었을 뿐, 실제로 얼굴을 뵙지는 못했다.

언제나처럼 '알았다.'라는, 정말로 안 건지 아닌 건지 알 수 없는 대답만이 시종을 통해 돌아왔을 뿐, 어떤 조치도 감정도 나타내지 않았다.

윈스턴을 정말로 질리는 것을 느끼며 서쪽 궁으로 향했다.

"프레이스가?!"

애버릿은 놀라 자리에서 일어나며 테이블 위의 다기를 떨어트렸다. 연기라면 상을 받아도 되겠다고 윈스턴은 차갑게 생각했다.

"근위병은?"

"보냈습니다."

"내 쪽에서도 병사를 보내 주지. 찾는 인원수는 많을수록 좋으니까."

"괜찮습니다. 이미 제2근위병단을 동원하고 있습니다."

"왜, 내 병사는 받기 싫은가?"

애버릿의 녹색 눈이 가늘어졌고, 윈스턴은 매끄럽게 대답했다.

"프레이스 황자님이 실종되신 지금, 제국의 후계자는 황자님 뿐이십니다. 궁을 지키는 근위병단을 더 비울 수는 없습니다."

"그 말은 네 주군보다 내 목숨이 더 소중하다는 말인가?"

"제국이 더 소중하다는 말이지요."

윈스턴의 말에 애버릿은 웃었다.

"아우는 참 말을 잘하는 가신을 두었군. 알았네. 하지만 언제든지 내 손을 빌릴 수 있다는 것도 알아 두게나."

"황공합니다, 황자님."

윈스턴이 물러가고 나자 천천히 애버릿은 다시 의자에 앉았다. 시종이 이미 깨진 다기를 치우고 새 다기를 가져다 놓았다.

"이든."

"네."

애버릿이 하나로 땋은 머리카락 끝을 손으로 꼬며 말했다.

"프레이스가 살아 있을까?"

"판단할 수 없습니다."

"그 사냥터의 협곡은 나도 알아. 뛰어내린다고 살아남을 만한 곳은 아닌 것 같은데."

"하지만 요 며칠 사이 비가 왔죠."

"과연."

물이 불어났다는 말이다. 하지만 그만큼 유속도 빨라졌을 터.

"화가 될지, 득이 될지."

이든은 자신이 섬기는 주군을 바라보았다. 애버릿이 그의 시선을 눈치채고 싱긋 웃었다.

"왜?"

"아무것도."

"내가 시도한 건지, 아닌지 궁금한가? 이든 경."

이든은 대답 대신 침묵했다. 애버릿이 턱을 괴며 물었다.

"나도 하나 물어보지. 프레이스가 살아 있기를 바라나, 죽었기를 바라나?"

이든은 뭐라고 대답해야 할지 알 수가 없었다. 한참을 침묵하다가 그가 말했다.

"모르겠습니다."

"그럼 나도 대답 안 할래."

"황자님."

"그나저나 큰일이군. 두 번이나 암살자의 습격이라니. 살아온다 해도 프레이스의 불면증이 더 심해지는 거 아닌지 몰라……건강을 해치겠어."

애버릿이 진심으로 걱정하는 목소리로 말하며 시종에게 손짓해 차를 따르게 했다.

에릭은 딱딱하게 굳은 표정으로 병사가 들고 있는 재킷을 바라보았다. 남색의 금줄 장식이 달린 사냥용 재킷이었다.

붉은색의 기사단장 정복을 차려입고 매끄러운 푸른색 망토를 걸친 에릭은, 그걸 들고 온 병사에게 빨리 말하라고 윽박지르는 대신, 최대한 낮게 물었다.

"맞아. 황자님의 것이야. 어디서 났지?"

"계곡 하류의 어부가, 오늘 그물에서 건져 냈다고 합니다. 아무리 봐도 보통 옷이 아닌 것 같아 성으로 가져왔다고 하더군요."

"하류면 얼마나?"

"프린지 호수입니다."

옆에 선 제프 자작이 창백한 얼굴로 대답했고, 에릭은 주먹을 꽉 쥐었다. 거기까지 떠내려갔다면, 살아 있을 확률은 적었다, 매우.

"호수 안을 조사해 보라고 할까요?"

제프 자작은 조심스럽게 물었다가 험상궂은 에릭의 얼굴에 "히익" 하고 고개를 숙였다. 에릭은 이마를 눌러 치밀어 오르는 분노를 가라앉히려고 노력했다. 관자놀이의 힘줄이 볼록거렸다.

"아니, 호수는 놔둬. 대신 주변 민가들을 다 수색해라."

"아, 알겠습니다."

제프 자작은 얼른 임시 막사 밖으로 나갔다. 계곡 근처에 세워진 막사였다. 에릭은 직접 뛰쳐나가 자신의 눈과 손과 발로 프레이스를 찾고 싶었지만, 제프 자작의 필사적인 만류로 막사에 남아 병사들의 보고를 들으며 수색 작전을 진두지휘하는 중이었다.

'그것도 오늘까지야.'

오늘도 찾지 못하면, 내일은 자신이 직접 찾으러 나갈 것이다. 에릭은 막사 문을 열고 걸어 나왔다. 계곡은 해가 빨리 진다. 서서히 기울어져 가는 해를 바라보며 에릭은 낮게, 낮게, 한숨을 내쉬었다.

* * *

5호는 콩콩거리며 차가운 민물 냄새가 나는 공기를 들이마셨다.

자갈돌 밭은 확실히 발자국이나 흔적을 찾아내기가 힘들다. 지금까지는 어찌나 자신들을 잘 따돌렸는지, 표적이지만 칭찬을 해 주고 싶을 정도였다.

'하지만 그것도 여기서 끝이다.'

역시 계곡에서 부상을 안 입었을 리가 없어, 점차 점차 흔적이 뚜렷해지기 시작했다. 몇 번인가 함정을 파 놓은 것도 있었으나 쫓겨서 초조해졌기 때문일까? 표적의 함정은 미세하게 흔적을 남겼다.

황자 암살.

처음 그 애기를 듣고 5호는 자신의 대장이 미쳤나 하고 생각했다. 하지만 의뢰인을 듣고 나서 납득했다. 그리고 황족 살해라는 어마어마한 타이틀을 자신들이 움켜쥘 수도 있다고 생각하니 흥분되는 것도 사실이었다.

사냥터로 나온다는 정보를 입수해서 몰아넣은 것까지는 좋았는데, 설마 그 계곡에서 뛰어내릴 줄이야. 보통 책에서나 그런 내용이 흔히 나온다. 하지만 대부분은 그냥 바닥에 처박혀서 죽거나 물에 처박혀서 죽는다. 괜히 사람들이 절벽에서 뛰어내려 자살하는 게 아니다. 그렇게 쉽게 살아나는 장소라면 안 뛰어내리겠지.

하지만 그 호위.

여간내기가 아니었다. 거기서 그렇게 속도를 줄이고 물속으로 뛰어들 줄이야. 거기서 자신들도 뛰어내릴 수는 없으니 부랴부랴 계곡으로 돌아 내려갔을 때는 이미 흔적이 사라지고 없었다. 유속이 상당히 빠르고 바위가 많은 계곡이니 살아남을 가능성이야 적지만, 그래도 시체를 찾아봐야 했다.

둘씩, 둘씩 그리고 대장은 혼자.

이렇게 짝을 지어 흩어져 흔적을 찾았다.

그리고 오늘 새벽 흔적을 발견해 계속 추적했고 여기까지 온 것이다. 물론 흔적을 발견하면 연락하라는 대장의 명령이 있기는 했지만.

'그 타이틀만 있으면.'

황자 암살의 성공자라는 타이틀만 있으면 이 조직도 안녕이다. 의뢰인이 건 액수는 어마어마했고, 그 돈만 있으면 이 바닥에서 손을 털 수도 있었다.

암살자 조직이라고 해도, 암살자는 결국 지독한 개인주의자들이다. 5호가 승리를 눈앞에 두고 그런 선택을 한 것이 딱히 특이한 것은 아니었다.

느려진 발자국들을 쫓아갈수록 흥분으로 심장이 펄떡거렸다. 보통 암살은 상대의 주의를 돌린 상태에서 죽이는 것이니 이런 흥분을 맛보는 일은 드물었다.

도망치는 미숙한 상대를 쫓아가 최후의 일격을 날린다.

5호는 입술을 몇 번이나 핥았다. 동공이 흥분으로 크게 벌어졌다. 섬세하게 남은 흔적들을 연신 더듬으며 그는 조금씩 앞으로 나갔다.

'저기로군.'

5호는 풀숲에 몸을 엎드렸다. 위장용 망토를 두르고 있으니 들킬 위험은 매우 적었다. 커다란 나무 아래, 지친 모습의 황자가 기대서 있었다. 붕대를 감고 있는 걸로 봐서는 부상이 꽤 심해 보였다.

'게다가 호위가 보이지 않아.'

5호는 주변의 기척을 더듬었지만, 거친 호흡을 뿜어내는 황자의 기척밖에 느껴지지 않았다. 그러고 보니 어느 순간부터 발자

국도 하나였다.

'도망친 건가.'

계곡에서 뛰어내렸을 때 부상을 심각하게 입었을지도 모른다. 그런 호위를 버렸을 수도 있겠지. 아니면―,

'흔적을 나눈 걸지도.'

둘로 나눠서 도망치면 추적의 절반을 따돌릴 수 있다고 생각한 걸지도 모른다. 5호는 어느 쪽이든 상관없지, 하고 아주 느리고 조심스럽게 석궁에 쿼럴을 끼웠다.

조준간이 황자의 무릎과 머리 사이를 오갔다.

'무릎을 먼저 쏴서 뛰지 못하게 만든 다음 천천히 죽일까?'

이렇게 높은 신분의 상대를 언제 이렇게 죽여 보겠는가.

가학심에 불이 붙었다.

'아니면 역시 머리를 쏴서 빨리 일을 끝내는 게 나을지도. 근처에 3호가 있을지도 모르고.'

둘씩 짝을 지으라는 말에 따라 5호와 3호는 함께 다녔다.

두 갈래로 나뉜 흔적을 보고 각각 그 흔적을 따라서 가기 전까지는 말이다. 5호는 흐뭇하게 미소 지었다.

'그놈은 호위를 찾았겠군.'

결국 자신 쪽이 정답이었다.

'죽어라.'

집중해서 겨냥하며 천천히 방아쇠에 손가락을 가져갔다. 금발 머리통을 꿰뚫어주마 하는데 푹 하는 작은 소리가 났다.

'어?'

"쿨럭—."

말을 하려고 입을 열자 목구멍에서 왈칵 피와 공기가 뿜어져 나왔다. 레사가 암살자의 목에 꽂은 단검을 비틀어 돌렸고, 경추가 완전히 끊어지며 그의 몸이 축 늘어졌다. 레사는 일말의 망설임도 없이 그의 시체를 더듬어 석궁과 쿼럴 집을 찾아내어 허리에 찼다.

'그 외 다른 쓸모 있는 게 있을까?'

레사는 적극적으로 전리품을 찾아냈다. 안주머니를 뒤져 독과 해독제로 보이는 병을 여러 개 찾아냈지만, 어느 게 독이고, 어느 게 해독제인지 모르니 쓸모가 없다.

대신 그녀는 작은 돈주머니를 찾아냈다.

'부수입.'

설마 황자가 이걸 달라고 하지는 않겠지?

얼른 돈주머니를 챙기고 그녀는 5호가 걸치고 있는 위장용 망토를 풀어내려 그를 둘둘 감고 풀숲으로 밀어 넣었다. 일련의 동작을 끝냈을 때 그녀의 이마에 얇게 땀이 비치고 있었다.

레사가 자리에서 일어나자, 프레이스 역시 그녀를 보고 자리에서 휙 돌아섰다. 그 역시 잔뜩 긴장하고 있었다.

"암살자는?"

"죽었습니다."

"좋아, 잘했어, 레사!"

프레이스가 씩 웃으며 그가 다친 것을 가장하기 위해서 묶었 던 붕대들을 풀기 시작했다. 레사는 그런 그를 보며 눈을 깜박였 다.

'꼭 새를 물어 온 사냥개를 칭찬하는 것 같아.'

그리고 왜 사냥개가 기뻐하는지도 알겠다.

프레이스의 칭찬에 레사는 살짝 기분이 좋아지는 걸 느꼈다. 레사는 가볍게 뛰어 프레이스가 있는 쪽으로 다가갔다. 프레이 스는 레사가 일어난 풀숲 쪽을 바라보며 물었다.

"그럼 이제 한 명 끝낸 건가?"

"둘입니다."

5호를 덮치기 전, 숲에서 만난 3호 역시 그녀가 처리했던 것이 다.

레사의 말에 프레이스는 입을 벌렸다가 크게 웃었다.

"레사 알반, 너 진짜 최고야."

"말씀드렸다시피 전 이제 두 손가락 안에 드니까요."

슬쩍 자기 자랑을 빼놓지 않는 레사였다.

"그래, 그래. 그러니까 이런 작전을 짰지."

그 말에 레사는 새삼 프레이스를 다시 보았다.

보통 진짜로 자기 목숨을 미끼로 내놓는 작전을 쓰나?

도주의 와중 프레이스는 의견을 제시했다.

"난 이렇게 쫓기는 건 싫어. 쫓기기만 하는 건 이제 지긋지긋 해. 반격해 주겠어."

그리고 내놓은 작전은 자신의 목숨을 담보로 삼는 대담무쌍한 것이었다. 레사가 약간의 실수를 한다면, 그리고 타이밍이 조금이라도 맞지 않는다면 프레이스가 그대로 목숨을 잃는 작전이었다. 호위로서는 호위 대상을 미끼로 쓴다는 것 자체가 본말전도.

"무슨 헛소리를 하시는 겁니까?"

하고 차갑게 말하자 프레이스가 팔짱을 끼고 말했다.

"난 지는 게 싫어. 쫓기는 것도 싫어. 약자가 되는 게 싫어. 당하는 게 싫어."

억지를 쓴다고 생각하는데 프레이스가 차가운 목소리로 말했다.

"그렇게 살았다면, 난 지금쯤 수도원의 남창이 되어 있겠지."

낮고 날이 선 목소리.

'남창이라.'

이 사람도 결코 평탄한 삶을 살지는 않았군.

레사는 그에게서 묘한 유대감을 느꼈다. 아니, 황족과 유대감을 느낀다는 것이 우습기는 하지만 말이다.

결국 레사는 동의하는 수밖에 없었다. 프레이스는 자신의 삶을 살아가는 방식을 정했고, 선택했다. 그리고 그걸 위해서 기꺼이 목숨도 내놓을 수 있겠지.

단순히 '살아가기만' 하는 '삶을 위한 삶' 같은 건 그의 눈에 차지도 않을 것이다. 그럴 바에는 죽겠다는 거다.

레사는 눈을 가늘게 떴다.

자신은 살아가기만 하는 삶이다. 삶을 위한 삶이다. 그처럼 목숨을 바쳐서 뭔가 하는 것도 없다. 스스로 일어서는 건 불가능하다.

미나가 있으니, 지금의 삶도 살아가는 것. 남에게 기대어서 살아가는 삶.

그게 딱히 나쁘다고는 생각하지 않지만, 자신을 위해서 자신의 삶을 사는 사람이 눈부신 것도 사실이었다.

그리고 그의 작전은 어찌어찌, 놀랍게도 성공해서 암살자 다섯 중에 둘을 처치했다. 물론 레사는 자신의 공을 축소할 생각은 전혀 없었다.

"제가 강하기 때문에 가능한 작전이었습니다."

레사의 말에 프레이스가 다시 웃었다. 그는 자신도 모르게 손을 뻗어 레사의 머리를 흐트러뜨렸다. 마치 개의 머리라도 쓰다듬는 것 같은 동작이었다.

"그래, 그래."

레사는 살짝 눈을 가늘게 떴다.

"머리가 더러우니 안 만지시는 게 좋을 겁니다."

며칠간 못 씻어서 말이죠.

"아, 미안."

프레이스는 화급히 손을 뗐다.

아니, 미안할 건 없는데요. 하고 레사는 자신의 머리를 쓸어 넘겼다. 프레이스는 뚫어져라 자신의 손을 바라보았다.

'내 쪽에서 먼저 인간에게 접한 건 처음이야.'

스스로도 이해할 수 없어 멍하니 손을 보는데 레사가 대답했다.

"아뇨, 불쾌하지는 않았습니다."

그보다 고용 계약 취소를 철회해 주시면 좋겠는데.

속마음을 담아 슬쩍 프레이스의 눈치를 보았지만, 그는 손을 보다가 고개를 돌렸다. 레사는 어깨를 늘어트렸지만, 곧 회복했다.

뭐, 어쩔 수 없지.

"이동하죠. 시체가 발각되면 남은 셋이 동시에 공격해 올 테니까요."

"정면으로 와 준다면야 나야 좋지."

프레이스가 어깨를 으쓱했다. 검술 대결이라면 자신 있었다.

"그래 준다면야."

그렇게 되면 오히려 레사 쪽이 백업이 될 것이었다. 그녀는 정면으로 싸우는 싸움에는 약하니까.

"하지만 웬만하면 느리게 발견해 주는 편이 좋겠네요. 곧 관도니 말입니다."

레사의 말에 프레이스가 고개를 끄덕였다.

시체를 숨긴 건 곧 발각될 것이다. 자기들끼리 통하는 추적용 향인 추종향을 뿌려 놓았을 수도 있고, 무엇보다도 시체 냄새는 금방 동물들 사이에 퍼진다.

풀숲에 숨겨 놓은 건 정말로 아이 눈속임 같은 것. 금방 산짐 승들이 그 시체를 나눠 먹으러 올 것이었다. 그러니 최대한 흔적을 지우고 이 장소를 벗어나야 했다.

찰싹—

느닷없이 등짝을 손바닥으로 맞아 레사는 앞으로 휘청했다가 휙 프레이스를 바라보았다. 프레이스가 말했다.

"좀 더 기뻐해 봐."

"사람 죽인 걸 말입니까?"

레사의 의아한 어조에 프레이스는 어처구니가 없어졌다.

"꼭 그렇게 말해야겠어? 그리고, 너 좀 더 먹는 게 좋겠다. 꼭 내가 어리고 약한 놈 부려 먹는 것 같잖아? 좀 더 키도 크고 몸무게도 불리고."

완전히 레사를 남자라고 생각하고 있는 프레이스는 어젯밤에 본 레사의 가느다란 몸을 떠올리며 자신도 모르게 잔소리를 했다.

"성장기는 끝났습니다."

"그런데 왜 이렇게 호리호리해?"

"성장기에 잘 못 먹어서가 아닐까요."

여자치고는 상당히 잘 자란 거지만요, 하는 뒷말을 레사는 삼켰다.

어차피 나흘 후면 잘릴 운명, 이제 와서 여자인 걸 밝혀 황족

기만죄로 형장의 이슬이 되고 싶지는 않았다. 소변 같은 건 '정찰하고 오겠습니다.' 하는 걸로 해결하고 있고, 일단 귀족은 맨살을 보이지 않는다.

그것만으로도 쉽게 숨길 수 있었다.

'물론 월경이 오면 좀 다르겠지만.'

어차피 이 사이에 월경이 오지는 않으니 괜찮다, 하고 레사는 생각하며 부지런히 주변의 흔적들을 지우고 얼른 이동을 다시 시작했다.

"……."

침묵 중 2호가 힐끔힐끔 1호의 눈치를 보았다. 코요테나 여우들을 쫓아낸 후였지만, 5호의 시체는 이미 꽤나 먹혀 있었다.

대장 1호는 퍽! 시체를 걷어찼다.

"쓸모없는 놈이!"

4호가 느릿느릿하게 말했다.

"3호의 시체도 찾았으니, 둘이 죽은 거군. 반수가 죽었다, 대장."

"그건 이 미친놈이 따로 흩어져서 제 상을 노렸기 때문이지."

감히 내 탓으로 돌릴 작정이냐? 하고 1호가 4호를 노려보았다. 모두가 같은 복장을 하고, 코 위까지 가리는 목도리 같은 것을 매고 있어서 멀리서 보면 분간하기가 힘들었다. 게다가 머리 모양마저도 짧은 갈색머리로 똑같았다.

암살자들답게 몸 역시도 호리호리한 편이라, 어지간한 사람이라면 쌍둥이 형제들이라고 착각할 정도였다. 하지만 자신들끼리는 확실히 구분하고 있었다.

"황족의 의뢰 같은 거, 골치 아프기는 해. 하지만 거의 끝까지 다 몰았지. 우리 셋의 협공이면 버티지 못할 거야."

2호가 상황을 정리하듯이 냉정한 목소리로 말했다.

1호가 다시금 5호를 걷어찼다. 좋지 않은 모습이라 4호는 눈을 찌푸렸지만, 2호는 그저 슬쩍 1호의 눈치를 다시금 보았을 뿐이었다.

어차피 시체는 말이 없다. 그걸 걷어차든 때리든 5호는 영원히 알지 못할 것이다.

그렇다면 분풀이로 마음껏 때리게 해도 되지 않나? 라는 것이 2호의 생각이었다. 일반인이 듣는다면 기겁할 만한 마음가짐이었다.

"추적해."

1호의 말에 4호와 2호가 주변의 흔적들을 더듬기 시작했다. 1호는 곰곰이 생각에 잠겼다.

'생각보다도 훨씬 빨리, 많은 거리를 주파했어. 즉, 놈들의 부상은 심하지 않거나 거의 없다고 봐야겠지.'

아무리 생각해도 있을 수 없는 일 같지만, 일어난 일은 일어난 일이다.

'그리고 이동 방향을 보니, 제프 자작의 영지로 가는 것 같지

도 않군.'

계곡 구석구석을 뒤지는 병사들은 그들에게도 성가신 존재였다. 하지만 황자 일행은 그 병사들을 피해서 이동하고 있었다.

'이대로 가면 관도, 인데.'

요즘 부쩍 관도를 순찰하는 병사가 늘었다. 그것도 황성의 근위병단.

둘을 만나게 하면 안 된다는 것 정도는 어린아이라도 알 수 있는 사실이었다.

"관도로 나가기 전에 습격해야 한다."

1호가 말하자 2호가 손을 까닥여 말했다.

"여기, 다 지우지는 못했어."

1호는 그 흔적을 확인했다.

아무래도 프레이스는 전문가가 아니니, 흔적을 다 지울 수는 없었다. 레사가 노력해도 한계는 존재했다.

"가자."

1호가 속도를 올리자 2호와 4호가 그 뒤를 따랐다. 독 가루 같은 걸 날려 보낼 수 있으면 좋겠지만, 그건 5호의 영역이었다.

가벼운 독은 다룰 수 있지만, 그처럼 전문적으로 다루지는 못했다. 독이든 약이든 전문적으로 다루려면 상당한 수련이 필요했다. 할 수 없이 독은 칼날에 바르는 정도로 합의를 보고 다른 방식을 쓰기로 했다.

'그것도 일단 추적에 성공한 후의 이야기지만.'

4호는 나오려던 말을 꾹 삼켰다.

'그 호위, 아무래도 우리와 동류야. 게다가 그 빨간 눈.'

뭔가 기억이 날 것도 같은데.

'아니, 아니.'

4호는 고개를 흔들었다.

'지금은 눈앞의 일에 집중하자.'

아무리 자신들과 같은 뒷골목 출신이라고 해도, 격이 다르다. 뒷세계에서 한 손에 꼽히는 실력자가 바로 우리다.

황자의 암살에 검은뱀 형제가 시도했다가 실패했다는 이야기는 들었지만, 그건 황성 내부를 침투하는 것이니 난이도가 달랐다.

야외에서, 호위 하나밖에 없는 무방비한 절호의 기회를 놓칠 수는 없었다.

'절대로 실패하면 안 돼.'

4호는 앞서 달려 나가는 1호의 뒤를 따르며 굳게 다짐했다.

레사에게 만약 동물의 귀가 붙어 있다면 쫑긋하고 크게 곤두섰을 것이다.

짜르르한 감각이 등줄기를 타고 흘렀다. 공기의 흐름을 읽는 피부가, 촉각이, 다가오는 위험을 말해 주고 있었다.

"프레이스 님."

"음?"

"옵니다."

레사의 말은 짧았지만, 프레이스는 곧 그게 무슨 말인지 이해했다. 단숨에 그의 표정과 기세가 변해 레사는 저도 모르게 움찔했다.

'이 사람, 내 예상보다도 더.'

강한 것 같은데?

황족이라서 몸에 익히는, 귀족들의 기본 검 소양 정도의 수준이 아니라는 건 알았다. 강하다는 것도, 검 연습을 보면서 짐작했다. 하지만―,

'이 정도라고는 생각 못 했는데.'

이든이라고 했었지?

애버릿의 호위기사를 보고도 강하다고 생각했는데, 눈앞의 프레이스는 그와 비슷할 정도로 강하게 느껴졌다.

'이쯤 되면 호위가 필요 없는 거 아닌가.'

레사가 그렇게 생각하며 갸웃하는데 프레이스가 말했다.

"어느 쪽에서?"

낮고 부드러운 목소리였다.

"6시 방향 하나, 12시 방향 하나, 03시 방향 하나입니다."

"좋아."

프레이스는 멈춰 섰다.

'뭐하는 거야?'

하고 레사도 덩달아 따라 멈추자 프레이스는 소리쳤다.

"암살자들! 너희의 위치는 전부 들통났다! 동료의 원수라도 갚고 싶다면 덤벼 보시지!"

쩌렁쩌렁한 목소리로 외쳐, 레사는 완전히 당황했다.

당황한 것은 조심스럽게 뒤를 밟으며 일격을 노리던 암살자도 마찬가지였다. 하지만 그것도 잠시, 1호는 동요하지 않고 비수를 날렸고, 그것을 공격 신호로 4호는 그물을 투척했다.

"—!"

프레이스는 생각보다도 훨씬 가까운 곳에서 불쑥 튀어나온 그물에 놀랐다. 이미 예고를 받고는 있었지만.

'이렇게 가까우면 얘기해!'

적어도 백 미터 정도는 떨어져 있나 했는데, 거리가 바로 지척이었다. 레사에게 말 없는 원망을 날리며 프레이스는 몸을 굴려 그물을 피했다.

탕, 탕!

레사는 검을 휘둘러 날아오는 비수를 쳐 냈다. 그러고 나서 곧바로,

휘리릭—

매고 있던 석궁을 순식간에 장전해 쏘아 대기 시작했다. 연발 석궁인 데다가 겨냥이 정확하니 1호는 더 이상 모습을 감추고 있을 수가 없었다. 한편 바닥을 구른 프레이스를 향해 4호가 달려들었다. 4호가 와이어를 길게 뽑아내 그것으로 목을 따 낸다, 하고 생각하는데 프레이스가 검을 휘둘렀다.

팅—

"—!"

와이어가 그의 검에 절단이 났다. 보통의 검 실력으로는 불가능한 일이라 4호는 순간 당황했으나, 끝까지 숨어 있던 2호가 프레이스의 뒤를 찌르며 달려들었다.

"프레이스 님!"

레사가 소리치며 땅을 박차는 찰나,

"실드."

프레이스의 은반지가 가볍게 진동했다. 2호의 검이 그의 몸에 닿기 전에 막에 부딪힌 듯 튕겨져 나왔다.

앗, 하는 사이 프레이스가 몸을 180도 회전하며 그 기세로 단숨에 2호의 몸을 양분했다. 무시무시한 힘과 기술이었다.

상체와 하체가 분리되는 광경은 보기 드물다. 대량의 피가 튀었지만 프레이스는 전혀 상관하지 않고 다시 4호에게로 돌아섰다. 4호는 자신도 모르게 움찔했다.

냉정하게 사람을 죽이는 사람이야 얼마든지 있다.

'하지만 이 자식은!'

즐기고 있다.

희미한 미소마저 띠고.

레사는 다른 의미에서 놀라고 있었다.

'마법 무구?!'

들어는 봤지만, 본 적은 처음이다. 게다가 실드는 상당히 고위

급의 마법인지라 레사 같은 뒷골목 인생은 더더욱 볼 일이 없는 마법이었다.

'과연.'

저런 수를 숨기고 있었군.

그러니 자신의 목숨을 미끼로 내놓는 것도 가능했겠지. 여차하면 마법을 발동하면 되니까.

납득하고 레사는 크게 검을 흩뿌려 암살자와의 간격을 벌렸다.

상대도, 자신도 이렇게 붙어서 싸우는 건 영 익숙지 않은 것이다. 다시 한 번 석궁을 쏠 수 있다면 편하겠지만 재장전할 시간따위 줄 리가 없다. 1호 역시 초조해졌다.

방금 2호가 죽었다.

들은 것보다 황자의 검 솜씨는 훨씬 훌륭했다.

의뢰인이 거짓말을 한 걸까? 아니면 본인도 몰랐던 걸까?

그런 데다가 곁에 붙은 호위는 역시나 같은 계통의 사람이었다.

날렵한 체구, 빠른 움직임, 독특한 도구의 사용. 기가 질릴 정도로 정교한 체술.

레사는 석궁을 던져 버리고 상대에게 바싹 달라붙었다. 몇 번합을 주고받자마자 1호는 체술로는 상대가 되지 않는다는 걸 깨달았다.

레사와 멀리 떨어지기 위해 그는 수갑에서 검을 꺼냈다. 손등

위로 납작한 검날이 튀어나와 1호가 주먹을 쥔 채로 그것을 휘둘렀으나, 레사는 피하지 않았다.

칼날이 그녀의 옆구리를 훑고 지나감과 동시에 레사는 손바닥으로 1호의 턱을 올려쳤다.

"큭ㅡ!"

통증도 느끼지 못할 만큼 순간이었다. 레사의 붉은 눈이 번득이는 그 찰나, 1호는 그제야 한 단어를 생각했다.

'루비 아이(Ruby eye).'

하지만 그게 끝이었다. 그녀의 손목 아래에서 솟아 나온 송곳이 동시에 그의 턱 아래를 꿰뚫었고, 1호는 그대로 절명했다.

레사는 긴 송곳을 주욱 빼내고는 프레이스를 돌아보았다. 4호의 목이 허공을 나는 모습이 그녀의 눈에 들어왔다. 포물선을 그리고 날다가 바닥을 데굴데굴 구른다.

동시에 잘린 동맥에서 무시무시할 정도로 많은 양의 피가 흘러나왔다. 프레이스는 약간 튄 피를 귀찮다는 듯 닦고 레사를 보았다가 눈을 휘둥그레 떴다.

"레사!"

"네."

프레이스가 달려와 그녀의 옆구리를 누르자 피가 왈칵 솟구쳤다.

"괜찮습니다. 깊지 않은 상처예요."

"왜 당한 거지?!"

방금까지의 냉혹함이라고는 흔적도 찾아볼 수 없는 어조였다.

"빨리 끝내는 게 중요하다고 생각을, 웃, 누르지 마십시오."

아무리 레사라도 상처 부위를 손가락으로 누르면 아프다.

"앝다며."

"그래도 아픈 건 아픈 겁니다."

눈을 찌푸리며 항의하자 프레이스는 망설이다가 입을 열었다.

"힐."

희미한 빛이 그의 손에서 새어 나왔다. 하지만 그의 손바닥 밑으로 느껴지는 상처는 건재했다. 뜨거운 피가 계속 솟구치고 있었다.

프레이스는 당황했다.

"왜?"

그의 당혹은 의문으로 표출되었다. 힐은 실드보다 훨씬 고위의 마법이었다. 게다가 횟수의 제한은 단 세 번. 그중 한 번은 예전에 사용해 남은 건 두 번뿐.

그중 하나를 사용한 건데 레사의 상태는 변함이 없었다. 프레이스는 자신의 반지를 들여다보았다.

빛과 온기.

마법이 발동되었을 때 일어나는 두 가지가 전부 충족되었는데?

"히―."

다시 한 번 시동어를 외치려는데 레사가 그의 입을 막았다. 프레이스가 동그랗게 눈을 뜨고 그녀를 보자 레사가 얼른 손을 떼며 말했다.

"마법을 낭비하면 안 됩니다."

"무슨―."

"심한 상처도 아니고, 바늘과 실로 봉합할 수 있습니다. 그리고 지금 분명히 저도 온기는 느꼈습니다."

레사가 힐끗 자신의 옆구리를 누르고 있는 프레이스의 커다란 손을 바라보며 말했다.

"하지만 상처가 낫지 않았죠."

프레이스는 눈을 찌푸렸다. 확실히 힐이 발동되기는 했다. 그렇다면 이제 남은 횟수는 한 번.

다시 같은 등급의 마법 도구를 구할 수 있다고 확신할 수도 없으니, 쓰지 않는 쪽이 정답일지도 몰랐다.

'왜 통하지 않는 거지?'

프레이스는 의아해하다가 단숨에 전신으로 소름이 돋는 걸 느꼈다.

'안티매직.'

레사가 프레이스의 손을 몸에서 떼어 내며 바늘과 실을 찾아 봉합이라도 해야겠다, 하고 있는데 단숨에 턱이 잡혀 돌려졌다.

항의하려던 레사는 바로 눈앞의 녹색 눈동자를 보고 입을 다물었다. 피가 묻어 차갑고 미끌거리는 건틀릿이 자신의 턱을 단단히 고정하고 있었다. 쇠 냄새 같은 피비린내가 물씬 풍겼다.

에메랄드 색 눈이 평소보다 더 짙은 색을 띠고 레사의 붉은 눈을 들여다보고 있었다.

"레사 알반."

"네."

"나에게 반하지 않는다고?"

"네."

"마법이 통하지 않는 체질인가?"

그 말에 레사의 눈에 의아함이 한가득 들어찼다.

"그건 저도 모르겠습니다."

"……."

프레이스는 샅샅이 그녀의 얼굴을 살폈다. 프레이스가 안티매직에 관해서 아는 건, 이 빌어먹을 체질을 고치기 위해서 안 찾아본 자료가 없기 때문이었다.

자신의 체질이 현혹 마법과 같은 계통이라는 자료는 보았다. 하지만 마법에 대해 아무리 찾아보아도 아주 한정된 자료뿐이었다. 고대에 마법으로 융성한 제국이 있었으나 드래곤의 출현으로 인해 단숨에, 흔적도 남지 않고 멸망해 버렸다고 했다. 살아남은 마법사들은 사람들 사이로 숨어들었고, 마법의 명맥은 끊어졌다.

어떻게든 마법 해지인 디스펠링 마법이 걸린 마법 무구를 찾아보았지만, 그 마법 도구를 사용해도 자신의 저주는 마찬가지였다.

저주인가, 체질인가.

하지만 지금 눈앞에 마법 무효화─안티매직을 가지고 있을지도 모르는 사람이 있다.

날 사랑해 주지 않을 사람.

이 빌어먹을 저주가 통하지 않는 사람.

"프레이스 님."

레사가 작게 말했다. 그 단정한 얼굴이 살짝 찡그려졌다.

"이대로 놔두면 전 출혈 과다가 될 텐데요."

그제야 프레이스는 레사의 턱을 놓아주며 허둥지둥 자신의 망토를 벗어 레사의 상처를 눌렀다.

"죽지 마."

프레이스가 으르렁거렸다.

"확인하기 전까지 죽으면 안 돼."

"저도 죽고 싶지는 않은걸요."

레사가 대답하며 천천히 자리에 앉았다. 그녀가 자신의 작은 가죽 가방을 뒤지더니 바늘 도구를 꺼내는 걸 보고 프레이스가 물었다.

"봉합하려고? 지금?"

"네, 아니면 자꾸 벌어져서 출혈이 계속될 테니……"

지혈제를 뿌린다고 해도, 일단은 봉합이 먼저다. 레사는 가죽

단도 집을 입에 물었다.

맨살을 꿰매는 건 역시나 제정신으로 할 일은 아닌데.

하지만 과다 출혈보다는 낫지.

"그만둬."

프레이스가 말하며 레사의 상처에서 망토를 뗐다. 그리고 단숨에 쭉 망토를 잡아 찢더니 그걸로 레사의 상처를 힘껏 감았다.

"—!"

단도 집을 물고 있지 않았다면 소리가 나왔을 것이다. 무시무시한 힘과 압박감이었다. 프레이스가 매듭을 매고 말했다.

"이 정도 압박이면 잠깐은 버티겠지. 업혀."

그가 등을 내밀며 설명을 계속했다.

"관도까지 얼마 남지 않았다며? 관도로 가면 병사를 만나는 건 금방이야. 그때까지는 그걸로 버틸 수 있을 거다."

레사는 멍하니 그의 등을 보다가 중얼거렸다.

"하지만 업힐 수는……."

"아니면 안아 줄까?"

그 말에 레사는 답하지 못했고, 그러자 프레이스가 혀를 차며 돌아서 그녀에게 손을 뻗어 왔다. 레사가 손을 저었다.

"아, 아뇨. 업히겠습니다!"

안기는 것보다야 업히는 쪽이 백번 낫다. 프레이스가 "좋아." 하고 다시 등을 내밀어 레사는 머뭇머뭇 손을 뻗어 그의 등에 업혔다. 프레이스는 자리에서 일어나며 약간의 충격을 받았다.

'가벼워.'

"제대로 어깨를 잡아."

목소리가 저도 모르게 퉁명하게 나왔다. 어쩐지 위장이 간질간질한 기분이다. 레사가 멈칫멈칫 손을 뻗어 그의 어깨를 잡자 프레이스는 걷기 시작했다.

"너 진짜 좀 먹어라. 왜 이렇게 가볍냐?"

레사는 "제대로 먹고 있습니다." 하고 대답했지만, 예전 같은 기세는 없었다.

'업히다니.'

황족에게 업히다니.

미나가 알면 뭐라고 말할까. 아니 이전에 이렇게 업힌 채로 누군가를 만나면 바로 황족 모독죄 같은 걸로 목이 잘리는 게 아닐까.

'게다가 업혀 보는 거 처음이야.'

어색해 죽을 것 같았다. 자신의 허벅지를 받치고 있는 손, 맞닿은 뜨거운 등. 그 모든 게 신경 쓰여서 옆구리의 통증마저 까맣게 잊을 정도였다.

'밤에만 열이 나는 건 줄 알았는데 원래 이렇게 체온이 높나?'

레사는 뻣뻣하게 굳은 채로 얌전히 그의 등에 업혀 있었다. 조금이라도 움직이면 안 될 것 같았다.

"좀 더 제대로 붙어."

찰싹, 엉덩이를 때리는 손에 레사는 히익— 하고 숨을 삼켰다가, 몸의 힘을 빼 상체를 꼬물꼬물 그의 등에 밀착시켰다.

"잘하네."

그 한방으로 완전히 넋이 빠져, 레사는 프레이스가 자진해서 그녀를 업겠다고 한 게 얼마나 큰일인지 생각할 겨를도 없었다. 하지만 프레이스는 생각하고 있었다.

등에 뻣뻣하게 굳어서 붙어 있는, 작은 체구와 차가운 체온.

구역질이 나지 않았다. 불안해서 몸이 떨리지도 않았다. 이상할 정도의 안정감이었다.

자신은 이 남자가 두렵지도 역겹지도 않다.

오히려 등 뒤에서 어쩔 줄 모르는 게 느껴져 귀엽다는 생각이 들었다.

프레이스는 걸음을 더욱 빨리했다. 이런 상대를 잃을 수는 없다. 잃고 싶지 않았다.

긴장과 출혈 때문에 레사는 얕은 숨을 할딱거렸다.

뭍에 올라온 물고기의 마지막 숨처럼 잦은 할딱거림에 프레이스는 더더욱 속력을 올렸다. 사실 레사의 말대로 그렇게 깊은 상처는 아니었다. 겉가죽만 베이고 내장은 무사한, 그야말로 종이 한 장 차이로 피해 낸 상처였지만, 프레이스는 그것까지 생각하지는 못했다.

등 뒤에서 덜컥 이 사람이 죽어 버리면 어쩌나 하는 걱정이 들었다.

"레사."

"…… 네."

"정신 잃지 마."

"네."

평소라면 이 정도로 정신을 잃지는 않는다고 대답하겠지만, 지금 레사의 머릿속은 얼어붙은 채였다. 하지만 곧 레사의 레이더에 익숙한 기척이 잡혔다.

"프, 프레이스 님."

"왜? 정신을 잃을 것 같은가?"

"아뇨. 그, 근처에서 익숙한 기척이 느껴집니다."

"익숙?"

"아마도 에릭 님이 아니신가 한데……."

"—!"

프레이스는 멈춰 서지 않고 더 속력을 올리며 물었다.

"어느 쪽?"

"오른쪽으로—."

레사의 말대로 오른쪽으로 꺾자 곧 익숙한 붉은 머리카락이 보였다. 에릭은 프레이스를 발견하자마자 얼굴을 일그러트리고 전력 질주로 달려왔다.

"프레이스!"

다가온 그는 프레이스를 안을 듯 팔을 벌렸지만 프레이스는 한 걸음 물러나 피했다. 에릭은 이해와 함께 섭섭함이 가득한 얼굴로 눈을 가리며 말했다.

"이 빌어먹을 황자야! 너 죽은 줄 알았다고!"

근처의 근위기사들이 애써 기사단장의 폭언을 모른 척했다.

"살아 있잖아."

프레이스가 짧게 대답하자 에릭이 숨을 몰아쉬며 격렬한 감정을 애써 누르고 말했다.

"그래, 살아 있네. 그것도 멀쩡하게!"

"난 멀쩡한데, 레사는 안 멀쩡해."

"뭐?"

에릭이 퍼뜩 손을 내렸다. 그는 그제야 프레이스가 레사를 업은 걸 보고 경악했다.

"너—?!"

"치료사 있지?"

걸으며 말하자 황급히 옆의 기사가 손을 내밀었다.

"황자님, 제가 업겠습니다. 주십시오."

"아니, 괜찮아."

그 말에 레사가 놀라 상체를 일으키며 말했다.

"전 괜찮습니다. 바로 앞이니 내려서 걸으면 됩니다!"

필사적으로 그녀가 말했다. 프레이스가 괜찮다고 해도, 측근들이 보면 전혀 괜찮지 않겠지. 하지만 프레이스는 고집을 꺾지 않았다.

에릭이 '미친놈아, 얼른 내려놔.' 라고 속삭였지만—역시나 기사들은 필사적으로 땅이나 하늘을 바라보았다— 프레이스는 무시했다.

병사 한 명이 신호탄을 쏘아 올렸고, 곧 대규모의 기사와 병사들이 몰려왔다. 그리고 황자가 호위를 업고 있는 모습에 모든 이들이 당황했다.

허겁지겁 달려온 제프 자작마저 망연히 프레이스를 바라보자 프레이스가 시선을 돌리며 차갑게 말했다.

"뭐 하는 거야? 다들. 빨리 치료사에게 안내해."

그러자 "황자님! 무사하셔서 다행입니다!" 하고 부르짖는 듯한 제프 자작의 말을 신호로, 바로 이곳에 임시 막사가 차려지기 시작했다. 본성으로 보내는 전령을 내보내고 간이 천막에서 레사는 붕대를 풀었다. 치료사가 붕대를 풀고 눈을 찌푸렸다. 한 뼘 정도의 긴 자상이 모습을 드러냈다.

"상처를 봉합해야겠습니다."

그가 상처를 더듬자 레사는 몸을 움츠렸다. 치료사가 신기하다는 얼굴로 레사를 보며 말했다.

"내장은 멀쩡하군요."

"그 정도는 피할 수 있으니까요."

레사의 대답에 치료사는 '과연, 황자의 호위쯤 되니 격이 다르군.' 하고 고개를 끄덕였다. 그가 치료용 가방을 열자 안에는 각종 도구들과 병이 가득 들어 있었다. 그가 레사에게 알약을 건네며 말했다.

"마취제입니다."

레사가 고개를 저었다.

"이거 먹으면 정신을 잃는 거죠? 괜찮습니다. 봉합 정도는 그냥 해도."

이대로 정신을 잃었다가 옷을 갈아입히기 위해 안의 프로텍터라도 벗기면 그 순간 대재앙이다. 치료사는 당황했고 프레이스는 명령했다.

"먹어."

"거절합니다."

레사가 다시 단호하게 말하자, 프레이스는 못마땅하다는 듯 미간을 찌푸렸다.

치료사는 뭔가 납득한 듯 고개를 끄덕였다.

"그러고 보니, 전사들은 남들 앞에서 정신을 잃는 걸 싫어한다는 이야기는 들었습니다."

그런 걸로 납득해 준다면 감사하다.

레사가 조용히 수긍하자, 치료사는 "그렇다면" 하고 다른 병을 꺼내 가루를 레사의 상처에 살살 뿌리기 시작했다. 그러자 천천히 상처 주변으로 통증이 둔화되는 것이 느껴졌다.

"국소마취제입니다. 아예 통증을 없애 주지는 못하지만 경감해 주지요."

프레이스가 "그래?" 하고 레사를 바라보자 레사는 고개를 끄덕였다. 이 정도면 자상이 아니라 멍이 들었다고 생각할 정도로 통증이 줄어들었다.

"그럼 움직이지 마십시오."

말하고 치료사는 투명한 물약을 꺼내 상처에 뿌렸다. 물약이 상처에 닿자 부글부글 끓어올랐다.

"─!"

레사는 어깨를 움츠렸다.

"오, 이건 마취해도 상당히 아픈 소독약인데. 역시 잘 참으시는군요."

말하자면 강도 10짜리를 뿌려 댄 것.

레사는 치료사를 살짝 노려보았다가 눈을 감았다. 치료사가 천천히 봉합을 시작했다. 프레이스는 그 광경을 뚫어져라 바라보았다. 치료사는 후처치를 필요 없게 할 마음으로 꼼꼼하게 바느질을 시작했다.

툭, 투툭.

둔하지만 착실하게 살갗을 뚫는 느낌에 레사는 이를 악물었다. 그래도 통증은 확실히 적었다. 프레이스는 희게 질린 레사를 바라보았다. 젖은 머리카락이 희고 가는 목덜미에 달라붙어 있는 게 보였다. 거기에 통증을 참으며 숨을 몰아쉬는 모습을 보니 왜인지 위가 꼬이는 듯한 기분이었다.

"훗─."

레사는 입술을 깨물었다. 치료사가 천연덕스럽게 "그러니까 마취약을 먹는 게 좋았잖아요?" 하고 말하는 걸 보고 프레이스는 그의 뒤통수를 때려 주고 싶다는, 기묘하고 원초적인 욕망이

숏구치는 걸 느꼈다. 그 봉합에 상당한 시간이 걸릴 것 같아 에릭이 프레이스의 주의를 끊었다.

"잠깐 얘기 좀 해."

프레이스는 끝까지 지켜봐야 하나 하고 망설이다가 고개를 끄덕였다.

기분이 이상했다. 더 지켜보고 있으면, 더 이상해질 것 같았다. 그럼에도 불구하고 머뭇거리는 프레이스를 에릭은 치료 막사에서 끄집어내, 다른 막사로 들어갔다.

이미 병사가 준비해 온 새 옷과 함께 다른 치료사가 프레이스의 상처를 보기 위해 대기하고 있었다.

프레이스는 타박상에 연고를 바르고 치료사에게서 몇 가지 주의를 흘려들었다. 병사가 새 옷을 건네 더러워진 옷을 갈아입기 위해 가림막 뒤로 들어가자 저편에서 에릭이 말했다.

"대체 뭐야? 어떻게 된 거야?"

"뭐가."

"레사 말야!"

네가 업고 온 거 말이야, 라고 묻지도 않았지만 프레이스는 그가 무슨 질문을 하는지 정확하게 알았다.

"안티매직을 가지고 있을지도 몰라."

그 말에 에릭은 '그게 뭐?' 하고 눈을 찌푸렸다가 곧 "뭐?!" 하고 목소리를 높였다.

"진짜야?"

"몰라, 일단 내 반지의 치유마법이 통하지 않았어."

"그럼, 그, 어, 네 능력도 통하지 않는 건가?"

"그건 모르지."

프레이스는 냉랭하게 말했다. 하지만 마음속에서 작은 희망이 부풀은 것은 사실이었다. 그걸 에릭에게 지나치게 티 내고 싶지 않았다.

"하지만, 와, 그럼— 그럼 쟤는 너에게 닿아도 괜찮은 거야?"

에릭의 물음에 프레이스는 침묵했다.

에릭의 질문은 그에게 닿았을 때 레사가 괜찮으냐는 게 아니라, 프레이스—그 자신이 괜찮냐고 묻는 것이었다.

사실 그도 이 감정이나 느낌을 뭐라고 해야 할지 알 수가 없었다. 고민하다가 프레이스가 대답했다.

"어."

짧은 대답이었지만 에릭에게는 그걸로 충분했다. 자신의 주군이 사람을 혐오한다는 것 정도는 눈치채고 있었다. 윈스턴이 알면 놀라겠지만 말이다.

하지만 그게 해소된 상대를 하나 만났다. 그렇다면 점차 괜찮아질지도 모르지.

낙관이라면 에릭을 따라올 사람이 많지 않았다.

하지만 그걸 대놓고 티 낼 정도로 눈치가 없지는 않았다. 프레이스와 오랜 시간 함께해 온 만큼 그에 대해서는 동물적인 감이 발달해 있는 에릭이었다.

에릭은 프레이스가 자신도 완전히 믿지 않는다는 걸 잘 알고 있었다.

'어차피 우정이니 충심이니 뭐니 해 봐야, 그 체질 때문이라고 생각할 테니까.'

물론 자신에게 그 둘을 구별할 수 있냐, 라고 물어보면 대답은 노(No).

'구별할 수 없다.'는 것이 대답이었다. 하지만 반대로,

'그걸 꼭 따져야 하나?'

하는 생각도 들었다. 체질 때문이든, 아니면 진정한 감화에서든 결국 우정은 우정이고, 충심은 충심 아닌가? 물론 그걸 프레이스에게 말하지는 않겠지만 말이다.

단순하기 짝이 없는 생각이었지만, 프레이스가 에릭을 곁에 두는 이유도 그 단순함 때문이었다.

"아, 맞다!"

에릭이 가림막 뒤에서 나오는 프레이스를 보고 펄쩍 뛰듯 나무 의자에서 일어났다. 그제야 그는 '왜' 이렇게 되었는지 물어봐야 한다는 것에 생각이 미쳤다.

"대체 뭐야? 일이 어떻게 된 거야?"

"종이, 펜."

프레이스의 말에 에릭은 투덜거리며 병사에게 펜과 종이를 가져오게 시켰다. 목소리는 들어도 프레이스에게 반하지 않는 다는 게 정설이었지만. 그래도 프레이스는 신중했다. 혹시 모르는

일이니, 길어지는 의사소통은 글자로 하자는 이야기였다.

프레이스가 쭉 이야기를 간결하게 써 내려가는 동안 에릭은 등을 지고 돌아서서 연신 투덜거렸다.

걱정했더니 손해 봤다는 둥.

나보다 잠깐 만난 그 호위가 더 믿을 만하냐는 둥.

프레이스가 말을 아낀다는 것을 빌미 삼아 실컷 불평불만을 늘어놓고 에릭은 프레이스에게 종이를 받아 들었다. 종이를 읽으며 에릭은 튀어나올 만큼 눈을 크게 떴다.

"뭐어? 그 절벽에서 뛰어내려? 미친! 암살자가 여섯? 와—아, 다행이네, 무사해서. 어, 그래 우리도 제프 자작이 어느 쪽인지 고민했어. 하지만 우리는 얼굴을 직접 보고 판단할 수 있으니까. 적은 아니라고 생각했거든."

주절거리며 글을 읽다가 에릭이 휙 프레이스에게로 돌아섰다.

"프레이스 이든 루 왈라키아!"

그가 쾅! 거칠게 책상을 내리쳤다. 프레이스는 무슨 부분을 보고 그가 그러는지 알아서 살짝 양손을 들었다.

"살아 있잖아."

"미친, 네 목숨을 미끼, 뭐? 암살자를 해치워? 아, 진짜 너—!"

에릭은 욕설을 퍼부었고, 프레이스는 갑자기 레사의 말이 떠올랐다.

—역시 귀족이니까 욕도 고상하구나, 하고.

프레이스는 입술을 깨물었다.

확실히 고상하다. 하지만 여기서 웃기라도 했다가는 에릭을 진짜로 화나게 만들 수도 있기 때문에 프레이스는 필사적으로 눌러 참았다. 그가 입술을 꾸욱 깨물며 얼굴을 굳히자 자신이 너무 심했나, 하고 에릭은 한숨을 내쉬었다.

"물론 네 정신세계야 잘 알고, 그런 면을 좋아하는 거지만. 무모한 짓은 말아 줘라. 실드를 가지고 있다고 해도 모르는 거잖아."

프레이스는 가볍게 고개를 끄덕였다. 에릭은 다시 한숨을 내쉬고 종이를 들어 올렸다.

"이거 잘 놔뒀다가 나중에 윈스턴에게도 보여 줘야겠다. 뭐야, 그러면 네가 암살자도 다 죽인 거야? 진짜 난 할 일 없네. 나름 단장인데. 게다가 유능하잖아, 저 호위."

에릭이 약간 떨떠름한 표정을 지었다.

"그런데 쟤, 아무래도 정상은 아닌 것 같은데? 뒷골목이라고 해도 전사나 용병이라고 생각했는데, 네 이야기 읽으면 무슨 암살자 같은 거 한 것 같다. 안티매직이니 어쩌니 해도 곁에 놔둬도 되는 거야?"

"나에게 반하지만 않으면 창녀나 백정이라고 해도 곁에 두겠어."

단호한 프레이스의 말에 '그러냐' 하고 에릭이 고개를 끄덕였다.

"과거야 뭐, 적당히 덮으면 되겠지."

프레이스가 자리에서 일어났다.

"레사의 치료가 끝났는지 확인해야겠어."

"네, 네, 그러시죠."

에릭이 따라 자리에서 일어났다. 천막을 나가자 대기하고 있던 제프 자작이 덤벼들듯 다가왔다.

"황자님! 무사하셔서 천만다행이십니다! 어디 좋지 않으신 곳은 없으십니까? 지금쯤 황성에 파발이 당도했을 겁니다."

"아, 제프 자작."

프레이스가 그와 눈을 마주치지 않으려 시선을 애매하게 처리하며 싱긋 웃었다.

"자작의 협조에 대해서는 에릭에게 잘 들었소."

"아닙니다. 소신은 할 일을 다 했을 뿐이지요."

"다행히 무사하고, 암살자들도 전부 처리되었으니 걱정할 필요 없소."

그 말에 사냥터로 암살자가 숨어든 것도 몰랐냐며 문책당할까 봐 안절부절못하던 제프 자작의 표정이 밝아졌다.

"그렇습니까? 다행입니다."

"난 내 호위의 치료가 끝났는지 보러 가야겠으니, 나중에 따로 성에서 이야기하지."

"네, 네."

제프 자작이 얼른 물러서서 프레이스는 옆 천막으로 향했다. 그가 천막 안으로 들어가자마자 치료사가 자리에서 일어나며 말했다.

"황자님, 이분의 고집을 좀 꺾어 주십시오."

"무슨 일인가?"

"연고를 발라드리려 하는데 저 프로텍터를 벗지 않으시겠다고 고집하시지 뭡니까."

그 말에 프레이스가 레사를 보았다. 레사는 상의를 벗고 있었는데, 프로텍터 아래까지 멍이 번져 있는 게 확실했다.

"왜 안 벗는데?"

아까와 달리 명령하는 대신, 프레이스는 물었고 레사는 머뭇거리다가 대답했다.

"보이고 싶지 않은 게 있기 때문입니다."

"……."

그 말에 프레이스는 잠깐 그를 바라보았다.

레사는 그가 당장 벗으라고 명령한다든가, 주변의 병사들을 이용해 자신을 붙잡으려고 할까 봐 식은땀이 났다. 아무래도 상의를 벗은 채로 이렇게 많은 사람, 특히 남자들의 시선을 받는 건 불편했고, 프로텍터를 벗으면 그야말로 모두 앞에서 반나신 개봉이다.

그 사태만은 피하고 싶었다.

"알았어. 그러면 어쩔 수 없지."

"네, 들으셨— 황자님?"

치료사가 놀라 묻자 프레이스가 어깨를 으쓱하며 말했다.

"싫다는 거 억지로 벗기는 것도 우습잖아. 무슨 처녀 희롱하는 불한당도 아니고."

"황자님!"

치료사의 얼굴이 붉어졌다. 레사는 치료사의 눈치를 보며 주섬주섬 옆의 새 옷을 주워 입었다.

'보이고 싶지 않은 문신 같은 게 있는 걸지도.'

프레이스는 그렇게 생각했다.

뒷세계는 조직의 상징이나 여러 가지 심벌을 몸에 새겨 넣는다고 들었다. 검은뱀 형제도 목에 검은뱀 문신이 있었고. 게다가 레사 역시 말하기 싫은 과거가 있는 것 같으니, 그런 흔적이 남아 있을 가능성이 높았다.

평소에 옷 안에 저런 걸 차고 다니는 것은 방어의 문제도 있지만 그걸 숨기려는 의도도 있는 거겠지, 하고 프레이스는 완전히 오해해 버렸다.

고정관념이라는 것이 무서운 것이라, 프레이스는 '레사가 여자?' 하는 생각은 하지도 못했다. 그녀의 행동과 어조 어느 것 하나 여자답지 않은 데다가, 제국에서 여자의 머리카락은 매우 큰 매력 포인트였다. 여성 한정으로 단발형이라는 치욕스러운 형벌이 존재할 정도였으니, 머리가 짧은 레사가 여자라고는 생각하지 못했다.

그리고 그녀의 말하는 방식 역시 여자라고 하기에는 거리가 멀었다.

아니, 솔직히 평범과도 조금 거리가 있기는 하지만 말이다.

"이 정도는 약을 바르지 않아도 낫습니다. 감사합니다, 치료사님."

레사는 자리에서 일어나며 정중하게 인사했고, 치료사는 손을 저었다.

"아닙니다. 그리고 봉합된 상처가 터지지 않게 주의하세요. 팔의 상처는 이미 붙은 것 같아서 재봉합하지는 않았지만, 대충 꿰매 놓으서서 흉터는 남을 겁니다."

"네, 괜찮습니다."

어차피 직접 꿰맬 때부터 흉터가 남지 않을 거라고는 생각도 하지 않았다.

"움직여도 상처가 터지지는 않는 건가?"

프레이스의 물음에 치료사가 공손히 고개를 숙이며 말했다.

"심한 활동을 하시지 않는 이상 괜찮습니다."

"승마는?"

"질주하는 게 아니라고 하면요."

"그럼 괜찮겠군. 에릭, 천막 접고 이동하지. 오늘 밤은 제대로 씻고, 침대에서 자고 싶어."

"명 받들겠습니다."

에릭이 정중하게 대답하고 천막 밖으로 나갔다.

황자의 명으로 인해서 방금 막 만든 임시 막사들을 해체하는 작업이 다시 이뤄졌고, 병사들은 '누굴 놀리나.' 하고 생각했을지언정 입 밖으로 그것을 내지는 않았다.

그렇게 관도를 따라 올라갔기 때문에 돌아가는 길은 빨랐고, 절반쯤 갔을 때 맞으러 나온 윈스턴 일행과 합류할 수 있었다.

"황자님."

"오랜만인 것 같은 느낌인데."

윈스턴이 프레이스의 말에 낮게 한숨을 내쉬고 말했다.

"무사하셔서 다행입니다. 얼른 마차로 오르시죠."

"알겠네."

아무래도 승마는 마차보다 체력을 더 소비하고 프레이스는 더 이상 체력을 소모하고 싶은 생각이 없어서 마차에 올랐다. 윈스턴이 마차 문을 닫는데 프레이스가 말했다.

"레사는?"

"뒤쪽에 있습니다."

"그렇군. 윈스턴, 레사를 부탁하지."

"걱정 마십시오."

윈스턴이 고개를 끄덕였다. 마차 문이 닫히자 프레이스는 푹신한 의자에 몸을 파묻었다. 그러자 긴장했던 근육들이 그제야 삐걱거리는 것 같았다. 그는 눈을 감았다.

잠을 잘 수는 없겠지만, 그래도 눈을 감고 있는 편이 회복에 더 좋았다.

마차가 수도의 문을—통금시간이 끝났는데도 권력으로— 통과하고 나서 윈스턴이 레사에게 말을 가져다 붙였다.

"너."

"네."

레사가 고개를 숙였다.

"수고했다. 이만 가 봐도 좋다."

어라?

레사는 고개를 들었다.

"호위가 부족해 황자님을 위험에 빠트리게 한 점이 있으나, 그분의 목숨을 구한 것도 있으니 공과를 합산해서 없는 일로 하지. 여기, 한 달분의 급료다."

윈스턴이 주머니를 내밀어 레사는 얼른 받아 들었다. 윈스턴은 레사를 부탁한다는 황자의 말을 적당히 보내라는 말로 이해한 것이었다.

그에게는 사흘 후면 잘릴 사람이라고 입력되어 있으니 당연한 것이었다. 오히려 호위로서 문책당하고 잘리는 것보다 바로지금 보내는 게 '잘하는 것'이라고 윈스턴은 생각했다.

'잘 부탁해'

그 말이 이 뜻이라고 생각한 것이다.

"그동안 감사했습니다."

레사가 인사를 하고 말에서 내리자 윈스턴이 품에서 책자를 꺼내 던졌다. 얼른 받으니 글자를 배운 책이었다. 윈스턴은 작별의 말도 없이 레사가 올랐던 말의 고삐를 잡고 마차의 뒤를 따라 출발했다. 레사는 그 뒤를 향해 깊게 고개를 숙였다.

맨 앞 선두로 가고 있던 에릭은 그 모습을 보지도 못했다.

레사는 짤랑짤랑 금화 주머니를 흔들며

'한 달분을 다 주다니. 좋은 사람이네.'

하고는 입맛을 다셨다.

'이렇게 잘릴 줄 알았으면, 그 돈으로 미나 옷을 사는 게 아니라 등록금으로 놔뒀어야 했는데. 아냐, 옷도 중요하지. 우리 애를 기죽일 수는 없죠, 암. 일단 이번 학기 등록금은 이미 냈으니까.'

어떻게든 그다음을 마련할 수 있겠지.

레사는 주머니와 소책자를 소중하게 들고 어두운 골목 틈 사이로 스며들듯이 들어갔다. 13구역은 수도 경비병들이 순찰도 돌지 않는다. 아직도 사람들이 있는, 불 켜진 환락가를 지나 레사는 자신의 거처에 도착했다.

툴툴거리는 사환에게 두 배로 돈을 주고 레사는 공용 욕실에 물을 가져다 달라고 부탁했다. 물론 뜨거운 물 같은 사치는 겨울에나 가능하니, 여름에는 찬물이다.

"흐아아—."

레사는 차가운 물로 몸을 씻으며 몸을 부르르 떨었다.

'대체 이 물은 왜 이렇게 차가운 거야?'

옆구리 상처에 물이 닿지 않게 조심조심 씻고 나서 레사는 자신의 방으로 들어가 프로텍터까지 벗었다. 그러고 나서 연고를 꼼꼼하게 바르고 그녀는 침대에 쓰러지듯 누웠다.

'아, 황궁 소파보다 딱딱하네. 그래도 동굴보다는 낫다.'

그 생각을 한 것이 잠깐, 레사는 그대로 잠에 빠져들었다.

3장
작위

쨍그랑!

프레이스의 손에서 찻잔이 떨어졌다. 에릭이 양손으로 자신의 눈을 가리고 나서 슬쩍 손가락 사이를 열어 프레이스를 보았다.

"······잘라?"

프레이스의 목소리가 떨렸다. 윈스턴은 의아했지만 표정을 흐트러트리지 않고 대답했다.

"네, 어제저녁을 기점으로, 레사 알반은 호위 임무에서 배제되었습니다만?"

무슨 문제라도?

하고 덧붙이는 것 같은 어조에 프레이스가 말했다.

"내가―, 내가 부탁한다고……."

"네, 그래서 레사 알반의 청문회가 열리기 전에 돌려보냈습니다. 황자님을 위험에 빠트린 것은 중죄이니까요. 어차피 이틀 후면 해고 처리가 되었을 테고, 이로써 문책 받지 않고 넘어가게 되었습니다. 한 달분의 급료도 전부 지급했고요."

이렇게나 후하게 대해 줬는데 뭐가 문제야?

"윈스턴 베렛."

"네."

"아니, 너, 아니."

프레이스는 이를 악물었다가 결국 한숨을 내쉬고 소파에 풀썩 앉았다.

"말을 잘못한 내 잘못이다."

"……?"

더더욱 윈스턴이 의아한 얼굴이 되자, 옆에서 에릭이 얼른 보충 설명을 했다.

"걔 안티매직 바디일지도 모른대."

"……뭐?"

"그래서 프레이스의 매력이 통하지 않는 걸 수도 있대. 확신할 수 있는 건 아무것도 없지만."

뒷말을 강조하며 에릭이 어깨를 으쓱했다. 그제야 윈스턴은 입을 벌렸다가 휙 프레이스를 돌보았다.

"왜 그 말은 안 하셨습니까?!"

"네가 알 줄 알았지! 아니 자를 거라고는 생각도 못 했다고!"

자신도 모르게 흥분해, 프레이스는 말이 많아졌다.

"그럼 그 부탁한다는 말이……."

궁으로 데려와서 잘 대해 주라는 말이었구나.

윈스턴은 신음을 삼키며 이마를 짚었다. 에릭이 어깨를 으쓱하고 말했다.

"도로 데려오면 되잖아?"

"어디 사는지도 모르는데."

윈스턴의 말에 에릭이 눈을 굴렸다가 말했다.

"던컨이 알지 않을까?"

그 말에 바로 던컨이 호출되었다. 10분 후 도착한 던컨이 에릭의 질문에 고개를 저었다.

"모릅니다."

"왜? 고용했잖아?"

"제가 직접 한 게 아니라 중개사를 통해서 고용한 것이기 때문에…… 하지만 조사한다면 알아낼 수는 있을 것입니다."

"아, 그럼 알아봐 줘."

에릭이 프레이스 대신 말했고 던컨이 물었다.

"그놈이 무슨 문제라도 일으켰습니까?"

"아니, 일을 잘해서 이번에는 정식으로 채용할까 하고."

에릭이 적당히 얼버무렸다.

어제 자른 사람을 찾아내서 정식으로 고용한다는 건 앞뒤가 맞지 않았지만, 던컨은 그런 질문을 던지지 않았다. 대신 그가 조심스럽게 말했다.

"제가 알아본바, 그는 결코 좋은 출신이 아닙니다."

"알아."

프레이스가 짧게 대답했다. 던컨은 더 뭔가를 이야기하려고 입을 벌렸다가 다물었다.

그의 주인이 안다고 하면 아는 것이다.

그가 어떤 암살 그룹에 있었으며, 거기를 어떻게 빠져나왔는지에 대해 구구절절 설명할 필요는 없으리라. 게다가 그가 가지고 있는 정보의 대부분은 추측에 의한 것이었다. 레사 알반에 대한 정보는 정말로 지극히 적었던 것이다.

"그럼 레사 알반을 찾아 데려오도록 하겠습니다."

"그래."

던컨은 허리를 깊게 숙여 보이고 물러났다. 그가 나간 걸 보고 윈스턴이 말했다.

"그의 말이 맞습니다."

"뭐가?"

에릭이 물었고 윈스턴이 한숨과 함께 말했다.

"그를 호위로 고용하기에 그의 신분이 너무 낮습니다. 요 사이야 비상시국이었고, 정식 호위를 찾을 때까지 임시라고 했으니 넘어갔지만, 그가 실제로 황자님의 호위가 된다고 하면 지금의 신분으로는 무리입니다."

"그러면? 그렇다고 계속 반하는 다른 호위를 쓸 수는 없잖아?"

에릭이 어깨를 으쓱하며 사정없이 말했다. 프레이스의 저주가 셋 사이에서는 공공연한 사실이라고 해도, 프레이스 앞에서 그걸 이렇게 대놓고 말하는 건 에릭뿐이었다.

"적어도…… 기본 기사 작위라도 내리죠."

"그거 그냥 내린다고 뿅 하고 내려지는 건가."

에릭의 말에 윈스턴이 뚫어져라 에릭을 바라보고 말했다.

"네가 내려야지."

"어?"

"너, 에릭 도프. 제1근위기사 단장님이 탁월한 안목으로, 흙 속의 묻힌 진주를 찾아내서 기사로 임명한 거지. 그리고 그걸 지켜본 황자님이 실력에 따라 그를 고용한다. 이것으로 가문보다는 실력이 중요하다고 말하는 신세력들에게서 점수도 얻을 수 있겠지. 애버릿 쪽에서 밀고 나오는 이야기니 그도 크게 흠을 잡지는 못할 거야."

그 말에 에릭이 미묘한 얼굴을 했다가 말했다.

"근데 저기."

"뭐지?"

"그, 레사 말야. 정말로 우리 기사단에 넣어도 될 정도로 강한가? 걔 검술은 못 봤어."

"중요한 건 진실이 아냐."

윈스턴이 경멸조로 말하자 에릭이 눈을 동그랗게 떴다.

"뭐야, 그럼 실력 미달자를 나보고 기사로 임명하라고?"

"지금까지 이야기를 뭐라고 들은 거지?"

"어, 아니. 그런 생각을 하는 건 나만이 아닐걸. 분명히 실력을 증명해 보이라고 결투 신청하는 놈들이 나올 거야."

"그걸 제어하는 게 단장의 일 아닌가."

"야, 내가 어떻게 그걸 다 제어해?"

그 말에 윈스턴이 쯧, 하고 혀를 찼다.

"무능하기는."

작게 중얼거린 말이었지만, 기사인 에릭은 귀가 좋았다. 그가 울컥, 억울해져서 말했다.

"내가 무능한 거 아니거든? 다들 자기가 제1근위기사단이라는 거에 자부심이 있단 말야. 그걸 인맥으로 부수는 놈이 있으면 당연히 시험해 보고 싶지. 게다가 레사는 겉보기에 엄청 여리여리하잖아."

"실력은 내가 보증해."

프레이스가 말해, 두 가신은 입을 다물었다.

"에릭이 발굴하고 나서, 나중에 내가 마주쳤다고 하지. 내가 자른 호위가 왜 여기 있는 거지? 하면 에릭은 '앗, 황자님의 호위였습니까? 전 몰랐습니다.'라고 한 걸로 해 둬. 그러면 난 역시 능력자였군, 그때는 감정적이라 내가 해고했으나, 나중에 생각하니 실력이 좋은 자라 후회했다. 다시 재고용하겠다, 라고 할게."

"내가 네 호위였던 레사의 얼굴을 모른다는 게 말이 안 되잖아?"

에릭이 당황해 말하자 윈스턴이 고개를 흔들고 말했다.

"아니, 소문이야 제멋대로 도는 거니 상관없지. 앞뒤가 안 맞더라도, 드라마틱하면 회자되는 게 소문이니까."

"에릭과 나, 양쪽을 다 띄워 주는 소문이야."

"그렇습니다. 현명하시군요, 황자님."

"네가 기본을 줬기에 내가 덧붙인 것뿐이야."

프레이스가 말하고 한숨을 내쉬었다.

"뭐, 이것도 일단 던컨이 레사를 찾았을 때의 이야기지만."

*　　*　　*

레사는 손으로 팬케이크를 찢어서 시럽에 듬뿍 담가 먹는 기쁨을 만끽하고 있었다. 뜨끈뜨끈한 팬케이크가 촉촉해질 때까지 시럽에 담갔다가 한입 가득 베어 문다.

그것만으로도 행복해지는 기분이었다.

집 안 가득 팬케이크 굽는 냄새가 진동했다. 미나는 거실에 있는 화덕에서 팬케이크를 부치며 투덜거렸다.

"말도 안 돼! 테레사를 이 모양으로 만들어 두고 해고라니!"

프라이팬을 몇 번 앞뒤로 흔들어 가늠하다가 휙 하고 팔 스냅으로 멋지게 팬케이크를 뒤집자, 노릇하게 익은 밤색의 매끈한 표면이 모습을 드러냈다.

"여자에게 상처를 냈으면 책임을 져야지, 나쁜 놈. 지가 황자면 다야? 귀족이면 다야?"

"돈은 많이 줬으니까."

"그깟 돈보다 레사가 훨씬 더 중요해!"

미나가 허리에 손을 얹으며 말했다. 레사는 미나에게 환자 취급을 당하며 보살핌 받는 중이었다.

사실 그렇게 심한 상처는 아니지만 미나는 '자신의 등록금을 벌다가 이렇게 되었다.'라는 것에 매우 괴로워했고, 그녀의 마음이 편해진다면 얼마든지 보살핌 받으면 되지, 하고 레사는 판단했다.

미나가 팬케이크를 레사 앞 접시에 쏟듯이 올리며 말했다.

"아 참, 테레사."

"응?"

"화내지 말고 들어줘."

"뭔데? 무슨 일이야?"

레사가 소파에서 몸을 바로 하며 묻자 미나가 "잠깐만." 하고 자신의 방으로 들어가더니 곧 손에 초록색 드레스를 들고 나왔다.

"이거."

"못 보던 드레스네."

"그때 테레사가 내 드레스 주문해 줬잖아. 그중에 한 벌을 이

걸로 교환했어. 테레사 거야."

"어?"

깜짝 놀라 레사가 눈을 휘둥그레 떴다. 미나가 손을 저으며
말했다.

"그 드레스가 너무 고급스러운데, 나 방학 때는 어차피 수수한
거 입어야 하고…… 그러니까 한 벌 취소하면서 네 벌로 나눠서
주문했어. 그래도 이 동네에서 입기에는 너무 고급이지만……
이건 테레사 거야. 테레사 돈을 쓰는데 테레사 걸 주문하지 않다
니 말도 안 돼서. 그래서……"

"미나……"

"화났어?"

"아니, 안 났어."

레사는 웃었다. 자신의 돈으로 받는 선물이라고 하지만, 그래
도 기분 좋았다. 순수한 호의에서 오는, 자신을 생각해서 해 주
는 선물을 싫어할 사람이 누가 있을까?

"고마워, 잘 입을게."

"그러면 지금 입고 나갈까?"

"응?"

미나의 눈이 반짝였다.

"같이 드레스 입고 나가서 아이스크림 사 먹자. 돈이 조금 남
았거든. 4구역에서 아이스크림이라는 걸 파는데 진짜 맛있대.
차갑고 달고 부드럽다고 애들이 그랬어."

"알았어."

레사는 고개를 끄덕이고 자리에서 일어나다가 아, 하고 짧은 머리를 어루만졌다.

"근데 머리카락은 어쩌지?"

"걱정 마."

미나가 씩 웃었다.

"가발도 사 놨다구."

"철저하구나."

역시 유지아나의 딸답다. 레사는 고개를 끄덕였다. 미나가 물건이 있는 곳을 설명해 줘서, 레사는 방으로 들어가 오랜만에 드레스를 입기 시작했다. 딱딱한 가죽 코르셋, 드레스, 부분 가발을 익숙하게 머리 뒤에 자연스럽게 붙이고 레사는 마지막으로 장갑을 꼈다.

"다 입었어?"

"응. 미나, 진짜 눈 좋구나."

레사는 옷이 자신에게 딱 맞는 걸 보고 감탄했다. 미나가 힛 하고 웃으며 말했다.

"테레사 옷 몇 벌 지어 준 적도 있잖아. 날 얕보지 말라구."

"아, 맞아. 하여간 예쁘다. 고마워."

"나도 갈아입을게. 잠깐만."

"도와줄게."

레사가 그렇게 말하고 미나가 옷 갈아입는 걸 능숙하게 돕기 시작했다. 암살자란 본디 여러 가지 훈련을 받는 법이다. 그중에는 잠입도 있어서 시녀든 시종이든, 주인의 시중을 드는 법 역시 배워 두었다. 옷을 갈아입히고 레사는 환하게 웃으며 미나의 **뺨**에 키스해 주었다.

유지아나가 미나에게 이렇게 하는 걸 보고 배워, 레사는 유지아나가 죽은 후 대신 그녀에게 이렇게 키스해 주고 있었다.

"우리 미나, 진짜 미인이다."

"테레사도 예쁜걸."

미나는 그렇게 말하며 감탄했다. 키가 크고 늘씬한 레사는 비율이 좋아, 서 있는 것만으로도 우아해 보였다.

'이렇게 예쁜데 남장하고 다니다니 아까워.'

미나는 한숨을 내쉬었고 레사는 웃으며 팔을 내밀었다.

"그럼 갈까?"

"응."

미나는 얼른 그 팔에 매달려 웃었다. 아무리 야무지다고 해도, 아이는 아이다. 레사는 그걸 보며 더더욱 자신이 잘해야겠다고 마음을 먹었다.

그렇게 4구역에 도착하자 자신들의 차림이 초라한 축이기는 했지만, 그래도 그렇게 나쁘지는 않다는 걸 레사는 알게 되었다. 귀족은 아니지만, 귀족가의 시녀 정도는 되는 차림새였다. 4구역의 어느 가게를 들어가도 눈총 받지 않을 만한 차림이었다.

레사는 미나의 적절한 안목에 감탄했다. 미나는 얼른 친구에게 들었던 디저트 가게로 레사를 안내했다. 가격도 이미 친구에게 물어서 들어둔 터라, 자리에 앉은 미나는 망설임 없이 아이스크림 두 개를 주문했다.

"아이스크림 말야, 진짜 맛있대. 걔는 매일매일 먹는다고 하더라고."

"걔가 누군데?"

"제니퍼라는 아이인데, 난 제니라고 불러. 멍청한 오빠를 맨날 욕하는데, 그래도 사이좋은 게 보여서 부러워."

"미나에게는 내가 있잖아."

"맞아. 테레사가 내 언니지."

미나는 헤헤 웃었다. 그러고 나서 친구들이 말해 준 방학 동안의 계획을 레사에게 신기한 이야기를 푸는 양 들려주었다. 레사는 미나의 친구들이 가는 여행이나, 별장 이야기를 들으며 가슴 한편이 아렸다.

미나도 보내 주고 싶은데.

그럴 만한 돈도 없는 데다가, 미나 혼자 보낼 수도 없다.

레사가 어떻게 방법이 없을까? 하고 고민하는데 저쪽에서 다다닥 하고 여자아이가 다가왔다.

"미나?!"

"제니!"

미나가 놀라 눈을 동그랗게 떴다. 레사 역시 놀라 상대방을 돌아보았다. 빨강 머리에 주근깨가 가득한 귀여운 여자아이였다. 굽슬굽슬한 머리를 양 갈래로 묶었는데, 그 차림새만 봐도 귀족 아가씨라는 걸 알 수 있었다.

"여기는 웬일이야?"

미나가 놀라 묻자,

"웬일이기는. 나 맨날 아이스크림 먹으러 온다고 했잖아. 오늘은 바보 오빠도 함께야."

"매일이라고 해서 그냥 관용어인지 알았지."

"내 사전에 관용어란 없다고? 항상 진실만 얘기할 뿐."

"오빠분은?"

"저기."

제니가 손가락으로 뒤쪽을 가리켜 레사와 미나는 동시에 그 뒤쪽을 보았고, 레사는 경직했다.

'에릭?!'

쇼핑백 사이에서 늘어진 에릭은 이쪽 시선에 손을 들고 인사했다가, 그야말로 눈이 화등잔만 해졌다. 자리에서 벌떡 일어나 다가오는 에릭을 보며 레사는 당장이라도 도망치고 싶은 심정이었다.

"오빠, 이쪽이 내가 항상 이야기했던 미나야. 그리고 미나, 이쪽은 내 멍청한 오빠―, 그리고……."

제니가 레사를 바라보자 미나가 입을 열기도 전에 에릭이 물었다.

"레사의 누나 되십니까?"

침묵.

침묵, 침묵, 침묵.

레사는 침을 삼켰고, 눈치 빠른 미나는 이게 어찌 된 일인지 금방 알아챘다. 제니가 이게 무슨 소리야? 하는데 레사가 우아하게 미소를 덧칠하며 물었다.

"네, 제가 레사의 누나입니다만. 누구신가요?"

"아! 역시! 실례했습니다, 레이디. 전 그러니까, 음, 레사의 전 동료인 에릭 도프라고 합니다."

"전 테사 알반이라고 해요."

기름칠이라도 한 것처럼 능숙하게 거짓말이 흘러나왔다. 그녀가 손을 내밀자 에릭이 자연스럽게 그녀의 장갑 낀 손등에 가볍게 키스하고 웃었다.

"레사와 진짜 닮아서 한눈에 알아봤죠. 레이디 알반."

"쌍둥이거든요."

레사의 말에 에릭은 그제야 "아하~" 하고 고개를 주억거렸다.

"역시, 진짜 닮았다고 생각했습니다. 그나저나, 하, 별 우연도 다 있네요. 진짜 그쪽을 찾고 있었거든요."

"저를요?"

살짝 굳어 레사가 묻자 에릭이 고개를 저으며 말했다.

"아뇨, 아뇨. 레사 쪽 말입니다."

"그 아이가 무슨 문제라도 저질렀나요?"

"아뇨! 그게 아니라, 그 재고용을 하고 싶어서……."

에릭은 갑자기 말문이 막혀 쩔쩔매기 시작했다. 이렇게 사람이 많은 곳에서, 사실은 레사를 기사로 임명해서 이러쿵저러쿵 짜고 치려고 합니다, 하는 소리를 내뱉을 정도로 그는 바보가 아니었다. 그의 당혹에 레사가 고개를 느긋하게 끄덕이며 말했다.

"아녀자로서는 남자들의 일을 알 수가 없죠. 나중에 레사에게 도프 경의 댁으로 방문하라고 해 둘까요?"

"그래 주실 수 있습니까?!"

지푸라기라도 잡은 양 에릭이 말해 레사는 다시 부드럽게 웃었다. 이런 연기라면 특기다.

"그럼요."

"감사합니다! 이걸로 우리도 구원을 받겠군요."

야호, 하고 에릭이 아이스크림을 가지고 오는 직원에게 "특제 아이스 파르페"를 세 개 주문하게 하고 그 자리에서 레사와 미나가 이미 시킨 아이스크림 몫까지 지불했다.

"그럼 잘 부탁드리겠습니다, 레이디."

레사가 귀족 영애가 아닌데도, 에릭이 그녀에게 갖추는 예는 귀부인에게 갖추는 그것이었고, 레사 역시 그에 상응해서 응대했다. 에릭이 자신의 여동생에게 말했다.

"오빠는 저쪽에 앉아 있을 테니까, 이분들과 이야기하고 와."

"알았어."

제니는 고개를 끄덕였다. 에릭이 자리를 뜨자 레사는 한숨을 억눌렀다. 미나 역시 안도의 숨을 내쉬었다. 제니가 자리에 앉으며 말했다.

"오빠랑 아시는 분이신가 봐요?"

"제 동생이 아는 것 같네요."

"흐음."

제니는 고개를 끄덕였다. 귀족은 아닌 것 같은데요, 같은 말을 하지 않는 게 기특하다. 실제로도 제니는 그렇게 크게 신분에 신경 쓰지 않았다. 도프 백작가가 무가인 만큼, 그녀는 실력지상주의 사상을 가지고 있었던 것이다. 그게 평민인 미나와 친구를 하고 있는 가장 큰 이유였다.

"미나와는……?"

"예전부터 이웃 사이라서, 친자매 같은 사이랍니다."

레사의 대답에 제니는 "그렇군요." 하고 고개를 끄덕였다. 나온 아이스크림을 한 입 먹고 미나가 몸을 부르르 떨었다.

"이거 진짜 맛있다."

"그지? 그지?"

제니는 자신이 아이스크림을 만들기라도 한 양 뻐겼고, 미나는 반박하지 않았다.

"응. 와, 입 안에서 사르르 녹아. 달아, 차가워. 어떻게 만드는 거지?"

"냉각 기계가 있다는데, 나도 잘은 몰라."

수저질을 하는 것이 아쉬울 정도로 적은 양이었다. 하지만 곧, 에릭이 주문한 특제 파르페가 나왔고 거기에는 미나도 레사도 눈을 휘둥그레 떴다.

커다란 유리잔에 켜켜이 쌓인 아이스크림과 생크림, 초콜릿 시럽과 과자는 보기만 해도 황홀한 것이었다. 일단 유리잔 자체가 회귀하다. 미나는 조심스럽게 파르페 전용의 긴 은수저를 들어 파르페를 먹기 시작했다.

"맛있어."

"그지?"

씩 웃으며 제니가 적당히 파르페를 섞어서 먹기 시작했다. 한참 아카데미 교수들을 욕하는 두 사람의 대화를 들으며 레사는 귀를 쫑긋 세웠다. 뭔가 미나가 자신에게 하지 않은 이야기가 나올까 해서였다.

'전에 있었던 겨울 무도회도 그렇고.'

또 뭔가 숨기는 게 있을지도 모른다. 그리고 그런 레사의 생각은 적중했다.

"그런데 너 진짜 안 올 거야?"

"어?"

"우리 별장에 말야. 같이 가자니까."

"아니, 괜찮아."

미나가 레사의 눈치를 보며 얼른 이야기를 마무리하려 하자 레사가 싱긋 웃으며 대화에 끼어들었다.

"별장이라니?"

제니가 입을 내밀며 레사에게 말했다.

"이번 여름방학 동안 말이에요. 저희 영지 별장에 놀러 오라고 했는데 말이죠. 집안일을 해야 한다고 하는 거예요."

"가지 그러니."

레사가 말하자 미나는 머뭇거렸다.

"하지만 아빠도 있고…… 레사도……."

"노알은 자신의 식사는 자기가 할 수 있어. 레사도 마찬가지고."

"하지만ㅡ."

"부담 가질 거 없다니까."

제니가 불쑥 말했다.

"어차피 넘쳐 나는 게 손님방인걸. 게다가 방학 때는 리프턴을 가겠다며 뻐기는 퐁텐을 봐. 고것의 코를 납작하게 해 주고 싶지 않아?"

"그야……."

그렇지만. 미나는 그래도 여전히 망설였다. 물론 제니는 좋은 친구다. 자신이 평민이라는 걸 알면서도 친하게 지내 주니까. 하지만 미나에게도 나름의 자존심은 있었다. 친구들의 가족 앞에서 초라한 모습을 보이고 싶지는 않았다. 레사가 조용히 말했다.

"얼마 전에 옷도 새로 샀잖아."

"정말? 그럼 옷도 자랑할 겸 오라니까!"

"그럴까……?"

사실은 가고 싶었다. 미나의 말에 제니의 얼굴이 확 밝아졌다.

"와! 약속했다? 오는 거야? 음, 사흘 뒤에 데리러 마차를 보낼게."

"아냐, 괜찮아!"

미나가 화급히 고개를 저었다. 12구역까지는 마차가 들어올 수 없다. 그리고 자신이 사는 곳을 알리고 싶지도 않다. 레사가 말했다.

"내가 사흘 후에 책임지고 도프 백작가 앞에 미나를 데려다 놓을게요."

"알았어요. 언니만 믿을게요."

그렇게 말하며 씩 제니가 웃었다. 그 붙임성 좋은 성격을 보며 레사는 그녀가 진짜로 에릭과 닮았다고 생각했다.

'친남매니까 당연한 거겠지만.'

그렇게 밀어붙여지듯 여러 가지 일이 결정되고 나서, 파르페를 다 먹고 레사와 미나는 자리에서 일어났다. 바래다주겠다는 에릭의 말을 거절하자 에릭은 레사에게 몇 번이나 꼭 남동생에게 이야기를 전해 달라고 말하며 그녀들이 공용 마차에 타는 걸 확인하고 배웅해 주었다.

마차 안에서 미나가 물었다.

"어떻게 된 거야?!"

"나도 모르겠어. 재고용이라니…… 그보다, 미나. 너 왜 이야기 안 했어? 별장 말야."

"그냥…… 레사에게 부담 주기 싫었어. 그보다 테사라니 그건 또 무슨 이름이야?"

"테레사잖아. 테사, 레사. 남매 같지 않아?"

"그러네. 그런데 그렇게 속여도 괜찮아?"

목소리를 낮춰 미나가 조심스럽게 물어 왔다. 레사 역시 그 점이 염려스럽기는 했지만, 다른 방법이 없었다. 이제 와서 '짜잔, 저 사실 여자였습니다.'라고 할 수도 없었다. 재고용한다면 다시 그 돈을 벌 수 있는 가능성이 있는 건데, 그걸 포기할 수는 없다.

'그나저나 재고용이라니?'

에릭이 흘리듯 한 말이기는 했지만 레사는 의아했다.

'솔직히 검술만 보면 날 고용할 필요도 없는 것 같던데.'

레사는 미나와 함께 집에 도착하자마자 빠르게 옷을 갈아입었다.

'아무래도 여장은 무기를 숨기는 데 한계가 있어서…….'

물론 치마는 넓다. 그 안에 숨길 공간은 무궁무진하지만, 치마 안에 있는 무기를 꺼내는 것에는, 아무리 레사라도 시간이 걸렸다.

당연히, 그걸 단축시키는 방법도 있었다.

단단한 파니에를 걸친 뒤 치마를 이중으로 만든다. 그렇게 만들어진 틈과 틈 사이에 드레스용으로 가공된 무기를 넣는 것이다. 그 방법이면 금방 치마 속으로 손을 넣어 무기를 빼 들 수 있다.

'그래도 불편하기는 불편해.'

다리의 움직임이 자유롭지 않은 데다가, 파니에를 착용하기 때문에 동작이 제한된다.

'남장이 최고라니까.'

레사는 단추를 꼼꼼하게 잠그며 그렇게 생각했다.

*   *   *

이튿날 바로, 레사는 도프 백작가를 찾았다. 수도의 1구역에 당당히 위치한 저택은 그야말로 웅장했다. 조심스럽게 문 앞을 지키는 경비병에게 말을 전하자, 10분 후쯤 그녀는 바로 저택 안으로 귀빈 대접을 받으며 안내되었다.

"레사!"

에릭이 활짝 웃으며 두 팔 벌려 뛰어나와 레사는 떨떠름해질 정도였다.

'왜 이렇게 반가워하지?'

"오랜만입니다, 도프 경."

"그냥 에릭이라고 부르라니까."

하하하 웃으며 에릭이 레사의 어깨를 팡팡 두들겼다. 레사가 슬슬 어깨뼈에 이상이 생길지도 모른다고 생각할 때쯤 에릭이 한숨을 내쉬며 손을 거뒀다.

"진짜, 다들 너 찾는다고 혈안이 돼서……."

"어째서입니까?"

"아, 그거 말인데. 중요한 이야기가 있어서…… 일단 네가 우리 집에 왔으니까, 내일 다시 와 줄래? 확인했으니까 윈스턴을 불러야 될 것 같아서."

"베렛 경을 말입니까?"

점점 더 레사는 의아해졌다. 그녀가 조심스럽게 물었다.

"혹시 재고용하고 싶다는 분이, 베렛 경이신가요?"

"아니, 프레이스야."

혹여나 오해가 생길까, 에릭이 단호하게 말했다. 더더욱 레사는 의아해졌다.

"전 해고된 줄 알았습니다만."

"그게 잘못된 거였어. 해고할 생각이 전혀 없었다고."

"하지만 프―, 황자님이 직접 저에게 넌 일주일 뒤 해고라고…… 그래서 베렛 님이 절 해고하신 줄 알았습니다만."

"그거 취소했어."

언제?

들은 적이 없는데?

당혹한 레사와 달리 에릭은 멋대로 이야기를 진행했다.

"진짜 다행이다. 참, 레사. 네 쌍둥이 누나 미인이더라. 성함이 테사라고 했나? 진짜 닮아서 다행이야. 쌍둥이라서 다행이다. 제니에게 끌려 거기 가서 다행이야."

에릭이 연신 안도하며 하는 말에 레사는 '진짜로 내가 남자라고 굳게 믿고 있구나.' 하는 생각이 들어 묘해질 정도였다.

꼭 내일 다시 와야 돼, 아니 너 오늘 여기서 자라. 같은 이야기를 하는 에릭의 말을 부드럽게 거절하고 레사는 내일 아침에 꼭! 꼬옥! 다시 오겠다고 에릭에게 이야기했다. 그리고 저택을 나가다가 그녀는 제니와 마주쳤다.

"레이디 도프."

레사가 허리를 숙여 보였다. 제니는 의아해하며 레사를 보았다가 눈을 동그랗게 떴다.

"어?! 어제 만난—."

"제 누나와 미나에게 이야기를 들었습니다. 미나의 친구분 되신다고요."

레사의 말에 제니는 '와, 쌍둥이라지만 진짜 똑같네' 하고 놀라워하며 새침하게 대답했다.

"네, 뭐. 그래요."

레사가 한쪽 무릎을 꿇어 제니와 시선을 맞추며 말했다.

"부탁드리고 싶은 게 있습니다. 레이디."

"뭐, 뭔가요?"

제니는 놀라 레사를 바라보며 눈을 동그랗게 떴다.

"아시다시피, 미나는 사양을 잘하는 아이라서요. 저나, 누나에게 숨기는 일이 많습니다. 말해 주면 좋을 텐데요. 이번의 별장도 그렇고 말입니다. 그래서 말인데, 그런 일이 있다면 저에게 연락해 주시지 않으시겠습니까?"

레사의 말에 제니는 "아!" 하고 고개를 끄덕였다.

"네, 그런 거라면 협조할게요."

"감사합니다, 레이디 도프."

레사가 부드럽게 웃자, 제니는 순식간에 뺨이 화끈거리는 걸 느꼈다. 지금껏 만나 본 기사들이 그녀에게 정중하게 말하기는 했다. 그녀는 도프 백작 영애니까. 하지만 그중에 이렇게 잘생긴 기사는 없었다.

"어, 어, 어디로 연락하면 되죠?"

저절로 말이 더듬어졌다.

"그건 에릭을 통해서 전하도록 하겠습니다. 그래도 될까요?"

"물론이에요."

"감사합니다."

정중하게 레사는 제니의 손등에 입 맞추고 자리에서 일어났다.

"그럼 이만."

인사하고 레사는 물러났다. 제니는 화끈거리는 양 뺨을 손으로 꽉 누르며 중얼거렸다.

"저, 정신 차려, 제니퍼 도프. 친구 오빠라고, 친구 오빠."

기사 집안이다 보니 덩치 크고 근육질이 가득한 남자들만 보다가, 레사 같은 호리호리하고 늘씬한 타입의 남자를 보니 느낌이 색달랐다. 비리비리한 남자애들은 샌님이라고 생각해서 눈도 주지 않는 제니였지만, 레사에게서 느껴지는 독특함은 그녀의 눈을 사로잡았다.

'미나가 눈이 높을 만하잖아?'

걸어가는 늘씬한 젊은 남자의 뒷모습을 보며 제니는 푹 한숨을 내쉬었다.

이튿날, 레사는 도프 백작가의 저택에서 의외의 사람을 만났다.

"프레이스 님?"

놀라 눈을 동그랗게 떴다가 레사가 어색하게 다시 인사를 해 보였다.

"다시 뵙게 되어서 영광입니다."

"그사이에 그럴듯한 인사도 할 줄 알게 됐네?"

프레이스가 픽 웃으며 말했다. 레사는 머뭇머뭇 고개를 들었다. 프레이스가 고용주라고 듣기는 했지만, 설마 본인을 여기서 만날 거라고는 생각 못 했다. 하지만 그녀는 곧 그 생각을 갈무리하고 그를 바라보았다.

프레이스가 그런 레사를 빤히 보았다. 팔짱을 끼고 손가락으로 팔뚝을 툭툭 두들기던 그가 물었다.

"화 안 났어?"

"네?"

"그 고생에 고생은 다 했는데, 해고돼서."

"괜찮습니다. 어차피 사흘 후면 해고될 예정이었으니까요. 그 정도 차이는 별 상관없다고 생각했습니다."

따지면, 사흘 노동을 덜한 거니까. 덕분에 쉬기도 느긋하게 쉬었다.

"보통 그런 일을 겪고도 해고될 거라고 생각하나?"

"딱히 취소하시는 말씀이 없으셨으니까요. 그리고 전 해야 할 일을 했을 뿐입니다."

호위하는 것이 일이었으니, 호위를 했다. 딱히 공을 세운 것도 아닌데 거기에 대고 '해고는 부당하다!'라고 외칠 만한 마음은 레사에게 없었다. 어찌 보면 지독하게 차가운 태도였다.

프레이스는 한숨을 내쉬고 머리를 쓸어 올렸다.

"몸은?"

"괜찮습니다."

코코의 연고도 좋았고, 미나의 간호도 좋았다. 소파와 침대에서 뒹굴뒹굴하며 휴식을 만끽했으니 컨디션은 완벽했다.

"널 재고용하기 전에, 한 가지 테스트를 해 보고 싶어."

"무얼 말입니까?"

"마법이 네게 통하는지 아닌지."

"알겠습니다."

그건 자신도 궁금한 일이었다. 하지만 마법을 어디서 구할 수 있는 것도 아니니, 그저 궁금증으로밖에 남길 수 없었던 것을 풀어 준다는 것에 감사하기까지 했다. 하지만 대신 레사도 물음을 던졌다.

"저도 한 가지 궁금한 게 있습니다."

"뭔데?"

"프레이스 님의 검 실력을 보았습니다. 절 호위로 두지 않으셔도 될 것 같은데요."

"아, 그거."

프레이스는 잠시 고개를 기울였다가 내뱉듯 말했다.

"암살자들에게는 못 당해."

"네?"

레사는 한쪽 눈썹을 살짝 찌푸렸다. 무슨 소리야?

"기척을 읽는 감각은 완전히 차단하고 있거든."

아—.

레사는 그제야 그가 왜 그런 검 실력을 가지고도, 기척에 관해서는 자신보다 못하고, 심지어 신기해했는지 알 수 있었다.

"딱히 일부러 그러는 건 아닌데, 그러더군."

"이해했습니다."

생각보다도 훨씬, 인간을 싫어하는 모양이었다. 바퀴벌레를 싫어하는 사람이, 바퀴벌레의 기척을 모두 느끼면서 바퀴벌레들과 한집에 산다면 그건 미칠 노릇이겠지.

아마도 뇌에서 적절하게 차단을 해 버린 모양이었다.

"그리고……."

여기까지 이야기를 할까, 프레이스는 망설였다. 그가 서두를 꺼내고 망설이는 건 드문 일이었다. 그는 레사를 바라보았다. 그—사실은 그녀지만—의 눈은 여전히 투명한 적색이었다. 그건 가치판단이 없는 기색을 띠고 있었다.

"날 공격하는 상대를 향해서 검을 꺼내게 되면 죽이지 않고서는 못 견디니까."

"알겠습니다."

미나가 바퀴벌레를 싫어하는 것만큼 사람을 싫어하는군, 하고 레사는 고개를 끄덕였다. 만약 미나의 손에 무기가 없다면 그녀는 비명도 지르지 못하고 도망치겠지만, 무기가 있다면 비명을 지르며 무기를 휘둘러 바퀴벌레를 참살한다.

참고로 코코가 배합해 준 바퀴벌레 약은 성능이 매우 좋았다.

"호위가 필요한 이유를 납득했어?"

프레이스의 물음에 레사는 "네" 하고 대답했다. 아무래도 전의 그 준남작 영애도 그렇고, 높은 귀족들을 황족이라고 해서 팍팍 죽일 수는 없겠지.

인간을 그렇게 생각한다는 점에서 보통의 사람이라면 완전히 기가 질려 버리겠지. 그런 후 미친놈이자 위험한 인간으로 판단하고 멀어지겠지만, 레사는 보통이 아니었다.

묘한 곳에서 도덕적 관념이 해제되어 있는 그녀는 가볍게 수긍했다.

인간을 그렇게나 미워하면서 죽이려고 하다니! 보다는,

'그러니, 호위를 고용해서 그런 사태가 일어나지 않게 하려고

하고 있군.'

정신은 제대로 박힌 사람이야.

하는 판단을 내리는 것이 레사의 시점이었다.

너무 간단하게 수긍하는 레사를 보고 프레이스는 묘한 표정을 지었다. 보통 이쯤 되면 사람들은 자신을 피도 눈물도 없는 냉혈한이라고 판단한다.

프레이스 역시 딱히 그걸 부정할 생각은 없었다.

자신의 것이면 모를까, 아닌 사람의 목숨은 장기말처럼 사용하니까. 레사 역시도 처음에는 그걸 위한 장기말이었고 말이다.

그는 쓰고 버려질 장기말이었고, 귀족 영애 역시 멋대로 이용당한 것을 보았다. 그리고 이런 고백까지 들었는데도 레사는 별다른 반응을 보이지 않았다. 아니, 오히려 납득하는 듯한 기색이 얼핏 스쳤다.

처음으로 프레이스는 궁금해졌다.

'대체 저 머리통 안에서 무슨 생각을 하고 있는 걸까?'

물어보면 아마 줄줄 대답해 주지 않을까. 자신은 상상도 하지 못한 엉뚱한 생각을.

하지만 아무리 프레이스라고 해도 '지금 무슨 생각을 하고 있는지 전부 다 말해.' 같은 명령이 얼마나 부적절한 명령인지는 알고 있었다.

그래서 그는 호기심을 누른 채 용건을 말했다.

"그럼 이제 시험해 봐도 괜찮을까?"

"네."

레사가 고개를 끄덕이자 프레이스는 소리쳐 에릭을 불렀다. 방 밖에서 둘만이 이야기할 수 있도록 기다리고 있던 에릭은 프레이스가 부르자 얼른 안으로 들어왔다.

"얘기 잘된 거야?"

그가 레사를 보면서 물었다. 레사가 어깨를 으쓱하며 말했다.

"일단 제게 마법이 통하는지 아닌지 먼저 시험해 보기로 했습니다."

"아, 그렇군."

에릭이 고개를 끄덕이자 프레이스가 말했다.

"가져온 거 줘 봐."

"어? 어어."

에릭은 들고 있던 물건을 프레이스에게 던졌다. 황족에게 물건을 던지는 건 경을 칠 일이지만, 프레이스는 익숙하게 물건을 허공에서 잡아냈다.

'단검?'

손바닥만 한 길이의 날을 가진 단검이었다. 검집의 세공이 제법 훌륭했지만, 손잡이 모양이나 그 형태를 볼 때 요즘 시대의 물건은 아니었다.

'천 년 전에 지나간 유행이군.'

코등이가 없는 형태의, 손잡이 뒤에 고리가 달린 단검.

"프레이스 님."

"응?"

레사는 단검을 살펴보는 그를 향해 진지하게 말했다.

"죄송하지만 그 단검으로 절 찔러야 한다거나 하는 거면 거절하겠습니다."

단검에 걸려 있는 마법이야 공격마법일 게 뻔하다. 자신이 만약 마법이 통하는 체질이라면 죽거나 큰 부상을 입게 될 것이다.

그것만은 사양이다.

"그런 거 아냐."

프레이스가 한숨과 함께 말했다. 자신을 그런 식으로 취급하다니, 너무한 게 아닌가 싶었지만 딱히 그런 인간이 아니라고 말할 수도 없었다.

프레이스는 보란 듯 몇 번이나 단검을 뽑으려 시도해 보았지만 무언가에 걸린 듯 단검은 뽑혀 나오지 않았다.

"이건 싸게 구했는데 왜 싼지 알아? 주인이 아니면 열리지 않는 마법이 걸려 있거든. 도저히 열리지 않는 단검을 누가 구하겠어."

프레이스가 단검을 레사에게 던졌다.

"뽑아봐."

레사는 검을 손에 쥐고 망설임 없이 손잡이를 잡아당겼다.

스르렁—

차가운 소리와 함께 새파란 칼날이 뽑혀져 나왔다.

"뽑혔네요."

"어?"

에릭이 이상한 소리를 냈다. 레사가 탁 하고 다시 검집에 검을 넣고 에릭에게 내밀었다. 에릭은 그 검을 받아 들고 열려고 시도했다. 하지만 어딘가에 걸린 듯 탁탁 하는 소리를 내며 검은 빠져나오지 않았다. 에릭은,

"하."

하고 짧게 웃고 단검을 레사에게 건넸다. 레사는 별 무리 없이 검을 뽑아 보이고는 묘한 얼굴을 했다.

"잘 뽑히는데요."

그녀가 보기에는 에릭과 프레이스가 자신을 짜고 속인다는 생각이 들 정도였다. 하지만 그럴 리는 없겠지. 두 사람이 자신을 속여서 어디에 쓰겠는가?

"줘 봐."

프레이스가 담담한 어조로 말했다. 하지만 그 속은 완전히 뒤집어져 흥분과 높이 날아갈 듯한 기분으로 떨리고 있었다.

찾았다! 날 사랑하지 않을 사람.

프레이스는 흥분으로 손끝이 덜덜 떨려오는 것을 억누르며 손을 내밀었다. 레사가 검을 건네자 프레이스는 검을 뽑으려고 했다.

하지만 뽑히지 않는다.

프레이스는 웃었다. 소리 내지 않고, 조용히.

그건 단순한 기쁨이 아니었다. 한순간 터져 나오는 웃음 같은

것이 아니었다.

찾아 헤매던 것을 간신히 손에 넣었을 때에 나오는 환희였다.

"이제 네 거야."

프레이스가 검을 레사에게 돌려주며 말했다.

"그리고 고용하지. 예전에 약속한 대로 임금을 두 배로 올려서. 또한 작위를 내리고 기사로 임명하마."

레사는 검을 받아 들며 프레이스를 바라보았다.

'이상하지.'

분명이 '네 거야.' 하는 말이었는데 왜 '내 거야.' 하는 말로 들리는 걸까. 그 정도로 그의 눈빛은 강렬했다. 마치 사흘간 물 한 모금 마시지 못한 사람 앞에 물주머니를 흔드는 사람이 된 기분이었다.

게다가―

"작위라뇨?"

레사는 의아해서 되물었다. 프레이스가 "세습이 되는 작위는 아니지만." 하고 덧붙이며 설명했다.

"내 옆에 있으려면 작위를 가지고 있어야 하니까. 에릭이 너에게 기사 작위를 내릴 거야."

"에릭 님이 말인가요?"

돌아보자 에릭이 손을 흔들었다.

"응, 어― 그리고 일단 당분간은 제1근위기사단에 출근하게 될 거야. 환영해. 근위기사단에 온 걸."

씩 웃으며 하는 말에 레사는 더더욱 의문이 들었다.

"제가, 근위기사단에 말입니까?"

기사단은 많지 않다. 기사를 거느리고 있는 귀족이야 많지만, 기사단을 만들 정도로 많은 수를 거느리고 있는 귀족은 많지 않았다.

일단은 황실이다.

제1, 2, 3근위기사단을 거느리고 있었다. 여기에 들어가는 것은 기사로도, 귀족으로도, 굉장한 명예였다.

고위귀족이야 어차피 많지 않다. 귀족의 작위를 잇는 것은 장남이다. 차남이나 삼남들은 이 기사단에 들어가 명예를 드높이길 희망했다. 그리고 클리프랜드 공작의 은사자 기사단이 있다. 황실의 근위기사단과 항상 다투는 이 기사단 역시 귀족들의 선망의 대상이었다.

하여간 레사 같은 평민은 감히 꿈꿀 수도 없는 자리인 것이다.

'거기에 날 인맥으로 넣겠다고?'

대체 어떤 반발을 받게 될지…….

프레이스가 말했다.

"내 호위기사로 임명될 때까지만 잠깐이야. 너무 눈에 띌 필요 없어. 시비 거는 놈들은 그냥 무시해 둬."

"알겠습니다."

레사는 고개를 끄덕였다. 어쨌든 간에 자신은 절대로 이 꿀 같은 자리를 놓칠 수 없었다. 미나의 얼굴을 떠올리며 레사는 마음을 굳혔다.

"어, 그리고 너랑 나랑은 예전에는 몰랐던 사이인 거야."

에릭이 레사의 어깨를 툭툭 치며 한숨을 내쉬었다.

"잘은 모르겠지만 윈스턴이 그러라고 했으니 말이지. 나는 우연히 네 재능을 발견한 뒤 기사 작위를 내리고 기사단에 스카우트한 거야."

"알겠습니다."

프레이스가 이어 설명했다.

"그리고 한 일주일쯤 후에 내가 널 황궁에서 우연히 발견하는 거지. 그래서 과거의 공을 떠올려― 널 다시 내 호위로 받아들이는 거야."

"그렇군요."

레사는 두 사람의 말을 이해하고 고개를 끄덕였다. 에릭이 말했다.

"그래서 말인데 미리 실력 좀 봐도 될까?"

"검술 실력 말인가요?"

"뭐 그런 거지."

"알겠습니다."

레사는 고개를 끄덕였다. 에릭은 그녀를 연무장으로 안내하며 말했다.

"그나저나 네 누님 미인이시더라."

그 말에 레사가 픽 웃고 물었다.

"관심 있으신가요?"

"어?! 아니! 그건 아니고! 그냥 너랑 너무 똑같아서 솔직히 좀 이상한 기분이야."

"누님이 몸이 안 좋으셔서요. 지방으로 요양을 가셨습니다."

레사는 적당히 만들어 둔 변명을 꺼냈다.

"쌍둥이면 네 누나도 안티매직이지 않을까?"

프레이스가 희미한 열망이 스며든 목소리로 물어 왔다. 레사는 당황했지만 최대한 담담하게 말했다.

"글쎄요. 일단 생김새만 닮고 다른 건 다르다는 이야기를 들어서요. 일단 전 건강한데 누님은 연약 그 자체시라서……."

"저런, 저번에 봤을 때는 건강해 보이시던데."

에릭이 눈치 없이 끼어들었고, 레사는 신음이 나오는 걸 참으며 말했다.

"미나를 모처럼 만났으니까요."

"아아, 제니의 친구인 그 여자애 말이지? 굉장한 미인이던걸."

"알겠습니다."

"어?"

레사가 가볍게 미소 지으며 말했다.

"에릭 님의 눈에는 여자라면 모두가 미인으로 보이는 거군요."

"어?!"

예기치 못한 말에 에릭의 목소리가 뒤집어지자 프레이스가 웃음을 터트리며 말했다.

"맞아. 그리고 여자를 향한 칭찬의 말이라고는 '미인'이라는 것밖에 모르지."

"프레이스!"

에릭의 얼굴이 빨개졌다. 레사가 히죽 웃으며 에릭을 구해 주었다.

"하지만 미나가 미인인 건 사실이니까요."

"그렇지?!"

에릭이 허겁지겁 목소리를 높이자 레사가 고개를 끄덕이며 진지하게 말했다.

"전 미나보다 미인인 여자는 본 적 없습니다."

그 말에 에릭이 허— 하고 입을 벌리고는 히죽히죽 웃으며 레사에게 어깨동무를 했다.

"과연 팔불출이다 이거지?"

"사실을 말한 것뿐인데요."

"그래서 미나랑은 무슨 사이야?"

"세상에서 가장 소중한 사람입니다."

"우와— 레사, 너 로맨티스트였구나? 응? 응?"

에릭이 놀리듯 하는 말에 레사는 "그건 아닌 것 같은데요." 하고 중얼거렸다. 그리고 프레이스는 어딘지 신경이 긁히는 듯한 거슬리는 느낌을 받았다.

"쓸데없는 이야기 그만해."

그래서 그는 짧게 내뱉듯 말했고 에릭은 웃으며 레사에게서 손을 뗐다.

"뭐 젊었을 때 실컷 하는 게 좋지, 연애."

에릭의 말에 레사는 그가 오해했다는 것을 깨달았지만 정정하지 않고 두었다.

도프 백작 가의 연무장은 넓고 조용했다.

"내 개인 공간이거든."

가볍게 설명한 에릭이 원하는 것을 고르라며 검이 좌르륵 걸려 있는 무기장을 보여 주었다.

"이거 굉장하네요."

무기장을 꽉 채우고 있는 무기들의 종류만 해도 스무 가지는 될 것 같았다. 거기에다가 재질과 길이가 다른 것까지 합치면……

"굉장하지?"

에릭이 자랑스럽게 말하며 웃었다.

"네, 굉장합니다."

무기 마니아라면 가지는 꿈같은 무기장이었다. 꼼꼼히 무기들을 살핀 후, 레사는 적당한 길이의 검을 골랐다.

"레사."

프레이스가 조용히 레사를 불렀다. 그녀가 그를 돌아보자 프레이스가 말했다.

"검술만 쓰지 마. 다른 기술도 동원해."

"……에릭 님을 죽이라고요?"

프레이스는 그 말에 잠시 할 말을 잃었다가 "아니, 아니." 하고 말했다.

"너 체술도 같이 쓰라고. 그 이상한 무기들은 접어 두고."

"알겠습니다."

레사는 납득해 고개를 끄덕였다.

'검술만으로는 이기기 힘들지.'

그렇다고 모든 패를 다 보여줄 필요는 없으니, 체술을 같이 사용하는 정도면 적당할 것이다.

그녀는 검을 들고 연무장 위로 올라갔다. 이미 에릭은 올라서서 몸을 풀고 있었다.

"그럼."

에릭이 가볍게 인사하자 레사도 어색하게 따라했다. 이런 기사들의 예는 처음이었다.

에릭이 검을 빼 들고 그대로 휘둘렀다. 서로 눈치를 살피거나, 간을 보지 않는 실전적이며 즉각적인 공격이었다. 레사는 텅 하고 첫 일격이 맞부딪치는 순간 최대한 검을 부딪치지 말자고 생각했다.

'내 손이 먼저 나가겠군.'

둘은 빙글빙글 원을 그리고 돌면서 검을 부딪쳤다. 레사는 검을 기울여 대부분의 힘을 흘리는 데 치중했다. 하지만 몇 번, 공방이 반복되면서 레사는 이상한 걸 발견했다.

'어?'

설마…….

챙!

다시 검을 부딪치고 레사는 확신했다. 건너편에서 에릭의 눈이 가늘어지며 씩 웃는다.

이 인간!

같은 곳을 계속 치고 있다. 인간의 솜씨가 아닌 검술이었다. 한 곳만 계속 부딪쳐서 검의 이가 나가는 게 보였다. 이대로 있다가는 검날이 부러질 것이다.

'이런.'

레사는 뒤로 훌쩍 뛰어 거리를 벌렸다. 그리고 한 걸음 내딛고 몸을 틀었다가 크게 반원을 그리며 검을 휘둘렀다. 큰 동작인 만큼 원심력에 의해 힘을 강하게 주지만 동시에 허점도 많은 동작이었다. 에릭은 망설이지 않고 뛰어들어 검을 맞부딪쳤다.

쨍강—

또 똑같은 곳을 강한 힘으로 부딪쳐서, 살짝 이가 나간 검날이 깨졌다.

'이겼다' 하고 에릭이 확신한 순간, 레사가 반 바퀴 돈 기세 그대로 몸을 숙여 발로 검을 쥔 에릭의 손을 차올렸다.

"웃—?!"

생각지도 못한 일격이었다. 에릭의 검이 손을 빠져나가 저쪽으로 떨어졌고, 레사는 깨어진 검을 에릭에게 가져다 대었다. 에릭은 눈을 동글게 뜨고 자신의 손을, 그리고 멀리 떨어진 검을 보았다.

레사는 이쯤 되면 에릭이 화낼 거라고 생각해 검을 거뒀다. 이건 검술 대련이 아니다. 기사의 대련도 아니다. 자신이 이기기는 했지만 편법이라는 건 레사 자신도 잘 알고 있었다.

"에릭 님, 사과—"

드립니다, 하고 말하기도 전에 에릭이 웃음을 터트렸다.

"와, 레사 알반! 나 검을 떨어트린 건 5년 만에 처음이야. 뭐지? 오, 방금 그거 무슨 아크로바틱 같았어. 몸을 반 바퀴 돌리며 상체를 휙 숙이고 동시에 발차기라. 재미있네."

에릭이 턱을 괴고 중얼거렸다.

"아니, 확실히 내가 자만하기는 했어. 거기서 네 동작이 끝나기를 기다렸다가 들어가도 되는데 검을 부러트릴 수 있다는 확신이 있었거든. 그러면 내 승리라고 생각했으니까."

"보통은 그렇죠."

"하지만 넌 보통은 아니었고."

"검술은 아니었죠."

"맞아. 검술은 아니지."

에릭은 시원시원하게 인정하며 고개를 끄덕였다.

"어때?"

프레이스가 연무장으로 가볍게 뛰어 올라오며 물었다. 에릭이 픽 웃고 프레이스 근처로 시선을 주며 말했다.

"기사는 아냐."

"아니지. 하지만 호위로는 상관없잖아."

"그건 그렇지. 하지만 근위기사단에 들어오면 재미있을 거야. 확실히 기사들은 일정 패턴을 학습하니까 그걸 깨 주는 건 항상 좋은 일이지."

그러며 에릭이 자신의 검을 주워들고 말했다.

"한 번 더 해 봐. 이번에는 막을 수 있을 것 같은데."

그 말에 레사가 웃었다. 그녀가 웃는 걸 보는 건 처음이라 에릭은 눈을 동그랗게 떴다.

"에릭 님은 좋은 분이시군요."

"어? 어어?"

느닷없는 칭찬에 당황하는데 레사가 조용히 말했다.

"보통이라면 화냈을 겁니다. 신성한 대련에서 규칙을 위반했다고요."

"무슨 소리야, 전투가 검만으로 이뤄진다고 생각하는 쪽이 바보지."

철저한 실전주의의 도프 백작가 장남인 에릭 도프가 눈을 찌푸리며 하는 말에 레사는 희미한 미소를 머금고 고개를 끄덕였다.

"네, 하지만 그렇게 말씀하시는 분은 드물죠."

둘의 대화를 듣자 프레이스는 뭔가 기분이 좋지 않았다. 측근인 에릭이 칭찬(?)받는 거니까 기분이 좋아져야 하는데, 어딘가 손톱 거스러미가 걸리는 것처럼 뭔가가 걸렸다.

"난 그런 한심한 놈이 아냐."

에릭이 어깨를 으쓱하자 레사가 "네, 그러네요." 하고 답했다. 예상했던 비난을 듣지 않자 기분은 훨씬 가벼워졌다. 레사가 슬 그머니 물었다.

"그러면 이번에는 좀 더 실전식으로 해 봐도 될까요?"

실력자와의 대련은 그녀도 환영이었다. 안 그래도 요즘 몸이 굳은 것 같았다. 실력을 백 퍼센트 보이는 건 바보 같은 짓이지 만, 그렇다고 묵혀만 두고 있으면 녹슨다.

"잠깐, 난 뒷전이야?"

프레이스가 불만스럽게 하는 말에 레사가 "아." 하고 그를 돌 아보며 물었다.

"더 하실 말씀이라도 있으십니까?"

"……딱히."

왜 나에게는 딱딱한 거야?

불쑥 그 말이 목구멍까지 올라왔지만 프레이스는 자신이 생 각해도 유치하기 짝이 없는 발언이기에 참았다. 대체 왜 이런 기 분이 드는 건지 알 수가 없었다.

"그럼 난 가보지. 황궁에서 보자, 레사."

"아, 갈 거야? 바래다줄까?"

"필요 없어."

자신도 모르게 퉁명하게 내뱉고 프레이스는 걸음을 옮겼다. 에릭은 '왜 저러지?' 하며 프레이스를 보다가 '나중에 물어봐야지.' 하고 레사를 돌아보았다.

"기다려 봐. 이번에는 내 방패도 챙길 테니까."

"본격적이네요."

레사는 픽 웃고 고개를 끄덕였다.

* * *

코코는 '어머나?' 하고 웃었다.

"어디서 그렇게 다쳐온 거야?"

"아니, 왜인지 본격적이 되어 버려서."

레사가 붕대로 감은 손을 슬쩍 들었다. 이대로 미나에게 돌아가면 분명히 잔소리가 쏟아질 테니까 코코에게 일부러 들른 것이었다.

"약이 전부 미나네 집에 있어서. 새로 받을 수 있을까?"

"물론이야."

코코가 쪽 하고 그녀에게 키스를 날리고 안으로 들어갔다. 여전히 그녀의 상점은 약초 향으로 가득했다.

"코코."

"응?"

약장에서 약병을 꺼내는 그녀를 보다가 레사가 불쑥 말했다.

"나 내일부터 근위기사단에서 일하게 됐어."

그 말에 코코는 진심으로 놀란 듯 눈을 동그랗게 뜨고 레사를 돌아보았다.

"정말로 출세한 거야?"

"출세라고 해야 할까, 잘 모르겠지만……."

탁—

유리병을 가볍게 바에 내려놓고 코코가 턱을 괴고 웃었다. 앞으로 상체를 숙이자 그녀의 훌륭한 가슴이 크게 돋보였다.

"왜 그 이야기를 나에게 하는 거야? 귀여운 테레사."

'귀엽지는 않은데.'

아무리 생각해도 자신은 귀여운 타입이 아니건만…… 그리 생각하며 레사가 말했다.

"전에 내가 황자에게 반하지 않을 거라고 했었잖아."

"응."

"그거 혹시 내게 마법무효화 능력이 있기 때문이야?"

거침없는 질문이었다. 코코는 "어떨까." 하고 말을 끌다가 손끝으로 약병을 레사 쪽으로 밀며 말했다.

"그래."

레사는 약병을 붙잡았다. 병 안의 액체가 금색으로 찰랑거린다.

"이건 못 보던 약인데."

"예전 것보다 훨씬 좋은 거야."

"그렇구나. 그래서 코코는 내가 그 능력을 가지고 있는 걸 어떻게 알았어?"

"그걸 알게 되면 나 더 이상 너와는 친구로 있을 수가 없어."

그 말에 레사는 손 안의 병을 들여다보다가 고개를 들고 말했다.

"나 코코와는 친구라고 생각해 본 적이 없는데."

그 말에 코코는 "맙소사!" 하고 입을 벌렸다가 웃음을 터트렸다.

"진짜 너무하다, 테레사. 내가 널 지켜본 게 몇 년인데."

"코코도 날 친구라고 생각하지는 않잖아."

레사가 코코의 투덜거림을 일축하며 말하자 코코는 "이런." 하고 눈을 찌푸리고 웃었다.

"그건 그래."

코코는 순순히 인정했다.

마음에 드는 사람과 친구 사이에는 어마어마한 간격이 존재한다. 코코는 손을 들어 약병을 든 레사의 손 위로 자신의 손을 겹쳤다.

"레사, 미안하지만 말해 줄 수 없어."

그 말에 레사는 잠시 생각했다.

'마법사…….'

일 거라고, 오래전부터 레사는 그리 생각하고 있었다. 그렇지 않으면 코코 주변에 일어나는 이상한 일이 설명되지 않으니까.

물론 '마법사라는 게 완전히 사라졌어요!' 하는 시대에 이 생각이야말로 지나친 생각일지도 모른다. 하지만 자신에게 이상한 체질이 있다고 하는 판에, 코코가 마법사인 것을 믿지 않을 이유도 없었다.

'하지만 거기에 대해서 확답은 줄 수 없다는 거지.'

정체를 밝히면 안 된다는 규칙이 마법사 사이에서 존재하는 것일지도 모른다.

"알았어."

레사는 순순히 고개를 끄덕였다. 마법사든 뭐든 코코의 약은 훌륭했고, 여러 가지로 도움도 받았다. 그리고 앞으로도 물어볼 것이 많은데 여기서 놓칠 수는 없었다.

"착한 아이다."

코코가 솜털처럼 가볍게 레사의 뺨에 키스했다. 레사는 간지러운 기분이 들어 뺨을 문질렀다.

"그런데 궁금한 게 있어."

레사의 물음에 코코가 눈을 가늘게 떴다.

"뭔데?"

"그 마법무효화라는 거…… 어디까지 통하는 거야?"

"널 대상으로 하는 마법은 전부 무효야. 하지만 네가 대상이 아니거나, 이미 마법으로 벌어져 확정된 현상을 네가 되돌릴 수는 없어. 예를 들면……."

코코가 손가락으로 레사의 허리에 매어져 있는 단검을 가리켰다.

"그 단검에 걸려 있는 마법은 주인 외의 타인을 대상으로 하는 마법이야. 그래서 너에게는 통하지 않아."

코코가 손가락을 까닥하자 휙 하고 단검이 뽑혀져 허공에 둥실 떠올랐다.

레사는, '마법사라고 말만 하지 않으면 다른 사람 앞에서 마법은 써도 괜찮은 건가.' 하는 생각을 하며 빙글빙글 도는 단검을 바라보았다.

코코가 검날을 손톱으로 톡톡 두들기며 말했다.

"오랜 시간이 지났는데도 날이 멀쩡하지? 보호마법이 걸려 있는 거야. 그것과 칼날이 더 날카롭게 유지되게 하는 마법 역시. 이건 검을 대상으로 한 마법이니까 네가 검을 쥐어도 이 마법이 사라지지는 않아."

코코가 단검에게 저리 가라는 듯 손짓하자 검은 다시 레사의 허리로 돌아와 꽂혔다.

"이해됐어?"

레사는 고개를 끄덕였다.

"고마워, 코코."

"별말씀을."

코코의 은색 눈이 다시 생글 웃었다. 레사는 약값을 지불하고 코코에게 인사를 한 뒤 약방을 나갔다.

─마법사라고 소리치는 것만 빼고는 다 하는군.

들려온 목소리에 코코는 킥킥 웃었다.

"상대가 날 마법사라고 생각하는 건 상관없잖아? 내가 밝히지만 않으면."

"은나무가시, 넌 너무 인간을 좋아해."

"나도 인간이야."

코코의 말에 목소리는 잠시 침묵하다가 말했다.

"글쎄? 그들도 그렇게 생각할까?"

코코는 휙 돌아섰고 마치 안개 같은 형체가 순식간에 시야의 바깥으로 빠져나가듯 사라졌다. 코코는 한숨을 내쉬고 머리카락을 손가락으로 빗어 내렸다.

"글쎄, 인간이 되고 싶지 않은 건, 너 아닐까? 떨어지는 새벽별."

중얼거리고 코코는 수정 구슬을 꺼내 들었다.

'마법사 협회에 얘기는 해 둬야지. 죽지 않고 멀쩡히 살아 있다고 말이야.'

인간 사회에 손을 대는 것이 금지인데 멋대로 손을 대고, 깊숙이 관여를 한 그의 행적을 생각하면 한숨이 흘러나올 정도였다.

'그러니까 나도 이 정도 관여하는 건 상관없잖아.'

그녀는 입을 비죽거렸다.

레사는 고개를 갸웃했다.

'지금 그림자가 움직인 것 같았는데?'

하지만 돌아봐도 이상한 점은 눈에 띄지 않았다. 그녀는 자신이 과민한가 싶어 고개를 흔들고 집으로 돌아갔다. 약병에 담긴 건 기름 같은 제형이라서, 그녀는 꼼꼼히 상처에 약을 바르고 위에 붕대를 감고 잠들었다. 코코의 말대로 약의 성능은 놀라웠다.

'거의 다 나았어.'

방패에 찍혔던 옆구리엔 희미한 멍만이 남아 있을 뿐이었다. 레사는 신기해서 옆구리를 쓸어보고 옷을 갈아입었다. 지나가는 빵 장수에게 갓 나온 뜨거운 빵을 구해 들고 그녀는 미나의 집으로 향했다.

빵을 미나에게 안겨주고 레사가 물었다.

"노알은?"

"아빠는 새벽에 들어와서 아직도 자는 중이야."

"뭐?"

레사는 눈을 찡그렸다. 미나가 빵을 자르며 잼과 버터를 준비하는 사이 레사는 거침없이 노알의 침실로 쳐들어갔다.

레사가 폴짝 뛰어 무릎으로 이얍 하고 그의 배를 내리치기 전에 노알은 몸을 굴려 침대에서 벗어나다가 굴러떨어졌다. 우당탕 하고 꽤 큰 소리가 났다. 이얍 하는 귀여운 추임새와 달리 무릎이 침대에 박히며 퍽 하는, 꽤나 무서운 소리가 났다.

"아, 아깝다."

"안 아까워! 그거 당하면 죽거든?"

"미나에게 도움이 안 되는 사람이면 그래도 상관없다고 생각합니다. 한밤중에 미나를 혼자 집에 놔두면 어떻게 해?"

"아, 미안."

"아, 미안이 아닙니다만?"

"나에게도 개인 사생활이라는 게 있다고."

노알이 억울하다는 듯이 말해 와서 레사가 물었다.

"그게 미나의 안전보다 더 중요한 일이야?"

"그건 아닙니다."

그렇게 말하며 노알이 하품을 하고 몸을 일으켰다. 실컷 게으름을 피우고 있는 것 같은데도, 그의 몸은 탄력 있게 짜임새 있었다. 노알은 속옷 차림이었지만, 레사도 노알도 신경 쓰지 않았다.

"미나에게 새엄마라도 만들어 주려고?"

레사가 빈정거리자 노알이 눈을 찌푸리며 말했다.

"난 유지니아뿐이야."

그가 셔츠를 입은 뒤 힘주어 장롱을 닫고 레사를 노려보았다.

"거기에 대해서는 어떤 이견도 받지 않고 비웃음도 안 들어."

"미안."

레사는 순순히 사과했다.

"하지만 그럼 왜 미나를 혼자 둔 거야?"

"안전하다고 판단했으니까."

그 말에 레사는 미묘한 얼굴을 했다가 한숨을 내쉬었다.

"난 이제 오늘부터 또 일 나가. 너에게 미나를 맡겨도 불안하지 않게 해 줘."

"너만 미나를 소중하게 생각하는 것처럼 말하지 마. 그 애는 내 딸이라고. 나와 유지니아 사이의 딸."

"아이고, 그래서 소중한 딸의 등록금을 도박으로 홀랑 날려 먹으셨어요?"

"그건 딸 수 있다고 생각했단 말이야."

"아무렴 그러셨겠지."

레사는 콧방귀를 끼었다. 노알이 바지를 입고 허리띠를 매며 말했다.

"이제 그런 일은 없을 거야. 그리고 알았어. 미나가 기숙사로 다시 돌아갈 때까지는 내게 맡겨."

"그 말은 기숙사 들어가면 사라질 거라고 들리는데."

"어…… 나도 일은 해야 하잖아?"

"너 백수잖아?"

"아니거든?!"

노알이 검을 차며 강력하게 부정했다. 레사는 못마땅한 얼굴을 했다가 고개를 끄덕였다.

"알았어. 네 역마살은 익히 알고 있으니까. 돈은 못 벌어 와도 죽지는 마라. 미나에게는 이제 너뿐이니까."

그 말에 노알이 씁쓸하게 웃었다. 밖에서 미나가 소리쳤다.

"테레사, 그리고 아빠! 아직 살아 있으면 나와서 아침 먹어요!"

"나가자."

레사가 고갯짓하며 문을 열고 나갔다.

뜨거운 빵에 과일 잼과 버터, 그리고 진한 홍차가 함께하는 단출하지만 훌륭한 아침 식사를 하며 레사는 미나에게 다시 일하게 되었다고 설명했다.

"그럼 계속 남장하는 거야? 괜찮아?"

"음, 괜찮을 것 같은데."

"그거…… 황족을 속이는 거잖아…… 괜찮을까?"

미나가 불안한 얼굴을 했다. 황족기만죄란 무거운 것이다. 레사가 으음, 하고 버터와 잼을 잔뜩 얹은 빵을 입 안으로 넣으며 말했다.

"같이 옷 벗을 일도 없으니까, 괜찮을 것 같은데."

"너무 무리하지 마."

걱정스러운 그녀의 말에 레사는 씩 웃었다.

"무리하는 거 아냐. 괜찮아. 아, 그리고 혹시 테사에 대해서 이야기가 나오면…… 몸이 약해서 시골로 내려갔다고 적당히 말해 줘."

"알았어."

미나가 굳은 얼굴로 고개를 끄덕였다.

"그렇게 걱정하지 않아도 괜찮아. 험한 환경에서 같이 사흘 내내 붙어 있어도 괜찮았는걸."

레사는 계곡에 빠졌을 때를 떠올리며 미나를 안심시키려 애썼다. 노알이 홍차를 후후 불어 마시며 말했다.

"혹시 들키면 말해라. 불똥 튀기 전에 미나 데리고 도망치게."

"아빠!"

"알고 있어. 어떻게든 연락할게."

"테레사!"

미나가 씩씩거려 레사가 다시금 웃었다.

"걱정 마. 안 들킬 거야."

미나는 뭐라고 더 말하려다가 양손을 들고 한숨을 내쉬었다.

"진짜, 이상한 데서 둘이 똑같다니까."

"그보다 짐은 잘 쌌어?"

"응?"

"별장에 놀러가는 거 말이야."

미나는 고개를 작게 끄덕였다. 노알이 "맞다." 하고는 주머니를 뒤져서 금화를 꺼냈다. 미나가 눈을 동그랗게 떴다.

"용돈이야."

"아빠……."

"귀족 나리들 사이에서는 별거 아니겠지만. 그래도."

"아냐, 고마워. 아껴 쓸게요."

미나가 금화를 소중하게 쥐며 말했다. 이 동네의 아이들은 금화 하나를 보는 것도 힘들 것이다. 은화 한 개도 용돈으로 받지 못하겠지.

자신이 얼마나 사치스러운 생활을 하고 있는 건지 미나는 잘 알았다. 아카데미에서 만나는 귀족이나 중산층의 아이들은 금화 한두 개는 푼돈 쓰듯이 썼다.

그 아카데미의 학비를 대기 위해서 레사와 아빠가 열심히, 아니 필사적으로 일하고 있는 것도 알았다. 하지만 그래도 학업을 그만두고 싶지 않은 게 자신의 욕심이었다.

"나, 열심히 할게."

미나가 금화를 쥔 손을 꼭 쥐며 하는 말에 레사는 웃었다.

"이미 열심히 하고 있는걸. 조금씩 쉬어 가면서 해도 괜찮아. 이제 나 돈 많이 버니까 미나 하나 정도는 건사할 수 있다고?"

"하는 김에 나도 부양해 줬으면."

"꺼져."

노알에게 차갑게 말하고 레사는 미나에게 싱긋 웃어 보였다.

"가서 재미있게 놀아."

"응."

미나는 고개를 끄덕였다.

노알에게 미나를 내일 제대로 데려다주라고 신신당부한 레사는 미나의 키스를 받으며 집을 나왔다.

도프 백작가로 가서 약식으로 에릭에게 작위를 받고 며칠간의 준비 후 그녀는 그와 함께 황성으로 향했다.

같은 황성이라고 해도 기사단이 있는 곳은 전혀 다른 구역이라서 또 새로운 맛이 있었다. 'ㅁ'자로 이루어진 건물의 가운데에는 연무장이 있었다. 바깥에는 마구간이 마장과 함께 크게 존재하고 있었다. 에릭이 기사단으로 들어가자 기사들이 큰 목소리로 인사를 해 왔다.

'내가 제일 작네.'

어쩔 수 없지만······.

'역시 키가 190쯤 되고 몸무게가 100kg 정도 된다면 좋겠다.' 하는 허황된 꿈을 꾸며 레사는 에릭의 뒤를 따랐다. 불만이 가득한 시선이 그녀에게 와서 꽂혔다.

"단장님? 그분은?"

알면서도 예의상 물어본다는 어투였다. 하지만 에릭은 깨닫지 못한 듯 밝게 서로를 소개시켜 주었다.

"아— 레사, 이쪽은 부단장인 지크야. 지크 이쪽은 레사 알반. 오늘부터 우리 기사단의 일원이 되었으니까 잘 돌봐주라고."

그 말에 지크가 위아래로 그녀를 훑었다. 레사는 살짝 묵례를 해 보이며 말했다.

"레사 알반이라고 합니다."

"알아."

지크가 짧게 대답했다. 레사는 프레이스와 함께 구조(?)되었을 때 그도 곁에 있었다는 것을 깨달았다. 그의 눈에 불만이 서리는 것을 보며 레사는 한숨을 삼켰다.

'아무래도 평탄하게 기사단 생활을 할 수 있을 것 같지는 않군.'

에릭은 그런 건 전혀 눈치채지 못한 듯이 여전히 밝은 목소리로 이어 말했다.

"그런데 레사는 출퇴근? 아니면 기숙사?"

어쩔까? 기숙사보다는 출퇴근 쪽이 더 안전할 것 같은 느낌이
든다.

"출퇴근하겠습니다."

"괜찮겠어?"

"네."

"그래도 한 주의 반은 어쨌든 기사단에 머물러야 하니까 숙소
는 필요해. 지크가 배정해 줄 거야."

"알겠습니다."

"그럼 지크, 여기서부터는 맡겨도 될까?"

"네, 단장님."

지크는 공손하게 에릭에게 고개를 숙였고 에릭이 툭 하고 레
사의 어깨를 치며 말했다.

"그럼, 궁금한 건 뭐든 지크에게 물어봐."

"네."

대답하자 에릭은 자리를 떴다. 지크는 허리를 펴고 레사를 내
려다보며 말했다.

"이쪽으로."

레사는 그의 뒤를 따랐다.

"기숙사는 저쪽이다. 둘이서 한 방을 쓰게 되고, 지금 비어 있
는 방은 301호이니 그곳으로 들어가도록. 그리고—"

지크가 돌아서서 멈춰 섰다. 레사 역시 멈춰 서서 그를 바라보았다.

"근위기사단은 침대를 데우는 남창이 올 곳이 아냐. 황자님이 무슨 생각이신지는 모르겠지만 알아서 꺼져 주면 좋겠군."

레사는 눈을 깜박이다가 물었다.

"그렇게 말하는 건 에—단장님과 황자님 두 분을 다 모욕하는 게 아닐까요?"

"뭐—?"

레사는 뒷목을 문지르며 으음— 하고 말했다.

"불만을 가지고 계신 것은 이해합니다. 저라도 화가 날 겁니다. 절 괴롭히시거나 모욕하는 건 별로 상관이 없는데 그 두 분은 건드리지 않으시는 게 좋지 않을까 하는 생각이 들어서요."

에릭은 하여간 좋은 사람이다.

프레이스가—좋은 사람인 것은 모르겠지만 하여간— 훌륭한 고용주인 것도 사실이다.

레사의 말에 지크는 기가 찼다.

"그럼 기사단에 들어올 만한 실력이 있다는 건가?"

"그 실력을 뭐로 정의하느냐에 따라서 다르지만 에릭 님은 적당한 인사를 용서해 주실 분입니까?"

그 말에 지크는 입을 꾹 다물었다가 으르렁거리듯 내뱉었다.

"그 잘난 실력을 나중에 꼭 확인해 보도록 하지."

지크는 짜증을 내면서도 그녀에게 착실히 근위기사단 제복을 밀어붙이듯 안기고, 기숙사 열쇠도 주었다.

레사는 조금 감탄했다.

'심술을 부리느라 주지 않을 줄 알았는데 자기 일은 하는 사람이구나.'

에릭이 좋은 사람이니 부단장도 좋은 사람인 걸까? 아니면 에릭이 생각보다도 훨씬 보는 눈이 있는 거겠지.

'황자의 측근이라는 건 아무나 하는 건 아니군.'

에릭과 프레이스에 대한 평가를 동시에 상향 조정하고 레사는 기숙사로 들어가 제복을 바라보았다.

'크다. 이대로는 못 입겠고, 새로 맞추거나 해야 할 것 같은데. 제복을 따로 취급하는 곳이 있나? 아니면 적당히 알아서 해야 하는 건가.'

'지크에게 물어봐야겠다.' 하고 있는데 벌컥 문이 열렸다.

"그 유~명한 소문의 신입이 너야?"

"제가 여기 온 지 아직 십 분도 되지 않았으니까 유명한 소문의 신입은 아닌 것 같습니다만?"

레사의 말에 상대는 히죽 웃었다. 문이 꽉 찰 정도의 커다란 덩치에 덥수룩한 검은 머리카락.

'곰 같군.'

그게 첫인상이었다.

"비리비리한 게 여기 있다가 하루도 못 돼서 죽겠는걸?"

그가 성큼성큼 걸어와 레사의 턱을 잡아 들어 올렸다.

"그래서 하룻밤에 얼마야? 낭창낭창한 걸 보니까 남자 죽이게 여럿 받았겠네."

"금화 오백."

대답을 하자 상대는 오히려 당황했다. 그가 허를 찔려 엇 하는 사이 레사가 이어 말했다.

"농담입니다."

레사는 여전히 농담같이 않은 어투로 대답하며 그의 손을 밀어냈다. 모욕을 줘서 레사를 화나게 하려고 했던 그는 그녀의 아무렇지도 않은 반응에 마치 허공에 헛손질한 기분이 들었다.

"야—!"

그가 레사의 팔을 잡아당겼고 레사는 반사적으로 휙 그의 팔을 돌려 뒤로 꺾은 후 그의 팔꿈치 관절에 반대쪽 손바닥을 가져다 댔다가 멈칫하고 손을 뗐다.

'아, 부러트릴 뻔.'

조용히 지내라고 프레이스가 당부했으니 괜한 소란을 부리면 안 된다. 그는 갑자기 기습당해 놀란 듯이 보였지만 레사가 뒤로 물러서자 자신의 주먹을 쥐었다가 펴며 말했다.

"너 이름이 뭐야?"

"레사 알반입니다."

"넌 화도 안 나?"

"놀리고 나서 화가 안 나냐고 묻는 건 무슨 뜻일까요?"

그는 레사가 비꼬는 건가 하고 눈을 찌푸렸다가 그녀에게 그럴 의도가 없다는 걸 깨닫자 진짜 묘한 기분이 되었다.

"너 좀 이상해."

그가 말해서 레사는 "이런, 벌써 들켰네요." 하고 중얼거리고 어깨를 으쓱했다.

"난 유사 제이커야, 룸메이트님."

"아, 룸메이트셨군요. 잘 부탁드립니다."

"……너 진짜 이상해."

유사는 이상한 놈이 들어왔다고 생각하며 눈을 찌푸렸다. 저렇게 모욕에 대해서 아무런 반응도 하지 않는 사람은 보통—

'그런 말에 아무런 영향을 받지도 않는 사람인 거지.'

즉 저 레사 알반이라는 신입은, 주변에서 뭐라고 모욕을 줘도 진짜로 그걸 신경 쓰지 않는 타입이거나, 그걸 잘 숨기는 타입인 것이다.

"궁금하네."

"뭐가 말입니까?"

"보통은 말이야, 너 남창이라고 했을 때 이미 검을 반쯤 뽑아 들어야 한다고."

"네, 그리고 그렇게 만들려고 그런 말을 하는 건데, 굳이 절 열받게 하려는 의도를 따를 필요가 있는 걸까요?"

"그것도 그러네?"

'어라?' 하고 유사는 생각했다. 이 곰처럼 덩치가 큰 청년은 그렇게 머리가 좋지는 않은 편이었던 것이다. 사람이 마음대로 그걸 조절할 수 있다면, 욕이나 도발은 생기지도 않았을 거다.

"그리고 유사, 혹시 제복을 줄일 수 있는 곳을 알 수 있을까요?"

레사의 물음에 유사는 왠지 복잡한 기분을 느끼며 입맛을 다시고 그녀에게 의상실을 알려 주었다. 레사는 문득 궁금해져서 물었다.

"그런데 말입니다."

"뭐가?"

"저에 대해 무슨 소문이 퍼져 있는 건가요?"

레사는 아까 부단장이 했던 이야기나, 유사가 언급한 내용으로 짐작하긴 했지만, 그래도 어떤 소문인지 궁금한 건 사실이었다.

"네가 황자의 애첩이라는 소문."

"오."

레사는 짧게 감탄사인지 뭔지 모를 것을 터트렸다. 유사가 그의 표정 변화를 살피겠다는 듯 눈을 가늘게 뜨며 말했다.

"이 황자의 호위로 가면, 다들 얼마 못 버티거든. 게다가 그분의 여자 편력이 유―명해서 말이지. 그런데―"

레사가 약간의 의아함을 느꼈다.

'설마 내가 호의로 재고용된다는 이야기가 벌써 돈 건가?'

"저 역시 호위로 얼마 못 버텼는데요."

레사는 슬쩍 유사를 떠 보았다. 재고용 사실을 제외하면 실제로 자신이 얼마 못 버틴 건 사실이니까.

'일주일 버텼나?'

"어, 그래?"

유사의 얼굴에 의아함이 솟구쳤다.

'아직 재고용 이야기는 모르는구나.'

이야기가 새어 나간 건 아닌가 보다. 레사는 안심했다.

"하지만 너 황자의 호위였던 건 사실이지?"

"네."

"그럼 역시, 황자의 뒷배로 여기 기사단에 들어온 거 아냐? 평민이 우리 기사단에 들어올 수는 없으니까."

"실력이라고는 생각해 주지 않는 겁니까?"

유사가 아래위로 레사를 훑었다. 딱 보기에도 기사로는 도저히 보이지 않는다.

"실력은 아닌 것 같은데. 그러니까 이 황자님을 몸으로 유혹해서 한자리 꿰어 찼다는 거지."

"제가 기사단에 들어온 지 십 분도 되지 않았는데 그 이야기가 퍼졌다고요?"

"이미 다들 알고 있었으니까. 작위를 준 게 단장님이시잖아."

"아―!"

레사는 깨달아 고개를 끄덕였다.

'그러니까 내가 이미 이 기사단에 들어올 거라는 소문이 기사단 안에 쫙 퍼졌다는 거군.'

그리고 알아보니 상대는 평민에다가, 황자의 호위였던 작자…….

'게다가 얼굴도 예쁘장하고 몸매도 호리호리하니 애첩이다, 이건가?'

그야말로 악의가 가득한 발상이었다.

'시작도 하기 전에 미운털부터 박혔구만.'

레사는 한숨을 내쉬었다.

"그 소문의 진원지가 어디인지는 아십니까?"

"그냥 다들 이야기하던데?"

유사가 어깨를 으쓱해 보였다.

'이걸 하나하나 족쳐서 근원지를 찾아낼 수도 없고.'

프레이스가 얌전히 있으라고 말했으니 레사는 최대한 얌전히 있기로 마음먹었다.

4장
거리

레사는 출퇴근을 선택하기 잘했다고 생각했다. 또한 미나를 멀리 보낸 것도 다행이었다. 터진 입 안을 혀로 훑고 레사는 끙하고 신음을 흘렸다.

'점점 심해지는데.'

평민이 근위기사단에 들어간다는 것부터가 이미 미움을 받을 거라고는 생각하고 있었다. 대련으로 몇 명을 이겨준 다음은 더 그랬다.

'역시 에릭이 이상하다니까.'

체술이나 검술 외의 다른 방식으로 대련에서 이기자 그들은 모욕을 당한 것처럼 굴었다. 뒷골목 기술로 정당한 대련을 망쳤다는 이야기도 나왔다.

물론 그 이야기를 에릭 앞에서 하지는 않는다.

에릭은 기사단의 신선한 바람이라고 좋아하고 있으니까.

'그러니까 뒤에서 린치를 가하지.'

옆구리, 배, 등.

보이지 않는 곳을 때리는 걸로 시작해서 오늘은 얼굴까지 때렸으니 상황이 심각해지고 있는 거다.

'빨리 스카우트 안 해 주나.'

겨우 열흘째인데 폭력의 강도가 빠르게 올라가고 있었다. 그 이유를 레사는 대강 짐작했다. 그녀가 전혀 반항하지 않기 때문이다. 반항하지도 않지만 빌지도, 울지도 않고, 그들이 원하는 말을 해 주지도 않는다. 그게 그들의 가학성에 더 불을 붙이고 있는 것이었다. 마음 같아서는 팔다리를 다 분질러 놓고 싶은데 어쨌든…….

'눈에 띄지 않게 조용히.'

프레이스에게 이렇게 명령을 받은 이상 반항은 최대한 자제하고 있었다. 어쨌든 자신은 평민이고 여기의 기사들은 알 만한 귀족 집안의 자제들인 것이다.

싸워봐야 얻는 것이 없었다.

"또야?"

그가 룸으로 들어오며 외치는 말에 레사는 고개를 들었다.

"어, 안녕 유사."

"쌍, 너 얼굴 왜 이래?"

그가 욕을 내뱉으며 소리쳤고 레사는 "심해?" 하고 되물었다.

"얻어터진 사람 얼굴 같아."

"그야 얻어 터졌으니까."

"너― 왜 그 능력 가지고 가만히 있는 거야?"

"그쪽은 귀족이고 난 평민인데 시끄럽게 굴어봐야 뭐하겠어."

유사는 그 말에 어처구니가 없었다.

"너 그런 거 신경 쓰는 사람 아니잖아?"

"하여간 그래."

"단장님에게 이야기해. 어쨌든 널 스카우트한 건 공식적으로 그분이잖아?"

"됐어."

"아, 그러셔?"

유사는 뭔가 더 말하려다가 입을 다물었다. 본인이 그렇다면 자신이 대신 뭔가를 해 주고 싶지도 않았다.

"너 황자의 호위였잖아."

"그렇지."

"그래. 그래서 네 뒷배에 황자가 있다는 이야기도 있었고."

"그랬지."

정확하게 말하자면 황자의 애첩이었기 때문에 기사단에 인맥으로 고용되었다는 소문이었지만.

"그런데 봐, 널 두들겨 패도 황자가 튀어나오는 것도 아니잖아?"

"아— 그래서 더 심해진 거였구나."

레사는 폭력이 빠르게 심해진 이유에 자신이 생각한 것만 있지 않다는 걸 알게 됐다.

"아 그래서, 가 아니거든. 네 일이거든?"

유사의 말에 레사는 고개를 끄덕였다.

"그래, 그렇지. 하여간 고마워."

유사는 그녀의 말에 짜증이 치밀어 오르는 것을 눌렀다. 대신 풀썩 침대에 몸을 던지는 걸로 불만을 대신 표현했다.

첫날 룸메이트가 자신이 되었다고 했을 때, 기사단의 동료들은 걱정과 음담패설을 반반씩 던졌다. 자신 역시 레사를 그런 식으로 판단했었다. 하지만 같이 지내보니 금방 그게 아니라는 것을 알게 되었다.

기사단 내에서도 레사를 서서히 동료로 받아들이는 사람들도 있었다. 하여간 레사의 솜씨는 진짜라는 걸 알게 되었으니까. 그녀가 검술에 커다란 향상심을 가지고 있는 것도 사실이었고 기사들 중에서 체술에 궁금증을 가지는 사람도 생겼다.

단장님이 말하는 대로 좋은 면만 보자면 그랬다.

반대로 그녀가 평민인데 같이 황실을 모시는 근위기사단에 있다는 것을 못 견디는 사람도 많았다. 황자의 애첩이 아닌 게 확실시되어 가는 상황이지만 그들 안에서 소문은 더욱더 악화도 되었다. 특히 당연히 레사를 깔아뭉갤 거라 생각하고 대련을 신청했다가 진 경우는 더더욱 그랬다.

그런 소문을 한 귀로 흘리는 측도 생겼지만 사람이라면 다들 뒷이야기를 좋아하기 마련이다. 게다가 아무런 끈도 없는 평민을 씹고 뜯는 일이라면 더더욱.

어떻게든 레사를 기사단에서 쫓아내려고 하는 사람들이 있었고 그녀에게 호의적인 측도 방관자의 입장이었다. 평민을 위해서 굳이 적극적으로 개입해 줄 만한 정의감을 가진 사람은 없었다. 어쨌든 근위기사단은 순수 귀족 집단인 것이다.

거기에 레사는 굴러 온 도토리 같은 존재였다. 어떤 집단에서도 그를 받아주지 않았다.

유사는 베개 사이로 힐끗 레사를 보았다.

'검술을 못하지만.'

검술 실력은 아마 기사단 내에서 낮은 축이 아닐까.

'하지만 독특한 체술은 잘하지.'

기사가 아니라 단순한 호위로서라면 레사 쪽이 더 유능할 거라고 유사는 판단했다. 상처 없이 상대를 제압하는 데 능숙하니 말이다.

'하지만 여기는 기사단이야.'

레사에게 요구되는 것은 기사로서의 기량이다. 거기에 그가 특출하게 미달된다고는 못 하지만…….

'아, 젠장!'

유사는 다시 베개에 푹 얼굴을 묻었다.

레사가 집단 린치에 반항하지 않는 것도, 다들 그 사실을 알면서 지켜보고 있는 것도, 그중 하나가 자신이라는 것도, 다 마음에 들지 않았다.

* * *

프레이스의 사무실로 출근한 에릭은 윈스턴에게 가볍게 인사를 해 보였다.

"안녕."

윈스턴은 대답 없이 고개만 까닥하고 말했다.

"작위는 정식으로 통과됐어. 너에게 받기는 했지만 나중에 공개적으로 황자님께서 레사에게 내리시는 게 좋다고 생각되고."

"아, 그래? 그럼 이제 레사가 기사단을 떠나는 건가. 나쁘지 않았는데……."

"처음에는 기사단에 못 데려간다고 말한 주제에."

"그건 내가 레사의 실력을 몰랐을 때고. 이제 걔도 기사단에 좀 적응해 가는 것 같은데 말이야."

에릭이 어깨를 으쓱했고 윈스턴은 눈을 가늘게 떴다. 그가 뭐라고 말을 하려는데 프레이스가 집무실에 들어섰다.

"레사는 잘 지내?"

첫 물음이 그것이라 에릭은 씩 웃었다.

"잘 지내지, 그럼. 어제 보니까 개인 대련도 하고 있는 것 같더라. 얼굴에 상처 났더라고. 남자들이란 게 원래 몸으로 부딪치면서 친해지는 거잖아?"

"그럼 다행이고."

"글쎄, 진짜로 대련이야?"

윈스턴이 차갑게 말했다. 에릭이 "무슨 말이야?" 하고 윈스턴을 돌아보았다. 윈스턴이 자신의 서류를 손끝으로 훑으며 말했다.

"내가 보니까 레사 알반에 대한 불만이 전혀 접수되고 있지 않던데."

"그래, 다들 잘 받아들였다니까?"

에릭이 어깨를 으쓱하며 말하자 프레이스가 얼굴을 찡그리고 윈스턴을 보았다.

"전혀?"

윈스턴은 고개를 숙이며 말했다.

"네, 전혀 없습니다. 그럴 리가 없는데 말이죠."

윈스턴은 귀족들의 생태를 잘 알았다. 그리고 재수 없는 기사들의 습성에 대해서도. 그래서 그는 '그럴 리가 없다.'고 단언할 수 있었다.

"이상하네."

프레이스가 중얼거렸다. 그는 눈에 띄는 걸 염려해서 레사를 찾아가지 않고 있었다. 스카우트까지 좀 더 여유 있게 시간을 두

는 편이 서로를 위해서도 좋을 거라고 생각했고 윈스턴도 거기
에는 동의했다.

'하지만 불만 제기가 없었다는 건 이상해.'

기사단은 어쨌든 간에 작위가 있는 귀족들의 자제가 모여 있
는 곳이다. 순혈 집단이나 마찬가지인 것이다.

'불만이 없을 리가 없는데?'

그렇다면…… 그들 스스로 개인적인 제재를 가하고 있을 수
도 있다는 말이겠지.

"레사는?"

프레이스의 그 말에 에릭이 "어?" 하고 되묻자 프레이스가 다
시 말했다.

"레사는 아무 말도 없었어?"

"당연하지. 무슨 말 했으면 내가 이야기했겠지. 걔가 당하고
있을 성격도 아니잖아."

"그건 그렇지만."

프레이스는 잠시 툭툭 팔걸이를 두들기다가 말했다.

"그건 내가 한번 알아보지."

"제가 알아보죠."

윈스턴의 말에 프레이스가 손을 저었다.

"아냐. 내가 한번 살펴볼게."

"황자님이 직접 움직이실 필요는 없습니다."

"보통 사람에 대한 문제라면 그렇겠지."

프레이스가 선을 긋고 의자에 몸을 기대며 말했다.

"그러니까 그건 내가 알아서 하지. 그래서? 라발렌도 영지에서 일어났다는 농민 반란은 어떻게 된 거지?"

"그건―"

윈스턴이 설명을 시작해 의제는 완전히 넘어갔다.

농민 반란은 상당히 큰 문제였으나, 라발렌도 백작은 손쉽게 그들을 제압했고 황실에 염려를 끼쳐드려 죄송하다는 말을 전해 왔다.

"그건 백작의 말이고."

"저희 쪽 밀정의 이야기에 따르면 미심쩍은 부분이 있다고 합니다."

"미심쩍은?"

"네, 그게 농민 반란이 일어난 이유에 대해서 말입니다. 라발렌도 백작은 농민 반란이 일어난 이유가 미신 때문이라고 말했지요. 불온한 소문을 뿌리는 사교가 있어서 척출했다고 말입니다."

"그렇지."

"하지만 소문이 아니라 실제로 실종자가 나왔다는 이야기였습니다."

"실종……? 실제로?"

"네."

"이상하군……."

프레이스는 턱을 문지르며 생각에 잠겼고 윈스턴이 그에게 문서를 건넸다.

"여기, 밀정이 정리한 내용입니다."

"알았어. 일단 더 조사하라고 말해 둬."

"네."

프레이스는 바쁘게 안건들을 정리했다.

저녁이 늦어서야 전부 일을 끝낸 그는 자리에서 일어났다. 당연히 그에게는 시녀도 하인도 붙지 않았다.

망토를 챙겨 입고 프레이스는 조용히 궁을 빠져나갔다. 근위기사단 쪽으로 가서 슬쩍 상황을 엿볼 생각이었다.

'만날 수 있다면 만나면 좋고.'

사람의 눈을 보고 이야기하는 것이 그리웠다. 그런 것 필요 없다고 생각했었는데, 레사와 떨어지고 나니 눈을 보고 이야기 하는 게 얼마나 좋은 건지 깨달았다.

'그냥 빨리 호위로 도로 불러들여야겠군.'

그렇게 생각하며 프레이스는 발걸음 소리를 죽이고 천천히 밤의 궁정을 가로질러 근위기사단 근처까지 이동했다.

'음?'

근처에서 작은 소란이 들렸다. 프레이스는 '이 밤에 훈련이라도 하는 건가?' 하고 그쪽으로 걸음을 옮겼다. 근위기사단에서 얼마 떨어지지도 않은 마구간의 뒤쪽에서 소란이 일고 있었다. 다가갈수록 소리는 더 선명했다.

"독한 새끼."

퍽—

둔중한 사람이 맞는 소리에 프레이스는 살짝 눈을 찌푸렸다.

"야, 그만 패. 죽겠어."

"너같이 더러운 게 기사단에 있으니까, 제1기사단 격이 떨어지는 거 아냐. 2기사단 놈들이 뭐라고 하는 줄 알아? 어? 알아서 빨리 꺼지란 말이야!"

몇 번 발길질 소리가 들리더니 다른 목소리가 말했다.

"야, 이 자식 팔다리 잡아."

"왜?"

찰칵—

프레이스는 이 작은 소리가 뭔지 잘 알았다. 벨트 버클 푸는 소리다.

"남창 새끼에게 자기 위치가 어딘지 잘 알게 해 줘야지. 어? 다리 벌려 보라 그래. 그럼 혹시 아냐? 우리가 마음에 들어서 널 침대에 넣어 줄지."

"푸하하, 너 남자에게 서냐?"

"보통이라면 모를까. 이건 황자도 안았던 물건이잖아? 완전 쫄깃할걸."

기분 나쁜.

피가 차가워지는 대사.

건물의 모서리를 돌아 프레이스는 눈앞의 광경을 보았다. 둘러선 네다섯 명의 남자와 가운데에 팔을 잡혀 눌려 있는 건—

마주친 빨간 눈이 놀란 듯 동그랗게 떠진다.

프레이스는 자신이 검을 언제 뽑았는지도 인지하지 못했다. 그러면서도 시야가 새빨갛게 되는 건 이런 거라고, 어딘가 냉정하게 생각하는 자신이 있었다.

첫 일격으로 프레이스는 상대의 머리를 베었다. 등 뒤에서 벤 상처는 남기면 안 된다고 착실하게 계산했다.

둔탁한 소리와 함께 머리가 바닥에 구르며 몸뚱이가 느리게 쓰러졌다.

"어?"

남은 기사들이 이상한 소리를 내며 목과 분리된 몸을 바라보았다. 마비에라도 걸린 듯 피가 웅덩이를 이루어 돌바닥에 흡수되는 걸 바라보다가 화급히 그들은 검을 빼어 들었다.

"뭐, 뭐야!"

"누구냐!"

"감히—!"

"그러게, 누굴까?"

프레이스는 히죽 웃으며 말했다. 프레이스가 한 걸음 앞으로 나서자 그 얼굴을 보고 기사들은 경악했다.

"황자님?!"

"이, 이게 무슨!"

어리둥절해 그들은 부복하지도 못하고 검을 내리지도 못한 어정쩡한 자세를 취했다. 하지만 프레이스는 어정쩡하지 않았다. 그가 검을 내밀듯이 뻗어 오른쪽에 있는 기사의 가슴을 찔렀다.

"컥……!"

자신의 가슴을 바라보고 경악한 표정을 지은 그는 프레이스가 검을 뽑자 바닥에 쓰러졌다.

"황자인 나에게 검을 들이댈 셈인가?"

프레이스의 말에 나머지 둘은 검을 떨어뜨리며 자리에 부복했다.

"화, 황자님."

하지만 프레이스는 봐줄 생각이 없었다. 무릎을 꿇고, 항복의 의지가 보이는 기사의 목을 내리쳤다.

"히, 히익―!"

옆의 동료의 몸에서 뜨거운 피가 튄다. 그는 검을 줍기 위해 손을 뻗었다. 프레이스의 검이 그의 손등을 꿰뚫었다.

"아아악!"

비명을 지르며 그가 흐느꼈다.

프레이스가 천천히 검을 비틀자 그는 다른 손으로 검날을 붙잡으며 필사적으로 고통을 줄이려고 노력했다. 다른 손 역시 피투성이가 되어 갔다.

레사는 눈을 찌푸리고 그 광경을 보았다.

차분한 어조, 차분한 얼굴.

상대방의 고통스러운 표정을 관찰이라도 하는 듯한 시선.

'미나도 바퀴벌레에게 저렇게 하지 않는데.'

그래서 레사는 프레이스가 아주 많이 화가 났다는 것을 깨달았다. 스스로 잘 조절하고 있는 것처럼 보이지만 저건 이성을 잃은 상황이다.

그렇지 않고서야 귀족의 자제인 게 뻔한 기사를 이렇게 다 죽일 리가 없었다.

"흐흐흑…… 으흑, 황자님, 제발, 자비를—"

"그래."

대답하며 프레이스는 검을 뺐다. 기사는 숨을 몰아쉬며 자신의 손을 어떻게든 지혈시키려고 애썼다. 그 모습을 빤히 보다가 프레이스는 상대의 목을 푹 찔렀다.

경악한 얼굴로 피거품을 게우며 마지막 기사가 쓰러졌다.

'더럽군.'

그렇게 생각하며 프레이스는 부츠에 튄 피를 시체의 옷에 짓이기듯이 문지르다가 그의 머리를 밟았다. 점점 더 힘을 주자 머리뼈가 견디지 못하고 삐걱거리는 소리를 냈다.

레사는 자리에서 일어나 프레이스의 팔을 붙잡았다.

'베일 거야.'

하고 생각하면서……

베인다고 해도, 자신에게 화를 푸는 것이 나았다. 시체를 건드리는 건 금기다. 아무리 황자라고 해도 문책을 당하게 될 것이다. 그것도 죽은 시체의 머리를 밟아 부쉈다면야 더더욱.

"……."

프레이스의 시선이 레사에게 닿았다.

에메랄드 색 눈이 오싹할 정도로 차가웠다. 아니, 너무 뜨거워서 차갑게 느껴지는 것 같았다. 그 밑에 깔린 지독한 증오의 농도는 레사도 살짝 움찔할 정도였다.

"진정하십시오."

레사는 검을 든 그의 손을 경계하며 말했다. 언제 저 검으로—바퀴벌레와 같은— 싫어하는 인간인 자신을 벨지도 모른다. 하지만 프레이스는 레사의 생각과는 전혀 다르게 행동했다.

챙강—

프레이스는 손에 든 검을 버리듯 바닥에 던졌다. 레사는 그의 눈동자 안에서 살얼음이 녹듯이 증오가 스르륵 사라지는 걸 보았다. 거기에 놀라 멍하니 그를 마주 보는데 프레이스가 그녀에게 팔을 뻗어 왔다.

'아—'

얻어맞나 싶어 몸을 굳히는데 부드럽게 그가 자신을 안아 왔다. 방금 얻어맞은 곳들이 하나도 아프지 않을 정도의 상냥한 포옹이었다.

"프, 프레이스 님?!"

당황해 목소리가 하이톤으로 올라갔다. 프레이스는 레사의 당황을 무시하며 뺨을 그녀의 머리카락에 살짝 부비듯 문질렀다. 서늘하고 부드러운 촉감이 좋았다. 품 안에서 레사가 당황하듯 몸을 굳혔다가 꼼지락거리는 게 느껴졌다. 쿵쿵 뛰던 심장 박동수가 원래대로 돌아간다.

코를 찌르는 피비린내에 프레이스는 눈을 가늘게 떴다. 그는 벌레 시체를 보듯 쓰러진 기사들의 시체를 바라보다가 그녀를 안아 들었다.

"무슨, 저 제대로 걸을 수ㅡ"

있습니다, 하고 반항하려던 레사는 프레이스의 얼굴을 보고 입을 다물었다.

'엄청 화났다.'

레사는 힐끔힐끔 그의 눈치를 살폈다.

사실 딱 좋은 시기에 나타나줘서 감사했다. 거기서 더 있었으면 여자인 게 들통이 날 수도 있었다. 그걸 막기 위해서 적극적으로 탈출을 해야 하나 하는데 프레이스가 나타난 것이었다.

그와 눈이 마주쳐서 놀랐지만 안도했다. 그가 이 행위를 멈춰 줄 거라고 생각했으니까.

하지만 그가 발검하더니 그대로 서 있던 기사의 목을 베어 버렸다.

'놀라라.'

어어 하는 사이에 나머지 셋 역시 다 죽여 버렸다. 사람을 죽이는 것에 대해 조금의 죄책감도 보이지 않으면서, 아이가 벌레를 죽이듯이 쉽게 말이다.

프레이스가 그들을 토막 내지 않은 것은 그나마 약간의 냉정함이 남아 있었기 때문이겠지. 그러니까 실수로 죽인 것은 아니다.

실수를 하면서 계산을 하지는 않으니까.

분노를 담아 철저하고 신중하게 상대를 죽인 것이다.

'어, 저렇게 죽여도 되는 건가?'

하는 걱정이 먼저 되었다. 그리고 시체를 치워야지, 하는 기색도 없이 그대로 자신을 끌어안더니 벌쩍 안아 드는 게 아닌가?

'안 아팠지.'

맞은 상처 때문에 안아드는 순간 아플 거라고 예상하고 몸을 굳혔지만 안아드는 손길은 간지러울 정도로 정중하고 상냥했다.

갓 태어난 새끼 양이라도 그렇게 정중한 대접은 받지 않을 것 같았다.

'그런데 어디까지 가는 거야?'

목적지가 가까운 것 같지 않아서 레사는 주변을 둘러보았다. 곧, 새하얀 신전 비슷하게 생긴 건물 앞에 도착한 프레이스가 거침없이 문을 걷어차고 안으로 들어가며 외쳤다.

"치료사!"

놀란 치료사들이 허겁지겁 뛰어나왔다.

"황자님?"

"이 황자님을 뵙습니다."

당황해 연신 인사를 하는 그들을 무시하며 프레이스가 진료실로 들어가 레사를 침대 위에 내려놓았다. 여전히 조심스러운 손길이었다.

"치료해."

치료사들은 얼른 레사에게 달라붙었다. 그들도 상황이 심상치 않은 것을 느낀 것이다. 레사의 얼굴을 살피며 그들은 신음 소리를 내뱉었다.

"어디서 얻어맞으신 겁니까?"

"습포와 약초를 가져오겠습니다."

"부러지신 곳은? 특별히 아프시거나 어지러운 곳이 없으십니까?"

"뼈는 부러지지 않았고, 내장도 멀쩡합니다."

"어떻게 알아?"

레사가 조심스럽게 말하자 프레이스가 차갑게 말을 잘랐다. 레사는 움찔해서 말을 멈췄고 프레이스가 이를 악물고 이어 말했다.

"왜, 가만히 있었어?"

레사가 살짝 입을 벌리는데 그가 이어 말했다.

"왜 에릭이나 나에게 알리지 않았지? 오늘이 처음으로 얻어맞은 날은 아닌 것 같은데? 알반 경. 내가 못 미더웠나? 아니면 다른 계획이 있었던 건가? 그 계획이 있었다면 뭔지 꼭 듣고 싶군."

"조용히 눈에 띄지 않게 있으라고 그러셨잖습니까."

쾅!

프레이스가 옆에 놓여 있는 트레이를 걷어찼다. 쇠로 된 트레이가 넘어가면서 와장창 요란한 소리를 냈다. 약병과 소독제가 떨어지고 깨어졌다.

"그 말은 얻어터지고 있으라는 말이 아니었어!"

침묵이 방 안에 가득 찼다.

레사는 입을 다물었고 치료사들은 벌벌 떨며 한쪽으로 몰려 섰다. 그중 나이가 지긋한 한 치료사가 나서서 정중하게 말했다.

"이 황자님, 죄송하지만 지금 치료를 방해하고 계십니다. 잠시만 밖에서 기다려 주시겠습니까?"

프레이스는 그를 노려보았다가 입술을 깨물고 진료실 밖으로 나갔다. 그제야 치료사들은 안도의 한숨을 내쉬었다. 두셋은 트레이를 일으켜 세워 정리하기 시작했고, 나머지는 셔츠 상의를 벗긴 뒤 레사의 상처를 살폈다. 레사는 프로텍터를 벗기려는 손길을 정중하게 저지했다. 그들은 모두 불만을 표했지만 레사의 고집을 꺾을 수는 없었다.

치료사가 레사의 상처를 살피고 말했다.

"이대로 계속 맞았다면 분명히 골병들었을 겁니다. 뼈와 근육이 아주 상해버렸을 거라구요."

레사는 코코가 준 약이 거의 다 떨어져 가던 걸 떠올리며 고개를 끄덕였다. 그 약이 진짜 좋아서 그렇지 안 그랬다면 자신은 지금까지 멀쩡하게 있지 못했을 것이다.

"네, 그리고 프레이스 님은 아주 화가 나신 것 같고요."

레사는 '왜 그렇게 화가 났을까.' 하고 끙끙거렸다. 그의 끙끙거림에 치료사 중 하나가 기가 차서 말했다.

"그야 황자님께서 당신을 소중히 여기고 계시니까 그렇지요."

"네? 아얏—!"

소독약이 눈가에 닿아 레사는 자신도 모르게 작게 소리쳤다.

"입술도 터지고, 눈가도 터지고. 그러면서도 급소는 잘 보호하셨군요. 무슨 맞아보는 일이라도 해 보셨습니까?"

"비슷합니다……."

레사는 작게 중얼거렸다.

예전에 암살자로 키워지는 수업 중에서 그런 것도 있었다. 집단 린치를 당할 때 자신을 잘 보호하지 않으면 죽는다. 그렇게 얻어맞으면 위로 혹은 아래로 피를 쏟아 내고 죽는 아이들이 부지기수였다. 멀쩡한 아이도 머리를 한방 잘못 맞으면 그대로 죽고는 했다. 하지만 자신은 살아남았다.

레사의 말에 치료사는 눈썹을 추켜올렸지만 상처를 보는 솜씨는 섬세했다.

"그래도 며칠간은 푹 쉬시면서 요양하셔야 합니다. 약초 습포를 드릴 테니 꾸준히 갈아주시고, 일주일치 약을 해 드리도록 하죠."

"감사합니다."

"그럼, 나가서 황자님에게 이야기를 좀 해 주시죠."

"아, 네."

레사는 침대에서 내려와 셔츠를 걸치고 진료실의 문을 열었다. 뒤따라 나온 치료사가 반대쪽 방을 손가락으로 가리키며 말했다.

"대기실은 저쪽입니다."

"네."

대답하고 레사는 조심스럽게 진료실의 문을 열었다. 프레이스가 의자에 앉아 있는 것이 보였다.

삐걱—

문이 열리는 소리가 났는데도 프레이스는 미동도 하지 않았다. 레사는 조심스럽게 문을 닫았다. 프레이스는 의자에 앉아 팔꿈치를 무릎에 대고 양손에 얼굴을 파묻고 있었다.

레사는 망설이다가 그에게로 다가갔다. 분명히 자신이 온 것을 알았을 텐데 미동도 없다.

부드럽게 곡선을 그리는 금색 머리카락이 내려다보였다.

레사는 망설이다가 아주 느릿하게 손을 뻗었다. 누가 옆에서 본다면 답답하기 짝이 없을 정도의 속도였다. 손끝이 살짝 그의 머리카락에 닿았다. 시간을 두고 레사는 그의 반응을 살피다가 좀 더 손가락을 밀어 넣었다. 그리고 그의 머리를 쓰다듬듯이 어루만졌다. 유지니아가 자신이 기운 없을 때 해 주었던 것처럼, 자신이 미나에게 해 주는 것처럼.

'어라, 그런데 이거.'

역시 귀족이라 잘 먹고 관리를 잘해서 그런지 손가락 사이의 머리카락 감촉이 어마어마하게 좋았다. 비단 털실을 만지면 이런 느낌일까?

스윽스윽 한참을 쓰다듬어 주고 있자니,

"뭐야?"

프레이스가 낮은 목소리로 물어 레사는 얼른 손을 뗐다. 하지만 그 전에 프레이스가 그녀의 손목을 잡아챘다.

"기운이 없어 보이셔서."

레사가 작게 대답했다.

"불쾌하셨다면 죄송합니다."

프레이스가 사람과 닿는 걸 싫어하는 걸 알면서도 시도했으니 욕을 먹어도 싸다. 프레이스는 그 말에 잠시 침묵하다가 대답했다.

"불쾌하지 않아."

레사가 살짝 갸웃하자 프레이스가 자신의 말에 다시금 확신을 주는 것처럼 말했다.

"네가 만지는 건 불쾌하지 않아."

그 말에 레사는 놀랐다.

'어, 뭔가 특별한 사람이 된 것 같은 느낌인데?'

그게 싫지는 않았다.

프레이스는 천천히 자신이 낀 장갑을 벗고 맨손으로 레사의 손을 움켜쥐었다. 역시나 서늘한 손가락이었다. 프레이스가 우울하게 말했다.

"너 죽을 수도 있었어."

"죽을 것 같았으면 도망갔을 겁니다."

"그건 아무도 모르는 거야."

"……그건 그렇죠."

물론 어디서나 불확정 요소는 있다.

"죽었으면 어쩌려고?"

"죽을 확률은 낮았습니다."

"그런 말이 아니잖아? 게다가 왜 말을 안 했어? 내가 언제 너보고 얻어맞고 있으라고 했지? 내가 조용히 하라고 한 말은 그런 뜻이 아니었어! 네게 무슨 일이 생겼으면 내가 어떻게 될 거라고 생각해? 그리고 네가 죽지만 않으면 괜찮다고, 그딴 식으로 생각하지도 않아!"

조용하던 목소리가 마지막에는 폭발적인 고함으로 변했다. 레사는 눈을 동그랗게 떴다. 프레이스는 레사의 얼굴을 보고 허탈하게 웃었다.

"내가 그딴 식으로 널 대한다고 생각했어?"

"아뇨, 그게— 그……."

처음으로 레사는 말을 잃었다. 자신이 안티매직 능력자라서, 자신을 측근으로 삼는다고 하는 건 이해했다. 자신에게 반하지 않는 사람이니까 소중하게 다룬다는 것도 알고 있었다.

하지만 뭐랄까…….

'생각보다 훨씬 더 소중하게 다뤄지는 느낌?'

방금 그 발언도 그렇고.

"젠장, 레사 알반. 넌 내게 반하지 않을 거잖아?"

"네."

"그러니까 죽지도 말고 아프지도 마. 무슨 일이 생기면 에릭이나 윈스턴— 아니다, 바로 나에게 말해."

레사가 살짝 미소를 지으며 물었다.

"무슨 일이 있으면 쪼르륵 황자님에게 가서 이르는 총애를 권력 삼아 휘두르는 측근이 되라고요?"

"그래."

프레이스가 대꾸하며 레사의 손등을 자신의 뺨에 가져다 댔다. 레사는 손등에 닿은 그의 뺨이 뜨겁다고 생각했다.

'전부터 생각했는데 체온이 높으시네.'

밤에 안고 자면 따뜻하겠지. 손발이 시릴 일도 없을 거야. 그건 좋겠다. 높은 체온이 싫지 않다고 레사는 생각했다.

침묵하며 프레이스는 작게 한숨을 내쉬었다.

서늘한 손등은 기분 좋다. 자신의 체온으로 그 손이 점점 따뜻해지는 것도 기분 좋았다. 프레이스가 눈을 감으며 느릿하게 말했다.

"그래, 귀족을 죽이든 평민을 죽이든, 병신을 만들건 뼈를 부러트리건, 마음에 들지 않는 사람은 마음껏 내 총애와 권력을 휘둘러서 밀어내 버리고 너를 지켜. 난 제국의 황자야. 이 나라의 권력의 절반은 내 손에 있어. 애버릿이라고 해도 널 건들지는 못해."

간신히 찾아냈다.

딱 한 명. 자신을 사랑하지 않을 사람. 언제 다시 만날지 알 수도 없는 딱 한 사람.

프레이스는 분노의 이면에 두려움이 있다는 것도 깨달았다.

침묵이 흘렀다.

아무 대답이 없자 프레이스는 눈을 떴다.

"……기뻐 보이지는 않네."

"기뻐할 일이라는 생각은 안 드는데요."

"왜?"

"감당할 수 있는 이상의 권력을 가지는 것도 그렇고 전 그냥 당신의 호위일 뿐입니다. 저에게는 제 본분이 있고, 그걸 위한 직위에 주어지는 권력만 있으면 충분합니다."

황자의 총애니 뭐니, 귀족들의 권력 싸움에 끼어들고 싶은 생각은 조금도 없었다.

그냥 호위로 열심히 일하고 보수를 받아 미나를 무사히 졸업시키는 게 그녀의 목표였다.

레사의 말에 프레이스가 한숨 비슷한 긴 숨을 내쉬며 물었다.

"그럼 내게 뭐 원하는 건 없어?"

"아, 한 가지 있네요."

"뭔데?"

프레이스가 화급히 물었다.

"절 호위로 채용하시는 거 빨리해 주시면 안 될까요?"

"……당장 하지. 다른 건? 너에게 린치를 가한 놈들은 그놈들 뿐이야? 다른 새끼들은?"

"그 사람들뿐이었고, 다 죽었으니 됐습니다. 그나저나 그렇게 죽여도 되는 겁니까?"

"황자를 공격하려고 든 발칙한 반역 죄인들이야."

"그렇군요."

레사는 어깨를 으쓱했다. 프레이스가 중얼거렸다.

"그냥 죽이는 게 아니었다. 손끝부터 잘근잘근 칼로 다져줬어야 하는 건데, 너무 쉽게 죽여 버렸어. 아니면 내게 반하게 할 걸 그랬나? 날 사랑하는 만큼 자해해 보라고 하면 재미있는 꼴을 봤을 텐데."

"프레이스 님."

"왜?"

프레이스는 불만 어린 눈으로 레사를 올려다보았다. 자신이 말하는 게 미친놈 같다는 건 그도 잘 알았다. 하지만 레사가 그러지 말라고 한다면 더 화가 날 것 같았다.

"요즘 못 주무신 거 아닙니까?"

레사가 갸웃하며 그의 이마를 손으로 눌러 보았다.

"……뭐?"

"잠을 잘 자지 못하면 신경이 날카로워지지요. 잠시 눈이라도 붙이시는 게 어떤가요?"

"너 진짜 이상해."

"유사도 프레이스 님과 똑같은 말을 하더군요."

"그건 누구야?"

날카롭게 프레이스가 물었다. 레사는 "룸메이트입니다." 하고 짧게 대답한 뒤 고개를 들어 주변을 둘러보았다. 그리고 프레이스가 그런 레사의 옆구리를 손으로 콱 눌렀다.

"—!"

순간 헛숨을 삼킨 레사의 몸이 움츠러들었다. 생각지도 못한 일격(?)이라 상당히 아팠다.

"지금 뭐 하시는—"

거냐고 소리치기도 전에 프레이스가 휙 셔츠 자락을 들어 올렸다.

붕대가 감긴 그녀의 옆구리와 등, 배를 보고 프레이스는 짐승이 으르렁거리는 듯한 소리를 냈다.

얻어맞는 소리가 상당했으니까 상처도 상당할 거라고 생각은 했다. 하지만 예상하던 걸 현실로 보는 건 또 다른 일이다.

"다른 곳은?"

"팔다리도 조금씩 타박상을 입었지만 괜찮습니다."

이야기하던 중 레사는 프레이스를 떼어 내고 그 앞을 살짝 가로막듯이 섰다.

똑똑—

정중한 노크 소리와 함께 문이 열렸다. 아까 치료사였다.

"약을 다 지었습니다. 일주일 동안 드시면 됩니다. 상처 부위
에 붙일 습포와 붕대도 챙겼습니다."

"감사합니다."

레사는 생각보다 더 묵직한 주머니를 받아 들었다. 프레이스
가 자리에서 일어나며 말했다.

"오늘은 여기서 묵어."

레사가 뭐라고 하기도 전에 프레이스가 치료사를 돌아보지도
않고 말했다.

"머리도 얻어맞았으니 하룻밤 두고 보는 거 맞지?"

"네."

치료사는 그 말에 수긍하며 고개를 끄덕였다. 대기실을 나가
려는 프레이스를 레사가 따라잡으며 말했다.

"바래다 드리겠습니다."

프레이스가 돌아서서 레사의 어깨를 툭 밀치듯 가볍게 손가
락으로 치고 말했다.

"너야말로 가서 자. 명령이야. 난 뒷정리 좀 할 테니."

레사는 눈을 굴렸다가 고개를 끄덕였다.

"알겠습니다."

"좋아, 착하네."

싱긋 웃고 프레이스는 대기실을 나갔다. 대기실에 남은 레사

는 한숨을 길게 내쉬었다. 치료사가 그런 레사에게 말했다.

"그럼 이쪽으로 오시지요."

*   *   *

클리프랜드 공작은 노크도, 시종의 알림도 없이 문을 박차고 들어왔다. 그야말로 무례함의 정석이었다.

집무실에 앉아 있던 윈스턴이 몸을 벌떡 일으켰다. 그런 윈스턴을 무시하며 클리프랜드 공작은 바로 프레이스의 책상 앞까지 성큼 걸어왔다.

"프레이스 님!"

그가 목소리를 높이자 프레이스는 자리에서 일어나며 싱긋 웃었다.

"오셨습니까, 숙부님."

50대 중반의 노회한 대귀족이자 귀족파의 수장이기도 한 클리프랜드 공작은 이를 악물고 말했다.

"즉결 처분이라니 무슨 말씀이십니까?"

"감히 황족의 몸에 손을 대려 한바, 그 자리에서 참하였을 뿐이지요."

나긋나긋한 목소리에 클리프랜드 공작은 진저리가 쳐졌다.

"그들 중에 오렌 백작의 아들도 있었습니다! 지금 그가 얼마나 분노하고 있는지 아십니까?"

"그럼 제가 오렌 백작을 개인적으로 만나 아들을 잃은 그를 위로하도록 하지요. 그도 자신의 아들이 저지른 무도한 짓을 알면 즉결 처분을 이해해 줄 겁니다. 황족에게 검을 들이민 죄, 반역으로 가지 않는 것만 해도 다행 아닙니까?"

지나치게 들척지근한 목소리로 프레이스가 덧붙였다.

"안 그런가요? 숙부님."

괴물새끼.

클리프랜드 공작은 그런 말이 올라오는 것을 참으며 시선을 프레이스의 책상에 고정했다.

"프레이스 님께서 개인적으로 만나주신다면 오렌 백작도 이해하시겠지요."

나머지 셋에 대해서는 딱히 말이 없었다. 뒷배 없는 귀족 세력이며, 클리프랜드 공작의 세력도 아니니 그들은 상관없는 것이다.

프레이스는 입꼬리를 뒤틀어 웃었다.

결코 자신과 눈을 마주치지 않고, 접촉도 하지 않는 현명한 외숙부는 현재 자신의 아군이다. 자, 하지만 사냥이 끝난 후에 누가 사냥개가 될 것인가?

"거기에 다른 한 명의 기사도 연관이 있다고 들었습니다."

"흐음, 그렇습니까?"

"도프 경이 작위를 내린 평민이라고 하더군요."

"에릭의 눈은 틀림없으니, 훌륭한 기사겠군요."

"그가 프레이스 님의 과거 호위라고 하던데―"

그 말에 프레이스가 눈을 크게 뜨며 놀라워했다.

"그런가요? 과연 꽤 훌륭한 호위였습니다. 그런 식으로 내친 것을 나중에 아깝다고 후회했지요. 에릭이 기사로 임명했으니 그 사실이 입증된 것이나 마찬가지지요. 숙부님을 통해서 알게 되다니 다행입니다."

"그 기사를 프레이스 님이 직접 안고 치료관으로 향했다는 이야기도 들었습니다."

프레이스의 손가락이 천천히 책상 모서리를 쓸었다.

어디까지 알고 있는 걸까? 이 늙은 너구리는.

"그 이야기의 출처가 어디인지는 모르겠지만, 글쎄요. 잘 기억이 나지 않는군요."

'했다.' 또는 '하지 않았다.'가 아니고 '기억이 나지 않는다.'라니 이보다 모호한 대답이 어디에 있을까?

클리프랜드 공작의 눈이 가늘어졌다.

"평민이라면 황족의 곁에 두지 않는 것이 옳다고 사료됩니다. 그것은 황족의 엄위에 격을 떨어트리는 일이 될 뿐이니 말입니다."

"'실력에 따라 사람을 등용한다'라고 보일 수도 있지요. 애버릿이 그렇지 않습니까?"

"글쎄요. 덕분에 일 황자님의 주변에는 안타깝게도 건달패 같은 사람들밖에 없지요. 참으로 가슴 아픈 일입니다."

그 건달패라는 것이 '이 제국의 주축 중 하나다.'라고 말하고 싶은 것을 삼키며 프레이스는 느긋하게 말했다.

"어떤 패든 이용할 때는 손끝을 더럽힐 수밖에 없지요."

"과연 그럴 수도 있겠습니다만…… 군이 황자님 본인의 손을……."

충정이 절절 끓어 넘치는 어조였다. '감히 당신의 손을 더럽히다니!' 하는 어조였으니 프레이스는 그에 감복한 듯 한숨을 내쉬며 말했다.

"숙부님의 마음은 잘 이해합니다. 하지만 높은 자는 항상 모범을 보여야 하는 법이지요. 그리고 아시잖습니까. 어차피 제 호위는 소모품이라는 것을요."

마지막 말에 클리프랜드 공작은 떨떠름한 얼굴을 하며 잘 다듬어진 턱수염을 어루만졌다.

"그건 그렇습니다."

정말로 그렇다.

그럼 그 기사를 호위로 받아들인 것이 개인적으로 마음에 든다는 건 아니라는 말일까? 좋은 약점이 될 수도 있을 거라고 생각했는데…….

'아니, 좀 더 지켜보도록 하지.'

자신의 감을 따르기로 하고 클리프랜드 공작은 슬쩍 프레이스를 바라보았다. 물론 눈은 마주치지 않았다.

조금이라도 자신의 여동생을 닮았다면 좋았으련만. 금발 외에 닮은 곳이라고는 조금도 없었다.

—오라버니, 오라버니, 전 황후가 되는 거예요. 그분의 아내가
되는 거라고요!

양 뺨을 붉게 물들이며 새처럼 조잘거리던 어린 여동생을 생
각하면 지금도 가슴이 아릿했다. 후궁에 다른 비가 있다고 하
더라도, 정점은 자신이라며, 가장 사랑받는 아내가 될 거라면
서…….

클리프랜드 공작은 입술을 짓씹었다.

절대 애버릿에게 황제의 관을 씌워서는 안 됐다. 어떻게 해서
든 눈앞의 여동생의 핏줄에게 관을 씌워야만 했다. 설령 그게 괴
물이라고 해도.

물론, 뒤에서 그 괴물을 조련하는 이는, 반드시 자신이 될 것
이다. 제국은 자신의 발아래에 놓여야만 했다.

"프레이스 님의 의향이 그러시다면. 알겠습니다."

"감사합니다. 숙부님께서 제 뜻을 이해해 주시니 마음이 든든
해지는군요."

"생각해 보니 일개 소모품의 자리에 귀한 피를 흘려서도 안 될
일이지요."

클리프랜드는 면모를 바꿔 허허 인자한 웃음을 지었다. 어차
피 프레이스의 호위는 소모품이니, 귀족 작위를 가진 자를 호위

로 삼을 수는 없다는 이야기였다.

물론 클리프랜드가 말하는 귀한 피란, 단순한 귀족을 말하는 것은 아니었다. 전통이 긴, 자신처럼 오래된 가문을 이야기하는 것이다. 신흥 귀족을 깔아 보는 것도 오래된 전통이라면 전통일 것이다.

프레이스는 고개를 끄덕이며 말했다.

"네, 그렇지요. 하지만 에릭이 작위를 내렸다고 하나, 제가 직접 다시 작위를 내려서 다른 소리가 나오지 않게 하려고 합니다."

한마디로 그 기사의 뒷배가 에릭이 아니라 자신이라는 것을 뚜렷하게 보여 주겠다는 말이다.

"뭐, 좋겠지요."

어차피 영지가 없는 준 귀족 작위야 선심 쓰듯이 나누어 주는 것이기도 하니, 거기에 대해서는 크게 신경 쓰지 않았다. 대신 클리프랜드 공작은 황자가 지나치게 그 기사를 신경 쓴다고 마음속에 남겨뒀다. 따로 그 기사에 대해서 파헤쳐 봐야겠다고 생각하며 클리프랜드 공작은 들어올 때와 달리 우아하게 인사하고 집무실을 나섰다. 그가 나가자 윈스턴이 작게 속삭였다.

"레사가 안티매직이라는 건 모르는 것 같습니다."

"그래."

안다면 좀 더 집요하게 나왔겠지.

윈스턴이 관자놀이를 문지르며 말했다.

"그쪽이 먼저 황자님에게 검을 대었다는 것에 대해서는 말이 없는 걸 보니 에릭이 제대로 일했나 봅니다."

"밤새 나와 함께 고생했지."

프레이스가 픽 웃었다. 그 소동이 일었는데도 기사들이 나와 보지 않은 게 행운이었다. 아니, 그게 과연 행운이었다고 해야 할까?

'레사가 당하는 걸 아니까 소란이 일어도 귀찮아서 나오지 않은 거겠지.'

차가운 미소가 프레이스의 입꼬리에 걸렸다. 인간을 향한 지긋지긋한 증오가 등골을 타고 올라와 위 속을 가득 채워서 프레이스는 구역질이 날 것 같았다. 그건 동시에 그런 체질을 가진 자신을 향한 것이기도 했다.

'아, 하지만.'

머리카락을 부드럽게 고양이라도 쓰다듬는 것처럼 조심스럽게 만지던 그 손길은 나쁘지 않았다. 아니, 오히려 기분 좋다고 해야겠지.

위로받은 거라고 생각하니 더더욱 기분이 나아졌다.

'그렇군.'

프레이스는 눈을 깜박였다. 레사의 호의는 즐겁게 받아들일 수 있다. 왜냐면 그의 호의는 진짜라는 것을 아니까.

'친구가 되고 싶어.'

마치 열 살짜리 남자아이처럼 프레이스는 그렇게 생각했다.

레사와 친구가 되고 싶다고.

'하지만 어떻게 되는 거지?'

덜컥, 눈앞에 벽이 생긴 것 같은 기분이었다. 프레이스는 남에게 호의를 얻기 위해서 뭔가를 해본 적이 없었다. 아니, 호의 자체를 격렬하게 거부해 왔다. 그런데 이제 와서 친구라니……

"윈스턴."

윈스턴이 "네." 하고 짧게 대답하자 프레이스가 물었다.

"친구가 되려면 어떻게 해야 할까?"

"……."

윈스턴은 침묵하다가 대답했다.

"글쎄요. 비슷한 취미라도 가지는 게 어떨까요?"

"취미?"

"대화가 통하면 친구가 되기 쉽지요."

"그럴듯하네."

프레이스는 고개를 끄덕이고 책상으로 돌아갔다.

"내일 레사에게 내가 다시 작위를 내릴 거야. 약식이 아니라 제대로."

"알겠습니다. 준비하도록 하지요."

"증인으로는 너랑 에릭을 세우고 싶은데?"

그 말에 윈스턴은 고개를 끄덕였다. 측근이라면 제대로 알려두는 게 좋겠지. 그리고 레사가 집단 린치를 당했다는 이야기에 윈스턴 역시 기분이 불쾌해졌었다.

'힘만 휘두르면 다 되는 줄 아는 무식한 놈들.'

윈스턴이 무뢰한이었다면 그 생각을 하며 카악, 퉤 하고 침이라도 뱉었겠지만 그는 어디까지나 절도 있는 귀족이었으므로 정중하게 대답했다.

"에릭에게도 전해 두겠습니다."

"그래."

프레이스는 짧게 대답했다. 사실은 에릭에게도 분노가 일었다. 밑의 기사들을 어떻게 관리하기에 이 모양이냐고 한껏 밀어붙이다가 한숨과 함께 입을 다물었던 것이다.

에릭이라고 해서 그 많은 기사들의 인성을 하나씩 점검할 수 있는 것도 아닌데 말이다. 밀어붙인 것이 미안하기도 했지만 확실히 에릭이 잘못이기도 했다.

좀 더 일찍 그 사태를 알았다면, 더 빨리 구할 수 있었을 텐데.

'만약 내가 그때 레사를 발견하지 못했다면.'

전신에 오한이 일었다. 날씨가 따뜻한데도 팔뚝을 따라 오소소 소름이 돋아 프레이스는 팔목을 문질렀다. 길게 한숨을 토해 내며 그는 진정하려 애썼다.

지금 레사는 자신의 손 안에 있고, 안전하다.

이건 친구에 대한─우정으로 인한 집착이라고 하기에는 좀 유별난 것이었지만─프레이스에게는 그런 관념이 없었다. 그러니 그는 어디까지가 선인지도 알 수가 없었다.

서류를 빠르게 눈으로 훑으며 프레이스는 얼른 일을 끝내고 가서 레사의 얼굴을 봐야겠다고 생각했다.

레사는 고개 숙인 에릭을 보고 놀랐다.

"미안해!"

"네? 뭐가 말이에요?"

놀라 침대에서 일어나려 하면서도 레사는 조심스럽게 초코 과자가 든 틴케이스를 협탁 위로 옮겼다. 에릭이 그런 레사를 저지하며 우울하게 말했다.

"관리 감독 소홀이야. 네가 얻어맞고 있는 걸 몰랐어."

게다가 그걸 우정이 자라는 거라고 생각하다니. 그야말로 부덕의 소치—윈스턴이 한 말을 에릭은 사전을 찾아보고야 알았다—였다.

"제가 말씀드리지 않았으니 당연히 모르셨겠죠."

레사가 고개를 끄덕였다. 에릭은 힐끗 그의 얼굴을 바라보았다. 터진 입술에 눈가는 아직 부어 있었다. 코가 부러지지 않은 것이 그나마 다행이라고 해야 할까.

"아니, 그래도 알았어야 했어."

에릭이 푹 한숨을 내쉬었다.

"부하들에 대해서 손바닥 보듯 알 수 있다면 그건 이미 사람이 아니지 않을까요? 게다가 기사단은 인원수도 많으니 관리 감독이 소홀해질 수도 있지요. 그리고 저에 대한 문제만 뺀다면 잘 돌아가고 있다고 생각합니다."

"아니, 그게 문제지. 앞으로 또 평민이 기사가 될지도 몰라. 그럴 때마다 이래서는 안 되는 거니까."

에릭은 팔짱을 끼고 심각한 얼굴을 했다. 레사가 살짝 미소 지으며 말했다.

"그러면 이번 경험을 얻으셨으니 그때는 더 꼼꼼하게 살피실 수 있겠지요. 실패도 좋은 경험이라고 생각합니다."

"아, 역시 너도 실패라고 생각하잖아."

에릭이 붉은 머리를 북북 문질러서 레사는 당황했다.

"그야 실패할 수밖에 없었으니까요."

"그래도."

"그렇게 미안하시면 초콜릿이라도 선물해 주세요."

레사는 대안을 제시했다. 에릭이 계속 저런 식으로 나와서야 자신에게도 좋을 것이 없었다.

"초콜릿?"

의아해진 에릭이 레사를 보자 그녀가 고개를 끄덕였다.

"궁에 들어와서 처음으로 먹어봤는데 맛있더군요. 할 수 있다면 미나에게 보내 주고 싶으니까요."

"아, 그런 거라면 내가 대신 보내 줄게!"

에릭이 반색하며 말했다.

"그럼 그걸로 사과를 받도록 하죠."

"그걸로 될까?"

"네, 충분합니다."

에릭은 '그 정도로?'라고 하면서도 레사가 사과를 받고, 물질적인 것을 요구하자 마음이 편해졌다. '비싼 것으로 보내야지.' 하고 마음먹은 에릭이 물었다.

"그런데 다른 사람은 없었어?"

"네?"

"너에게 불만을 표시했던 기사 말이야. 일단 단장으로서 알아 둬야 할 것 같으니까."

"무시하는 쪽은 있었지만 그렇게 노골적으로 나온 것은 그 사람들이 전부입니다."

"그래? 그럼 다행이네."

에릭은 가볍게 한숨을 내쉬었다. 그나마 나머지 기사들은 그렇지 않았다는 게 위안이었다. 레사가 물었다.

"미나는 어떤가요? 잘 지내고 있다고 합니까?"

"어어, 제니 말에 따르면 재미있게 놀고 있나 보던데? 내 쪽으로 편지 보내면 전해 준다고 했으니까, 곧 연락 올 거야."

"감사합니다."

레사가 고개를 꾸벅 숙였다. 에릭이 "에이, 아냐, 이 정도는." 하고 손을 내저었다.

"그런데 읽을 수는 있는 거야?"

"네?"

"편지."

"아, 네. 베렛 님이 주신 책으로 공부를 계속해서 느리지만 읽을 수 있습니다."

"오, 대단하네. 빠른데?"

"잘 가르쳐 주신 덕분이죠."

'그 자식 결코 좋은 선생이 아니었을 텐데.' 하고 생각하면서 에릭은 신기한 눈으로 레사를 보았다.

찰칵—

가벼운 소리와 함께 문이 열렸고 에릭은 자리에서 벌떡 일어나 고개를 숙였다. 노크 없이 방에 들어올 인물은 하나뿐이니까.

"아, 에릭 와 있었어?"

역시 프레이스였다. 레사는 얼른 침대에서 내려와 일어났다. 프레이스가 눈을 찌푸렸다.

"누워 있어. 환자인데."

"걷는 데는 전혀 지장 없는 환자니까요. 타박상도 거의 나아 가고 있고 말입니다."

그보다 이 호화로운 방도, 침구도, 지나친 배려도 오히려 답답했다.

"내일 정식으로 준남작 작위를 내리기로 했어."

"감사합니다. 그러면 내일부터 근무에 들어가도 될까요?"

"좀 더 쉬어야 하지 않아?"

"더 쉬다가는 관절에 녹이 슬 것 같습니다."

"정 그렇다면…… 알았어."

'좀 더 쉬어도 좋을 텐데.' 하면서도 프레이스는 고개를 끄덕였다. 어차피 레사는 자신의 호위이니 곁에서 떨어지지 않을 테고, 당분간은 크게 문제 될 일이 생기지도 않을 것이다.

"그런데 레사."

"네."

"취미가 뭐야?"

느닷없는 질문에 레사는 눈을 깜박였다.

"취미…… 말인가요……."

취미라…… 취미?

"미나 옷 사 입히기일까요?"

"……뭐?"

"아, 아니면 미나에게 맛있는 거 먹이기? 글쎄요, 보편적이라고 할 만한 취미를 가져본 적이 없어서……."

프레이스는 허탈감을 삼켰다. 그렇다고 해서 자신이 미나인지 뭔지 하는 그 계집애 옷을 같이 사 입히면서 즐거워할 수는 없잖은가?

"새로운 취미를 가져보는 게 어때?"

"아직까지는 취미 생활을 할 정도로 시간과 예산이 넉넉하지 않습니다."

레사는 딱 잘랐고 프레이스는 거기에 대해 더 뭔가 할 수 있는 말이 없어 그냥 고개만 끄덕였을 뿐이었다. 그러다 문득 프레이스는 한 가지 사실을 깨달아 눈을 가늘게 떴다.

"잠깐."

"네?"

"너 내게 준비금 받은 걸로 네 옷 샀어?"

"아뇨, 준비해 주신 옷을 입었습니다."

"그 미나인지 하는 여자 옷은?"

"샀습니다."

그 대답에 느닷없는 불쾌감이 프레이스의 위를 치고 올라왔다. 자신도 모르게 그가 낮게 말했다.

"그건 널 위한 준비금이었을 텐데."

"무기라면 제대로 준비했습니다. 그때 상당히 망가지기는 했지만요."

와이어도, 연검도 못 쓰게 되어 버려서 다시 맞추는 데 시일이 좀 걸렸다. 프로텍터도 몇 개 더 맞췄고.

그러니 겉옷만 준비하지 않았다 뿐이지, 프레이스를 호위하는데 있어서는 한 점 부끄러움도 없다고 레사는 단언할 수 있었다.

물론 프레이스의 불쾌감은 거기서 유래하는 게 아니기는 했지만 말이다.

"그게 아니라—"

더 뭔가 말하려다가 프레이스는 입을 꾹 다물었다.

미나는 레사의 약혼녀인지 뭔지일 테니, 레사가 그녀를 사랑해서 그녀를 챙겨 주는 것은 당연하다. 그리고 친구라면 그걸 놀리거나 야유를 할망정 불쾌해하지는 않을 것이다.

"내가 선물해 주지 옷은."

"네?"

"단벌로 황성을 돌아다니게 할 수는 없잖아? 내 호위이니 내 위신이 걸린 문제니까."

목소리에 날이 서서 레사는 고개를 숙여 사과했다. 확실히 그건 그렇다. '제복을 입으니 괜찮지 않을까.' 하고 생각했던 것이 안이한 것일지도 모른다.

"죄송합니다. 그것까지는 생각을 못 했습니다. 제복을 입으니 괜찮을 거라고 생각해서."

에릭이 레사의 역성을 들었다.

"맞아. 제복을 몇 벌 더 맞춰 주면 되잖아? 기사단 옷도 받았겠다, 침방 시녀에게 시켜서 몇 벌 더 만들면 되겠네."

"그럴 생각이야."

프레이스는 짧게 대답했다. 에릭이 레사 편을 드는 것도 마음에 안 들었다. 이래서야 자신이 악역 같지 않은가?

"그럼 난 이만 돌아가지. 에릭 너도 따라와."

더 있으면 유치하게 심술만 부릴 것 같아 프레이스는 에릭을 끌고 방을 나섰다. 레사가 묵고 있는 곳은 동쪽 궁, 프레이스의 집무실과 가까이 붙어 있는 침실이었다. 에릭이 프레이스를 따라 나오며 말했다.

"너무 그렇게 옷 가지고 뭐라고 할 건 없잖아. 레사는 평민이고, 준비금이야 어디에 쓰든 레사 마음인 거고."

"알아."

프레이스가 자르듯 대답해서 에릭은 얼른 입을 다물었다. 뭐 때문인지는 몰라도 기분이 안 좋은 것 같으니 기름을 붓는 행위는 피해야 했다.

"그럼 내일 보자."

슬그머니 멀어지며 하는 말에 프레이스는 고개를 끄덕였다. 에릭이 허리를 숙여 인사하고 복도를 걸어 사라지자 프레이스는 쯧 하고 혀를 차고는 머리카락을 헤집었다.

'친구에게 애인이 생기니까 심술부리는 유치한 놈팽이도 아니고!'

아니, 비슷한가?

좀 더 관대하게 웃으면서 이야기할 수도 있었을 텐데…… 뒤늦게 후회하는 프레이스였다.

'다음에 좀 더 제대로 된 이야기를 나눠보는 거야.'

'천천히 한 걸음씩 해 보자.' 하고 프레이스는 숨을 크게 들이마셨다.

* * *

이튿날 레사는 기사 제복을 완전히 갖췄다. 마침 몸에 딱 맞게 수선도 끝난 터였다.

은색 버클이 달린 부츠에 푸른색 바탕의 금단추가 나란히 달린 제복이었다.

그녀는 제1근위대를 상징하는 검은색에 가까운 붉은 망토까지 두르고, 장식이 없는 심플한 금속 건틀릿을 꼈다.

그런 그녀의 모습은, 영웅담에 나오는 기사보단 여자아이들이 좋아할 법한 동화 속 기사의 모습에 더 가까웠다.

에릭와 윈스턴, 그 외 다른 기사들이 양쪽에 증인으로 서 있었고, 레사는 프레이스 앞으로 나가 한쪽 무릎을 꿇었다.

"레사 알반, 그대는 나의 충실한 기사가 될 것을 맹세하는가?"

"네."

"지엄하신 황제 폐하에게서 받은 나, 프레이스 이든 루 왈라키아의 이름 아래 그대를 준남작으로 임명한다."

프레이스가 검으로 가볍게 레사의 오른쪽과 왼쪽 어깨를 쳤다. 레사가 "황송합니다." 하고 짧게 대답하고는 이어 말했다.

"그대의 적은 나의 적, 그대의 친구는 나의 친구가 될 것입니다."

"그럼 서명을."

옆에서 시종이 귀족 증서를 들고 나와 레사는 자리에서 일어났다. 펜을 들고 레사는 귀족 증서를 내려다보았다.

레사 알반.

테사 알반.

확실하게 가짜 누이의 이름까지 적혀 있다. 작위서를 적다가 에릭이 문득,

'참, 레사 누나 있잖아? 그분도 가계도에 넣어야지.'

라고 해서 원치 않게 공문서 위조까지 하게 되었다.

묘한 기분을 느끼며 레사는 증서에 서명을 했고 프레이스가 인장을 찍음으로 작위식이 완료되었다.

"축하하네."

"축하해, 알반 경."

"아니지, 알반 준남작이라고 불러야겠지."

적당히 덕담을 던지는 기사들에게 마주 인사를 하고 레사는 작게 한숨을 삼켰다. 곧 사람들이 흩어지고 나서 프레이스가 다른 종이를 내밀었다.

"호위 계약서."

"아."

레사는 계약서를 눈으로 훑었다.

'봉급 높다!'

정말로 두 배의 급여를 적어놓은 프레이스였다. 그리고 계약 기간은 3년, 딱히 거절하지 않으면 자동 갱신된다는 것과 함께 월 4회 휴가 같은 내용이 꼼꼼하게 적혀 있었다.

레사는 느리지만 글을 전부 읽고 '사망 시 상속란'에 미나를 적었다. 옆에서 에릭이 의아해져서 물었다.

"네 누이가 아니라?"

순간 레사는 당황했지만 포커페이스를 유지하며 말했다.

"테사는 나이가 차서 혼자서도 괜찮지만, 미나는 안 되니까요."

"와, 핏줄보다 애인이 더 중요하다 이거지? 네 누이는 몸도 약하다면서."

쯧쯧 에릭이 혀를 차며 하는 말에 레사는 고개를 흔들었다.

"그런 거 아닙니다."

자기가 죽으면 테사도 죽는 건데, 테사에게 상속하면 어쩌겠어?

마지막으로 계약서 확인란에도 서명을 하고 한 부는 프레이스가, 한 부는 레사가 챙겼다. '글을 읽는 게 이렇게 좋은 거였구나.' 하고 그녀는 글을 배우라고 한 프레이스에게 마음속으로 감사했다.

가르쳐 준 윈스턴에게도.

"아, 그리고 준남작이니 봉록도 나올 거야."

프레이스가 말을 덧붙이자 레사는 눈을 동그랗게 떴다.

"봉록…… 말입니까?"

"그래, 연 단위로."

"아, 이제 미나 긴장해야겠는데?"

옆에서 에릭이 놀리듯 말해 레사는 고개를 돌렸다.

'갑자기 미나는 왜?'

에릭이 히죽 웃으며 말했다.

"적당한 작위도 있겠다, 이제 시녀들이 널 가만두지 않을걸?"

"글쎄요."

'그래 봐야 세습되는 것도 아니고, 평민이었던 자신을?'이라고 생각했던 레사는 자신이 완전히 잘못 생각하고 있었음을 일주일도 지나지 않아 깨닫게 되었다.

5장

우정? 우정

우적우적—

소파에 누워 양 볼이 볼록할 정도로 쿠키를 먹고 있는 레사를 윈스턴은 한심하다는 눈으로, 프레이스는 귀엽다는 눈으로 바라보았다.

시선을 느낀 레사가 고개를 들어 윈스턴을 보며 물었다.

"베렛 경도 드시겠습니까?"

"주군 앞에서 반쯤 드러누워 과자 부스러기를 흘리며 먹는 건 너뿐이겠지."

그야말로 얼음장 같은 목소리였지만 레사는 신경 쓰지 않았다.

"프레이스 님이 괜찮다고 하신 거니까요."

최고명령권자가 괜찮다고 했는데 뭐.

그야말로 뻔뻔함의 극치여서 윈스턴은 화가 나다 못해 어이가 없었다.

'게다가 더 어이없는 건…….'

그게 왠지 그답다고 생각하게 되는 자신.

윈스턴은 한숨을 삼켰다. 하도 보다 보니 이제는 익숙해졌나 보다.

레사는 아주 잘 훈련된 개를 보는 것 같다가도 이상한 곳에서 저렇게 엉뚱한 면이 튀어나왔다. 상식의 축이 완전히 없는 사람 같은―

'그런 건가?'

윈스턴이 자신의 이론을 곰곰이 생각하는 동안 레사는 목이 메어 물을 마셨다.

레사는 요즘 단 것에 막 눈을 뜬 참이었다. 이렇게 고급스러운 단맛은 황성에 와서 처음 맛보는 것이었다. 절제된 표정이라고 해도 쿠키 박스를 열 때 눈이 반짝이는 것은 쉽게 알 수가 있어서, 프레이스는 레사에게 진귀한 과자들을 잔뜩 선물해 주었다.

레사는 쿠키 상자를 도로 조심스럽게 닫고 자리에서 일어나 쿠키 가루를 툭툭 털었다.

'청소하는 하녀분에게 좀 죄송한데.'

'다음에는 냅킨이라도 하자' 하고 레사는 슬그머니 프레이스의 뒤로 가서 섰다. 섰다고 해도 창틀에 느긋하게 기대어 있는 모습이지만⋯⋯.

프레이스가 은근히 물었다.

"맛있었어?"

"네, 감사합니다."

윈스턴이 힐끗 레사를 바라보았다가 서류를 내려놓으며 말했다.

"그럼 전 이만 가 보겠습니다, 황자님. 밀정의 서류는 아래쪽에."

"고마워, 윈스턴."

"별말씀을."

윈스턴은 가볍게 고개를 숙여 보이고 집무실을 나섰다. 그가 집무실을 나서자 프레이스는 본격적으로 질문을 던지기 시작했다.

"저기, 레사."

"네."

흔들림 없는 붉은 눈이 다음 하문을 기다리듯 자신을 똑바로 바라본다.

'우리 관계를 뭐라고 생각해?─하는 질문은 좀 아니지.'

"만약에 내게 무슨 일이 생기면⋯⋯."

"걱정 마십시오. 제가 지켜드릴 테니까요."

"어, 그렇지. 그건 알고 있는데⋯⋯ 만약에 내가 너에게 돈을 안 주면 그래도 나랑 있을 거야?"

"무보수로 일하란 말씀입니까?"

레사는 눈을 깜박였다.

지금 공짜로 일하라는 말인 건가? 내가 그렇게 들은 게 맞아?

'이것이 말로만 듣던 열정페이인가?'

레사가 고개를 갸웃하는데 프레이스가 손을 내저었다.

"아니, 그런 건 아니고. 보수는 확실하게 지불할 거야."

"네에……."

"그게 아니라, 어— 날 어떻게 생각해?"

그야말로 뜬금없는 질문이었지만 레사는 간결하게 대답했다.

"좋은 고용주라고 생각합니다."

"아니……."

프레이스가 말끝을 흐리자 아차 하고 레사는 덧붙였다.

"좋은 황자님이라고도 생각하고요."

그래도 여전히 표정이 좋지 않아서 레사는 '좀 더 아부를 섞었어야 했나?' 하고 그를 슬쩍 바라보았다. 좋은 월급을 팍팍 주는 고용주이니 놓치고 싶지 않다.

하지만 아부하는 법은 영 모르겠는 레사였다. 프레이스는 자신의 질문이 바보같이 느껴져서 이마를 눌렀다.

'나 진짜 한심하네.'

힐끔 눈치를 살피니 레사는 여전히 별다른 반응이 없는 얼굴이었다. 도저히 속을 모르겠다. 그 속 모를 얼굴이 좋았는데 지금은 왠지 답답했다.

'무보수로 일을 해달라는 말은 아닌데.'

그게 아니라, 우정으로 자신이 위험에 처하면 달려올 수 있느냐, 라든가. 좋은 친구라고 생각하고 있다든가.

새삼 자기 생각을 뒤집자 이 무슨 아카데미 입학도 못 한 나이의 꼬맹이 같은 소리인가 해서 부끄러움이 치달아 올랐다. 프레이스는 귀 끝이 빨개져서 끙끙거리며 얼굴을 가렸다.

똑똑─

"에릭 님입니다."

노크가 들려오자 레사가 말했고 프레이스는 고개를 들었다.

"들어와."

에릭은 자기소개 하기도 전에 들려온 말에 의아해하면서 문을 열었다.

"안녕, 프레이스."

인사하고 에릭은 책상으로 다가와 납작한 수첩을 하나 올려놓았다. 에릭이 물었다.

"윈스턴이 가져온 밀정 보고서 읽었어?"

"아니, 아직."

"아, 그럼 좀 읽어보고 나서 이 수첩도 봐 줘. 그리고 이건 레사 거야."

에릭이 편지 봉투 두 개를 건넸다. 레사가 의아한 얼굴로 봉투를 받자 에릭이 씩 웃고 말했다.

"하나는 미나, 하나는 제니 거."

"아! 감사합니다, 에릭 님."

"님이 뭐야? 우리 사이에. 그냥 에릭이라고 불러. 너도 이제 귀족이잖아?"

"네, 에릭."

가볍게 웃으며 레사가 편지를 조심스럽게 열었다. 프레이스는 너무 간단하게 레사와 에릭의 사이가 좁혀지는 걸 보며 눈을 가늘게 떴다.

'윈스턴이 아니라 에릭에게 물어봤어야 했나?'

확실히 붙임성은 에릭 쪽이 더 좋으니까.

레사는 편지를 열어 보았다. 가지런한 미나의 글자는 읽기 편했다. 레사를 고려했기 때문일까? 글자의 크기도 큼직큼직하고 문장 구조도 단순했다.

레사는 웃었다.

"잘 지내고 있는 것 같아서 다행이군요. 고마워요, 에릭."

"아니 별말씀을. 그런데 제니는 왜 너에게 편지를 보낸 거야? 설마 그건가?! 구애 편지?!"

"오라버니가 되어서 여동생의 연애사에 너무 흥미를 가지고 계신 것 같습니다만? 참고로 구애 편지는 아니고 제가 레이디 도프 양에게 따로 부탁한 게 있어서요."

에릭이 눈을 가늘게 뜨고 말했다.

"너 말이야, 우리 제니에게 손대지 마라."

"안 댑니다."

단호하게 잘라 말하고 레사는 제니의 편지를 열었다. 거기에는 미나와 잘 지내고 있다는 내용과 함께 미나의 장신구와 구두에 대한 이야기가 덧붙여져 있었다.

'으음, 확실히 드레스는 새로 맞췄지만 구두랑 장식품은 그다지 못 맞췄었으니. 새로 몇 개 맞추는 게 좋겠지. 드레스에 부츠는 어울리지도 않고.'

편지를 접으며 레사는 한숨을 삼켰다.

"미나 양은 잘 지내고 있는 거야?"

프레이스는 일부러 목소리를 밝게 해 물었다. 친구의 약혼녀다. 칭찬하고 신경 써 주고…….

하지만 뱃속 어딘가에 불쾌감이 맴돌고 있었다. 레사는 프레이스의 관심에 의아해하면서도 고개를 끄덕였다.

"네, 잘 지내고 있습니다. 죄송합니다, 근무시간인데 편지를 열어 봐서."

"아니, 괜찮아. 딱히 막을 이유도 없고."

에릭이 히죽 웃더니 팔꿈치로 레사의 옆구리를 푹 찔렀다. 레사가 숨을 삼키며 에릭을 바라보자 그가 말했다.

"레사 알반, 시녀 사이에서 너 엄청 인기 좋더라?"

"그런가요…….."

옆구리가 아프다. 장난으로 찌른 거겠지만 저 덩치와 힘으로 사람 옆구리를 찌를 때는 제발 상대를 봐가면서 해 줬으면 좋겠다.

'물론 내가 남자라고 생각하니 그런 거지만.'

"이게, 이게, 시침 뚝 떼는 거 봐라? 어제만 해도 고백 편지 두 개나 받았다며? 응? 시녀 중에 미인인 여자들이 다 너에게 목매고 있다고 우리 기사단 애들이 징징거리던데?"

프레이스의 눈이 가늘어졌다.

"그게 무슨 말이야?"

에릭이 팔을 뻗어 레사의 목을 꽉 감쌌다. 레사는 목이 졸리는 기분이 들었다.

"이 자식 말이야, 인기 진짜 좋다니까? 내가 말했지? 알반 경. 고백 많이 받을 거라고?"

"숨 막히니 놓아주시면 감사하겠습니다."

"괜히 그런다."

"아니, 괜히가 아니라 진짜로 말입죠."라며 레사는 교묘하게 에릭의 팔 사이에서 빠져나와 뻐근한 목을 문지르고 말했다.

"고백은 다 거절했습니다."

"그러니까! 거기에 비올레타도 있었다면서? 나도 걔가 미인인 건 안다."

"아, 네. 미인이었죠."

우유처럼 새하얀 피부에 이름과 딱 맞아떨어지는 제비꽃 빛 눈동자, 청초함과 요염함을 동시에 머금고 있는 데다가······.

"특히 가슴이······."

훌륭했다. 금욕적인 시녀복 너머로도 느껴지는 훌륭한 볼륨

감이었지. 팔에 밀어붙였을 때는 여자인 레사도 그 푹신함에 반쯤 넘어갈 뻔했으니까.

여자라도 여자 가슴에 넘어갈 수 있다는 걸 레사는 처음으로 알았다.

"그래서?"

프레이스가 뾰족한 목소리로 물어와 레사는 '아.' 하고 정신을 차렸다.

"하지만 역시 생각이 없어서 거절했습니다. 마음은 감사하지만 교제할 수는 없으니까요."

"일편단심 미나란 말이지. 그 비올레타를…… 가슴이…… 음……."

에릭이 팔짱을 끼며 고개를 끄덕거리다가 찰싹 레사의 등허리를 때렸다.

"괜찮은 남자잖아?"

아니, 일단 여자라서 여자와 교제를 할 수 없다는 게 가장 큰 문제이기는 합니다만……. 이렇게까지 철썩 남자라고 믿어 주고 있으니 레사는 양심이 찔려 왔다.

좋은 사람이니 속이고 싶지 않았다. 게다가 에릭은 자신이 여자라고 했을 때, 깜짝 놀라긴 해도 괜찮다고 해 주지 않을까?

그렇다고 해서 밝힐 만큼 어리석지는 않지만 말이다.

에릭은 샅샅이 레사를 훑어보았다. 단정하게 자른 흑발, 희귀한 붉은 눈동자. 깨끗한 피부. 깔끔한 이목구비. 게다가 그가 시녀들에게도 정중하다는 것은 에릭도 알고 있는 사실이었다. 키가 좀 작기는 하지만, 기사들 사이에서나 작은 편이고, 뭐 그냥 저냥 여자들 사이에서 통할 만한 키다.

덧붙여 시녀들 사이에서는 '담백하다.'라는 점이 큰 플러스 요소로 작용하고 있는 것 같았다.

에릭은 '아깝네.' 하고 중얼거렸다가 곧 생각을 바꿨다.

"뭐 미나 양도 확실히 미인이었으니까. 자라려면 아직 먼 것 같지만. 몇 살이지?"

"열넷입니다."

"아, 이 년만 지나면 결혼도 가능하네. 뭐 그 정도의 나이 차이야 별로 특이한 것도 아니고."

에릭은 납득해 주억거린 뒤 말이 없어진 프레이스에게 말했다.

"보고서 다 읽었어?"

"응? 아니, 아직……."

레사와 에릭의 대화를 듣느라 보고서를 눈으로 읽는 둥 마는 둥 했다. 에릭이 말했다.

"뭔가 그 백작이랑 구린 뒷배가 연결되어 있는 모양이야. 수첩은 암호라서…… 보고 나중에 알려 줘. 다른 데서 올라오는 건 통상적인 보고고…… 그럼."

인사하고 에릭이 집무실을 나갔다.

'오늘은 오래 계시지 않는군. 두 사람 다.'

그렇게 생각하며 레사는 편지를 품 안에 넣었다. 프레이스가 힐끗 레사를 보고 물었다.

"레사."

"네."

"미나 양과 많이 가까운가……?"

"네."

즉답.

"그럼, 한 가지 더. 그 프로텍터 밑의 비밀을 미나 양도 알고 있어?"

"네, 알고 있습니다."

"그렇군."

대답하고 프레이스는 시선을 서류로 고정했다. 얼굴을 보지도 못한 여자를 향한 미움이 뱃속에서 활활 타올랐다. 그 여자가 레사의 가장 소중한 존재라는 것도 거슬렸다.

"레사."

저도 모르게 목소리가 퉁명하게 나오는 것을 억누르며 프레이스가 말했다.

"따로 경칭 필요 없어."

"네?"

"그냥 프레이스라고 불러."

"그런……."

"괜찮아. 어차피 에릭도 날 그렇게 부르는걸."

프레이스의 말에 레사는 망설이다가 고개를 끄덕였다.

"알겠습니다."

"말도 편하게 해."

"그건 봐주시죠."

상큼한 거절의 말에 프레이스는 고개를 끄덕였다. 아직 시간은 많으니까, 천천히 시간을 들이면 되겠지.

"레사."

"네."

"오늘은 밤 근무가 있어."

레사는 고개를 끄덕이며 "알겠습니다." 하고 가볍게 대답했다.

*　　　*　　　*

오렌 백작가에는 검은색의 조기가 걸려 있었다. 커튼도 전부 검정, 사용인들 옷도 검정이었다.

명백하게 상중이라는 것을 알 수 있었다.

그리고 상을 치르게 만든 본인인 황자가 좋은 환영을 받을 리가 없었다. 하지만 제국의 황자 앞에서 그걸 대놓고 티를 낼 수는 없었기에 프레이스는 백작의 응접실로 안내되었다.

"이 황자님을 뵙습니다."

50대 중반의 오렌 백작은 퉁퉁한 몸을 가진 사내로, 머리가 벗겨지기 시작해 훨씬 나이가 들어 보였다. 프레이스가 손을 들어 그의 고개를 들게 했다. 고개를 든 오렌 백작의 눈에는 명백한 분노가 자리 잡고 있었다.

"상중이라 제대로 접대하지 못함을 용서해 주시옵소서."

"아니네. 아들을 잃은 백작의 마음을 내 어찌 모르겠는가."

그렇게 말하며 프레이스는 백작의 작고 튀어나온 눈을 똑바로 마주 보며 미소 지었다. 백작은 눈을 껌벅이다가 말했다.

"하나, 이 황자님의 즉결 처분에 대해서 저희 백작가는 정식으로 항의할 생각입니다."

"항의라?"

"제 아들이 황자님에게 검을 들이밀었을 리가 없습니다. 누군가의 함정에 빠진 것이 틀림없습니다."

프레이스는 천천히 장갑을 벗었다. 그리고 위로하듯 백작의 주먹 쥔 손 위에 자신의 손을 부드럽게 얹었다. 백작의 몸이 흠칫 떨렸다.

"백작의 분노도 이해하네, 하지만 조사한 것은 도프 경이었지."

나긋나긋한 목소리였다. 프레이스의 손이 백작의 손을 천천히 문질렀다. 백작은 뚫어져라 그것을 바라보았다.

뒤에 선 레사 역시 그 광경을 바라보고 있었다. 천천히 백작의 눈에서 분노가 사라진다. 그리고 등장한 것은 당혹감일까?

"그, 아니, 황자님, 저는―"

나이 든 백작은 고개를 들어 프레이스의 얼굴을 홀린 듯이 바라보았다. 어깨가 위아래로 크게 움직이며 호흡이 거칠어진다.

"그리고 증언을 한 것은 나일세. 그대는 지금 내 말이 틀렸다고 하는 건가?"

"아니, 아닙니다. 그럴 생각은 결코 없었습니다."

프레이스가 자신의 손을 떼자, 백작은 갑자기 찬바람에 노출된 사람처럼 몸을 떨었다. 아쉬움이 가득 담긴 눈으로 그는 프레이스의 손을 바라보았다.

한순간에 일어났다고 하기에는 놀라운 변화였다.

레사는 숨을 죽였다. 프레이스가 싱긋 웃었다.

"그런가? 알아준다니 다행이네."

"예, 예."

백작은 지금 프레이스의 말을 이해하고 있는 걸까?

단순한 혼란에 빠진 것처럼 보이는 그가 프레이스에게 홀린 듯 다가가자 레사가 위압적으로 한 걸음 앞으로 나섰다. 일부러 철커덕 벨트가 흔들리는 소리까지 냈다.

백작은 꿈에서 깬 듯 흠칫 놀라 레사를 보았다가 자리에서 멈춰 섰다. 그의 이마에서 곧 땀이 흐르기 시작했다.

"그, 저, 이 황자님의 말씀은 감사합니다. 알겠습니다. 제 어리석은 아들놈의 행위를 용서해 주십시오."

"아니오, 백작. 백작의 둘째 아들이 매우 훌륭한 기사라 들었소. 앞으로도 황가를 위해 힘써 일해 주시길 바라오."

"예에, 충성을 다하겠습니다."

고개를 숙였다가 들고 백작은 악수를 청하듯 손을 내밀었다. 프레이스는 망설임 없이 손을 내주었다. 하지만 백작은 악수하지 않고 그 손등에 키스했다.

입김을 뿜어내며 프레이스의 손을 어루만지고 그는 통상보다 길게 프레이스의 인장 반지인지 손가락인지 손등인지에 키스하고 나서 몸을 일으켰다.

"백작의 충정에 감사하오."

대답하고 프레이스가 몸을 돌리자 백작이 허둥지둥 말했다.

"좀 더 머물다가 가시지요. 다과라도 준비하겠습니다. 아니면 잠시 대화라도—"

"아니, 상중이라 손님을 맡느라 바쁜 백작의 시간을 더 빼앗을 수는 없지."

프레이스는 우아하게 웃으며 말하고는 그대로 걸어 나갔다. 그를 붙잡으려 손을 뻗는 백작을 가로막으며 레사는 차가운 시선으로 그를 한 번 보고 프레이스의 뒤를 따라 나갔다.

'굉장하군.'

레사는 순전히 감탄했다. 아들을 잃고 살인마를 보던 증오가 담긴 두 눈이 약간의 접촉과 시선만으로 사랑에—정욕에— 사로잡힌 듯한 색으로 변해 버렸다. 어떻게 보면 이보다 강한 힘은 없을 것이다.

'그리고 골치 아픈 힘도.'

마차에 올라타자마자 프레이스는 숨을 토해 내며 허리를 꺾었다. 토할 것 같았다. 구역질이 올라와 프레이스는 거칠게 손등을 문질렀다. 그 손 위를 서늘한 손이 덮는다.

프레이스는 단숨에 그 상대방을 잡아당겨 끌어안았다. 얼결에 프레이스를 안는 듯한 자세가 된 레사는 얼떨떨했지만, 떨리는 그의 어깨를 보고 몸에 힘을 뺐다.

프레이스는 레사의 어깨에 고개를 파묻었다.

레사는 두 번째이니만큼 좀 더 익숙하게 프레이스의 머리카락을 쓰다듬기 시작했다. 격했던 호흡도, 떨리는 몸도 천천히 진정이 되기 시작했다.

"끔찍해……."

프레이스가 웃는 건지 우는 건지 알 수 없는 목소리로 말했다. 레사는 그의 머리카락을 어루만지며 물었다.

"뭐가 말입니까?"

"내가."

"그런가요?"

의아해져서 레사는 손을 멈췄고 프레이스는 고개를 들지 않고 말했다.

"오렌 백작은 좋은 남편이고 아버지였을지도 모르지. 하지만 봐, 이제 내게 할딱거리는 발정 난 개처럼 될걸."

"……."

"그렇게 만든 건 나다. 그리고 이젠 그게 별거 아닌 것처럼 느껴져."

프레이스가 고개를 들었다. 진녹색 눈이 기묘한 빛을 내뿜는 것처럼 느껴졌다.

"뭐 어때, 안 그래? 이 저주받은 능력을 이용하는 게 뭐가 나빠?"

"네, 안 나쁘죠."

너무 쉽게 레사가 수긍하자 프레이스는 잠시 멈칫했다. 더불어 자신이 안고 있는 레사의 허리가 생각보다 훨씬 가늘다고 생각했다. 그는 나긋하고 부드럽고 어딘지 좋은 냄새까지 났다. 프레이스는 깊게 숨을 들이켜며 물었다.

"왜 그렇게 생각하는 거지?"

여자 같다고 말한다면 분명히 화내겠지. 아니, 이마를 대고 있는 가슴께는 딱딱하고…… 그야 프로텍터를 차고 있으니까 그렇지만.

"열심히 사시는 거잖습니까?"

아, 또 엉뚱한 대답.

"살기 위해서 피해를 줄이기 위해서 최대한 자신의 능력을 사용하는 건 나쁘지 않죠."

게다가 그 능력이 양날의 검이라는 건 준남작 영애를 본 레사도 잘 알고 있었다. 프레이스는 안은 허리를 자신도 모르게 손가락으로 훑듯이 더듬다가 스스로의 행위에, 흠칫 놀라 상체를 뗐다.

"……?"

레사가 의아한 눈으로 자신을 내려다보아 프레이스는 시선을 피했다.

"그래. 그러네."

대신 얼버무리듯 대답을 던졌다. 대답하고 나서야 프레이스는 레사의 대답을 머릿속에 제대로 입력했다. 그래서 그는 다시 대답했다.

"그래, 진짜 그러네."

당하면서 살지 않을 거니까. 내게 와준 소중한 사람들을 다치게 하지 않을 거니까. 도망치지 않고, 정면으로 맞설 생각이니까. 그러니 자신이 가진 패를 전부 이용하는 건 당연한 거다.

"그리고 미인계라는 건 고대부터 내려오는 꽤나 효과적인 전법이죠. 프레이스는 그걸 단기간에 이룰 수 있는 것뿐이고요."

덧붙이는 '미인계'라는 말에 프레이스는 웃어야 할지 울어야 할지 알 수가 없다가 문득 떠오른 생각에 물었다.

"내가 잘생겼다고 생각해?"

그 말에 레사가 오히려 더욱 의아한 듯 물었다.

"모르셨습니까?"

"레사가 보기에도?"

"네."

"얼마나?"

"상당히— 제가 본 남자 중에서는 가장 잘생겼다고 생각합니다."

"하핫."

소리 내어서 프레이스가 웃어 레사는 자신도 모르게 놀리듯 말했다.

"잘생겼다고 하니까 좋으십니까?"

"응."

프레이스가 씩 웃었다. 지금까지는 한 번도 본 적 없는, 순수한 기쁨의 웃음이었다. 그렇게 웃자 인상이 완전히 변했다. 그 웃음에 레사는 어딘지 심장 안쪽이 꾹 조이는 것 같았다.

'뭐지?'

의아해하며 레사는 자신의 심장에 손을 올렸다. 쿵쿵쿵 건강하게 잘 뛰고 있다.

"레사?"

프레이스가 묻자 레사는 고개를 저었다.

"아뇨, 아무것도 아닙니다."

그러며 레사는 프레이스에게서 몸을 떼어 내어 맞은편 자리에 앉았다. 프레이스의 체온이 닿았던 부분이 떨어지자 서늘함이 몰려들었다.

"미안."

프레이스의 사과에 레사는 의아한 얼굴을 했다.

"아니, 끌어안고 그래서."

"괜찮습니다."

위로가 된다면 그것만으로도 좋겠지.

자신도 유지니아와 미나에게 실컷 도움 받았으니까, 누군가에게 도움이 될 수 있다면 도와주고 싶었다. 그리고—

'좋은 사람인 것 같고.'

그냥 고용주와 고용인의 채무 관계인 게 아니라, 개인적으로 좀 더 도움이 될 수 있다면 되고 싶다고 레사는 생각했다.

침의로 갈아입고 침대 안으로 들어간 프레이스는, 슬쩍 침대 발치에 놓인 소파를 바라보았다.

"레사?"

"네."

레사가 소파에서 일어나며 그를 돌아보았다.

"아냐."

"수면 향을 피우지 않으셔도 괜찮은 겁니까?"

레사의 질문에 프레이스는 잠시 천장을 보았다가 대답했다.

"어제도 괜찮았으니까, 오늘도 괜찮겠지. 네가 지켜 줄 테니까."

"네."

레사가 싱긋 웃었다. 요즘 들어 잘 웃는구나, 하고 프레이스는 이불 안으로 몸을 파묻었다. 숙면을 취할 수 있다는 게 얼마나 달콤한지.

—네가 곁에 있으면 잠들 수 있어.

그야말로 낯간지러운 말이었지만 프레이스에게 있어서는 사실이었다.

"레사."

"네."

"언젠가 나에게도 말해 줄 수 있을까?"

"뭘 말입니까?"

"프로텍터 안에 보이고 싶지 않은 거 말이야."

극심한 양심의 가책이 레사를 푹 찌르고 지나갔다. 레사는 답을 망설였다. 침묵이 길어지자 프레이스가 말했다.

"안 되나?"

"아뇨, 조금이라면……."

레사는 작게 말했다.

"그래."

한 걸음부터 시작하는 거지.

그렇게 생각하며 프레이스는 눈을 감았다.

*야, 괜**. 엄** 지켜**. 사***

띄엄띄엄 목소리가 들린다. 쓰다듬어 주는 손은 상냥하고 부드러웠다. 주변은 환하고 어둡고 소란스러웠지만, 그 손이 있는 한 나는 완벽하게 안전하다.

다정한 손.

애정이 담긴 말.

레사는 눈을 떴다.

'아, 또 그 꿈 꿨네.'

그녀는 천천히 소파에서 상체를 일으켰다. 마침 딱 타이밍을 맞춰 침대에서 기척이 느껴졌다. 프레이스는 부스스 상체를 일으켰다.

'의외로 머리가 뻗치신단 말이지.'

금색 머리카락이 부슬부슬해진 걸 보며 레사는 멍하니 생각했다. 눈이 마주친 프레이스가 아침 인사를 하려다가 경악했다.

"아, 일어— 레사?!"

프레이스가 화살처럼 침대에서 뛰쳐나왔다. 당황한 레사가 소파에서 일어나기도 전에 프레이스가 그녀의 앞에 섰다.

"왜 울어?"

"아—"

레사는 그제야 손으로 뺨을 닦았다. 축축한 걸 보니 상당히 울었던 모양이다. 저 꿈을 꿀 때마다 이상하게 꼭 울면서 깨는 것이었다.

"꿈을 꿔서요."

레사가 웅얼거리듯 대답하자 프레이스가 손을 뻗더니 레사의 머리를 쓰다듬기 시작했다. 레사가 눈을 깜박이자 프레이스가 목소리를 낮춰 물었다.

"악몽이라도 꾼 거야?"

"아뇨, 기분 좋은 꿈이었어요."

희미하게 웃으며 하는 말에 프레이스는 '그럼 왜 우는 건데?' 하는 질문을 삼켰다.

레사의 말은 거짓말이 아니었다. 다정하고 기분 좋은 꿈이니까. 그런데 왜 우는지는 영 모르겠지만……

프레이스는 "그래?" 하고 더 묻지 않았다. 대신 그의 손길이 조심스럽다. 레사가 빤히 그를 보자 프레이스가 멋쩍게 손을 떼며 말했다.

"이러면 기분이 나아지길래."

그 말에 레사가 활짝 웃었다.

"그렇죠?"

순간 프레이스는 숨이 막혔다.

물기가 다이아몬드처럼 반짝이는 속눈썹, 흐트러진 검은 머리카락, 사심 없이 웃는 그 얼굴……

덜컹하고 심장이 푹 가라앉는 것 같았다. 아니 위장이 짜르르하다고 해야 하나.

"의외로 괜찮더라고요. 머리 쓰다듬기."

"프레이스도 싫지 않았다니 다행이에요."

"위로해 주셔서 감사합니다."

레사가 뭐라고 더 말하는데 윙윙 귓바퀴에서 맴돌 뿐 제대로 머리에 들어오지 않는다. 들어오는 것은 남아 있는 웃음 기척이다. 뭔가 말하는 붉은 입술과 새하얀 피부와 흐트러진 셔츠…….

"프레이스?"

레사가 의아해 그의 이름을 불렀다. 반응이 돌아오지 않는다.

"프레이스?"

한 번 더 부르며 레사가 그를 가볍게 건들자 꿈에서 깨어난 듯 퍼드득거리며 프레이스가 물러섰다. 레사는 놀라 자리에서 일어나며 물었다.

"괜찮으십니까?"

"어, 아, 응, 괜찮아."

'뭐야, 이거 뭐지?'

어딘지 달아오르는 것처럼 뜨겁다. 어디가 뜨거운 건지는 모르겠지만.

'이건 설마…….'

프레이스는 숨을 삼켰다.

'말로만 듣던 뜨거운 우정이라는 건가?'

그저 비유라고 생각했는데 그게 아니었던 것인가. 소설에서만 나오는 단어라고 생각했는데. 프레이스가 그런 생각을 하는 동안 레사는 몸을 움직이다가 아랫배가 묵직한 걸 깨달았다.

'아, 왠지 일어날 때 멍하더니.'

월경을 곧 시작할 모양이었다. 레사는 생리통과는 인연이 없는 건강한 체질이지만, 아무래도 행동이나 움직임에 제약이 생긴다.

"가능하면 전에 이야기했던 대로 오늘 오후부터 나흘간 휴가를 써도 괜찮을까요?"

주기가 일정해서 미리 휴가 요청을 해 놓은 레사였다. 프레이스는 정신을 차리고 레사를 돌아보았다.

"아, 맞다. 그랬었지. 그게 이쯤이었나?"

"네, 테사를 찾아가 보려고요."

입에 기름칠도 하지 않았는데 거짓말이 술술 나온다.

"아, 쌍둥이 누이라는?"

"네."

"오늘 오후는 그렇고……."

"그럼 내일부터라도."

레사의 말에 프레이스는 잠시 자신의 스케줄을 생각해 보고 고개를 끄덕였다. 당분간은 성 안에서만 일을 처리할 생각이니까.

"그럼 그렇게 하지."

"감사합니다."

"역시 안 좋은 꿈이라도 꾼 건가?"

"아뇨, 그건 아닙니다."

고개를 젓고 레사는 프레이스의 시중을 들었다. 시중이라고 해 봐야 세숫물을 세면대에 부어 주는 정도지만 말이다.

　　　　＊　　　＊　　　＊

　클리프랜드 공작은 웃는 낮으로 오렌 백작을 배웅했다. 오렌 백작이 문을 나가자마자 그의 얼굴은 딱딱해졌다.

　'위로가 먹혔나 보군.'

　오렌 백작은 아들의 죄를 사과하며 '그 일로 이 황자님께서 혹여 마음이 상하지 않으셨는지…….' 하며 선물까지 들고 왔다. 직접 황자를 찾아 가지 않는 게 그나마 이성이 남아 있다고 해야 할까?

　클리프랜드 공작은 오렌 백작이 놓고 간 상자를 열어 보았다. 훌륭한 루비 세공이 들어간 귀걸이 한 쌍이었다.

　'장신구 선물이라니.'

　비웃음을 머금고 공작은 상자를 닫았다. 백작의 마음을 담아 황자에게 진상을 해야지.

　'그보다…….'

　공작은 레사 알반에 대해서 올라온 보고서를 읽었다.

　'블랙캣이라.'

　그곳에 대해서는 공작도 알고 있었다. 5년 전만 해도 상당히 유명했던 암살자 집단이었다. 공작 자신도 몇 번 덕을 봤으니까.

　조직이 갑자기 와해되어 사라졌는데, 그 집단의 생존자인 것 같다는 게 보고의 내용이었다. 그 외에는 미나라는 여자를 아낀다는 것 정도?

조직에서 나온 이후엔 줄곧 뒷골목 해결사로 일하고 있는 모양이었다. 왜 그를 호위로 골랐는지는 공작 역시 잘 알고 있었다.

클리프랜드 공작가는 오래된 공작가이며 자금도, 권력도, 뒤쪽 세계까지 뿌리를 내리고 있었다. 정보에 있어서라면 어디에도 뒤지지 않는다.

프레이스를 검은뱀 형제가 습격할 것이라는 정확한 정보를 건네준 것도 바로 공작이었다. 의뢰인까지는 알아내지 못했지만 어렴풋이 윤곽은 잡혔다.

"소모품으로 데려왔는데 마음에 들었다?"

그 천것이 프레이스를 구하기 위해 몸을 내던졌다, 라는 것도 보고서에 실려 있는 이야기였다. 상대는 그 이후로는 암살자를 통한 암살을 시도하고 있는 것 같지는 않았다.

'보낼 만한 실력자도 없고. 게다가 같은 암살자가 붙어 있으니.'

확실히 유용했다.

클리프랜드 공작은 미나라는 이름에 동그라미를 쳤다. 약점을 알면 언제든 프레이스의 뒤통수를 치게 할 수 있을 것이다.

어차피 돈을 따라 움직이는 놈이니 돈과 협박을 적절히 이용하면 훌륭한 밀정이 되어 줄 것이었다.

'그것도 길어봐야 삼 개월이지만.'

이런저런 실험―프레이스의 곁에서 시선을 마주치고, 접촉하고-을 해본 결과, 사람마다 조금씩 다르기는 하지만 삼 개월이면 누구나 다 그에게 홀렸다.

마법이란 불가사의한 것에 저항하기에 인간의 의지는 턱없이 부족한 것이다.

그리고 자신에게는 말하지 않고 있지만…….

'능력을 어느 정도 조절하는 것도 가능한 모양이지.'

사람을 홀리려고 강하게 마음을 먹으면 더 강하게 능력을 발현하는 것도 가능한 것 같았다. 몇 번 사람을 상대로 실험을 하는 도중에 알아낸 게 아닌가 싶었다. 그렇지 않으면 꼭 필요한 사람만 한눈에 프레이스에게 빠진다는 건 말이 안 되니 말이다.

방금 첫사랑에 빠진 듯한 얼빠진 표정으로 황자님에게 죄송스럽다는 말을 꼭 전해 달라는 말을 하던 오렌 백작을 생각하니 속이 뒤집어지는 것 같았다.

사람의 마음을 마음대로 홀리는 걸 괴물이 아니면 뭐라고 부를까? 그리고 그 괴물을 만들어 낸 것은 황제다.

'불쌍한 것.'

자신의 여동생을 생각하며 공작은 눈을 꾹 감았다.

'방법이 아예 없는 건 아니지.'

그 체질을 없앨 방법이 없는 것은 아니었지만—

'안티매직 능력자를 찾을 수는 없잖은가?'

그리고 지금 오렌 백작에게 한 것만 봐도 알 수 있듯이 꽤나 유용했다. 프레이스의 정신 상태야 당연히 공작의 고려 대상이 아니었다. 조카라고 해도, 그의 손안에 있는 유용한 말인 것이다. 목숨만 붙어 있다면 백치라 해도 괜찮았다.

'좀 더 망가졌다면 좋았을 텐데.'

공작은 쯧, 하고 혀를 찼다.

어린아이가 그만큼 성적 학대를 당했다면, 마음이 꺾이고 부서져서 상냥하게 대해 주는 자신의 말을 고분고분 잘 들어야 할 것이다.

하지만 프레이스는 그렇지 않았다.

그런 꼴을 당하고, 그렇게나 인간을 두려워하고 싫어하면서도, 자신의 힘으로 일어섰다.

그것조차도 인간이 아닌 것 같아 짜증 나고 불쾌했다.

'마법사를 다시 한 번 찾아볼까?'

클리프랜드는 턱을 문질렀다. 여동생이자 황후였던 에린을 유혹했던 마법사라면 클리프랜드도 잘 알고 있었다. 에린에게 '물건'을 받은 이후로는 완전히 종적을 감췄고, 공작가의 힘으로도 추적할 수가 없었다.

'그래도 다시 한 번 추적을 해 보는 게 좋겠지.'

선택지는 넓게 가지고 있을수록 좋으니까.

클리프랜드는 미나와 마법사에 대해서 조사를 시키기로 마음먹었다. 그는 모피가 달린 호사스러운 의자에 깊게 몸을 묻었다.

'애버릿과 릴리안.'

암살을 시도해 보지 않은 것은 아니었다. 몇 번은 성공할 뻔도 했고. 하지만 그런 패는 시도 때도 없이 쓸 수 있는 것이 아니다.

클리프랜드는 눈을 감았다.

황제의 뻔뻔한 얼굴이 떠올라 이제 분노를 넘어서 차갑고 고요한 증오가 밑바닥을 맴돌고 있었다. 클리프랜드 공작가의 힘을 빌려 황위에 올랐으면서 은혜를 원수로 갚은 놈…….

뿌드득—

이를 갈고 공작은 눈을 떴다. 증오만으로는 아무것도 할 수 없다. 착실히 한 수 한 수를 쌓아 올라가야지.

그는 종을 흔들어 시종을 불렀다.

* * *

"알반 경?"

레사는 부르는 소리에 뒤를 돌아보고 인사했다.

"베렛 경."

"윈스턴으로 충분해."

"저도 레사로 충분합니다."

"린치 당했다는 것치고는 멀쩡하네."

"중요 부위는 제대로 보호했으니까요."

레사의 말에 윈스턴은 문득 발걸음을 멈추고 그를 보았다.

"익숙한 일인 건가?"

"네?"

"맞는 것."

"네, 어느 정도는요."

레사는 가볍게 대답했다. 윈스턴은 눈을 찌푸렸다. 윈스턴 역시 얻어맞은 경험이 있었고, 그건 결코 좋은 것이 아니었다.

"검을 쓰는 작자들은."

그가 증오를 담아 쏘듯이 말했다.

제국은 강한 자를 사랑한다.

한마디로 이곳은 검을 쓰는 자를 아꼈다. 윈스턴은 검술에는 영 재능이 없었고, 또래 친구들에게 그것은 비웃음거리였다. 그러다 보니 싸움에서 얻어맞는 경우도 많았고, 책만 읽는 비실이라는 놀림도 수없이 들었다.

그래서 윈스턴은 검이니 기사니 하는 작자들을 싫어했다. 그는 힐끗 곁눈으로 레사를 보았다.

'확실히······.'

가늘다.

왠지 윈스턴은 같은 남자로서 약간의 동정심이 생기는 것 같았다. 그가 있는 뒤쪽 세계는 더 심하면 심했지, 절대 덜하지는 않았을 것이다.

갑자기 레사가 고개를 틀었다. 윈스턴은 그 모습이 인간이 아니라 동물의 동작 같다고 생각했다.

레사가 윈스턴 앞으로 팔을 약간 벌리며 시선을 돌렸다. 마치 자신을 보호하려는 듯한 동작이라 윈스턴도 같이 시선을 들었다.

'뭐지?'

시녀 제복을 입은 시녀 한 명이 주춤거리며 이쪽으로 다가오고 있었다.

"저, 저기 알반 님. 드릴 말씀이……."

시녀는 망설이는 것처럼 보이면서도 꾸준히 이쪽으로 걸어오는 놀라운 스킬을 발휘했다. 지켜보던 윈스턴이 작게 물었다.

"아는 사이인가?"

"아닙니다."

레사는 의아해하면서도 경계를 늦추지 않았다. 시녀가 바로 앞까지 다가와 머뭇머뭇 소매에 손을 넣자 레사의 긴장은 극대화 되었다.

'무기?'

다음 순간,

시녀가 빨간 얼굴을 하고 편지를 내밀었다.

한눈에 봐도 신경 쓴 듯한 고급 편지 봉투였다.

"저, 저기 이거 받아주세요."

'아—'

이런 일을 겪어본 적 없는 윈스턴이라도 이게 무슨 상황인지 알 수 있었다. 갑자기 레사를 향해 품었던 티끌만 한 동정심마저 싹 날아가는 걸 느끼며 윈스턴은 상황을 지켜보았다. 레사는 일단 편지를 받고 그 자리에서 바로 열었다.

그 모습에 시녀와 윈스턴은 당황했다. 편지를 건네자마자 열어볼 거라고는 생각을 못 하니까. 레사는 주욱 편지를 읽고는 말했다.

"감사합니다만, 거절합니다."

그 말에 시녀의 얼굴이 더 빨갛게 물들었다.

"그, 조금이라도, 생각을, 저기, 저에 대해서 잘 모르시니까."

어떻게든 목소리를 쥐어짜는 시녀를 윈스턴은 아주 약간 동정했다.

"네, 당신에 대해서 모릅니다. 그리고 당신도 저에 대해서 모르시겠죠. 죄송합니다."

'나에 대해서 알지도 못하면서 고백한 거잖아?' 하는 그야말로 통렬한 일격이라 시녀의 얼굴이 새하얗게 변했다. 눈에 금방 눈물이 고인다. 레사는 편지 자체를 그녀에게 내밀었지만 시녀는 그걸 받지 않고 울며 도망쳐버리고 말았다.

"아……."

레사가 손에 든 편지를 보았다가 윈스턴을 돌아보았다.

"어떻게 할까요."

"난롯불 쏘시개로라도 쓰든가."

"그럴까요."

'그러기에는 고급 종이인데. 아깝다.' 하며 레사는 품에 편지를 넣었다. 달콤한 향수 냄새가 풍겨오는 걸 봐서 종이에 향수도 살짝 뿌린 모양이었다.

'과연ー'

윈스턴은 에릭이 레사 인기 좋다느니 어쩌느니 할 때 무시했지만, 이제 보니 알 거 같았다. 시녀라고 해도 작위가 높은 시녀가 아니라 비슷한 신분의 하급 시녀 혹은 하녀들에게 고백을 받고 있는 거 같았다.

"그럼 전 이만 가 보겠습니다."

레사가 윈스턴에게 인사했고 윈스턴은 자신도 모르게 말했다.

"성 밖으로?"

"네, 오늘부터 휴가라서."

"그랬군. 그럼 내가 데려다주지. 성 안을 걸어서 빠져나가는 것도 우스우니."

윈스턴이 한없이 넓은 황성을 슥 둘러보며 말했다. 레사는 첫날 여기를 걸어서 빠져나갔던 일을 떠올리며 마음속으로 중얼거렸다.

그 우스운 짓, 이미 했는데 말이죠.

"그럼 감사히."

하지만 겉으로는 착실히 인사를 하는 레사였다.

베렛 남작가의 문장이 붙은 마차는 곧 도착해서 둘은 마차에 올랐다.

"어디까지 가지?"

윈스턴이 흔들리는 마차에서도 꼿꼿하게 허리를 펴고 물었다. 편하게 기댄 자세를 하고 있는 레사는 고개를 저었다.

"아뇨, 그냥 성 밖에서 내려 주시면 됩니다."

"어차피 가는 길 아니면 중간에 내려 줄 거니까 상관없어."

"아, 그렇다면 2구역 근처를 지나가시면 내려 주십시오."

"그러지."

윈스턴이 뒤쪽에 붙은 작은 창을 열고 마부에게 지시를 내렸다. 그러고 나서 둘은 침묵했다. 마차 안은 황성을 빠져나가는 약 십수 분의 시간 동안 바퀴 굴러가는 소리만 들려왔다.

레사도 윈스턴도, 모두 딱히 대화와 친목에 신경을 쓰는 타입이 아니었기 때문에 침묵이 어색하지 않았다. 만약 에릭이 여기에 있었다면 뭐든 지껄이지 않고는 못 버텼을 것이다.

"그러고 보니."

문득 생각이 나 윈스턴이 레사를 보았다.

"제대로 글을 읽을 수 있게 된 것 같던데."

"네, 덕분입니다."

"아부할 필요는 없고."

"아뇨, 가르쳐 주시지 않았으면 몰랐을 테니까요."

"황자님의 명이 아니시라면 가르치지 않았을 거다."

"프레이스에게도 감사해야겠네요."

프레이스.

그 호칭에 윈스턴은 눈을 찌푸렸다. 고지식한 그로서는 정말

용납할 수 없는 호칭이었다. 하지만 황자 자신이 그렇게 부르라고 했다는데 뭐라고 한단 말인가?

물론 나중에 간언을 드렸다. '남들이 보기에 좋지 않으며 아무리 작위를 줬다고 하더라도 평민이었던 자에게 이름을 부르게 하면 황자로서의 위엄이 떨어집니다.' 하고 말이다.

'그 정도로 위엄이 떨어진다면, 나도 그 정도인 거지.'

프레이스의 대답에 윈스턴은 반박할 수 없었다.

"황자님의 앞이 아니라면 제대로 된 호칭으로 불러라."

그러니 대신 레사에게 이야기하는 수밖에.

만만한 레사가 아니라 황자에게 먼저 건의를 했다는 점이 윈스턴다운 점이었다. 명령조로 말하고 반발이라도 할까 싶어 눈을 가늘게 뜨고 레사를 보니 그는 쉽게 고개를 끄덕였다.

"알겠습니다. 그렇게 하죠."

"좋아."

윈스턴은 고개를 까닥했다. 분수를 모르고 날뛰는 종자는 아닌 것 같아 안심했다. 권력자의 총애를 업으려 하는 존재야 고금동서 어디든 존재하니 말이다.

덜컹덜컹—

마차가 미묘한 박자로 흔들렸다. 레사는 살짝 눈을 찌푸리고 고개를 갸웃했다. 윈스턴은 혀를 찼다.

"황도인데도 거리 정비가 이 모양이라니."

레사가 자리에서 일어서며 말했다.

"마차를 멈추라고 하십시오."

"뭐?"

"길이 이상한 게 아니라―"

마차 바퀴가 이상한 거라고 레사가 말하려는데 마차가 한쪽으로 휙 기울었다. 레사는 아주 잠깐― 0.3초간 고민하다가 팔을 뻗어 윈스턴을 감쌌다.

우지끈하는 요란한 소리와 비명이 들렸다. 마차가 뒤집히면서 놀란 말이 그대로 마차를 끌고 지나가자 다시 비명이 터졌다. 꽝― 하고 눈앞이 번쩍해서 윈스턴은 숨을 삼켰다.

잠시 후에 그는 눈을 떴다.

"윽―"

등이 아파 왔다. 곧 그는 자신의 위에 레사가 올라타 있다는 것을 깨달았다. 잠시 후에는 그가 자신을 감싸고 있다는 것도 알았다. 레사의 팔이 자신의 머리 밑에 들어와 있었다.

"레사 알반……?"

작게 윈스턴이 목소리를 냈지만 대답은 돌아오지 않았다. 윈스턴은 주변을 살폈다.

히히힝―

말의 흥분된 목소리에 윈스턴은 소름이 돋았다. 팔다리가 멀쩡한 것을 확인하고 나서, 그는 레사의 다리가 마차 부품 사이에

끼인 것을 발견했다. 레사가 아니었다면, 자신의 다리가 박살 났겠지.

"괜찮으십니까?!"

밖에서 사람들이 웅성거리는 소리가 들려 윈스턴이 소리쳤다.

"사람이 끼었습니다! 말을 일단 분리해 주십시오!"

"기다리세요, 곧 꺼내드리겠습니다."

이대로 말에 끌려가면 자신이야 어떻게든 괜찮지만, 레사의 다리 관절이 완전히 박살 날 것이다. 지금은 끼어 있을 뿐이지만.

"레사."

윈스턴은 다시 살짝 레사의 어깨를 흔들며 그의 이름을 불렀다. 그러다가 곧 이마를 타고 피가 뚝 떨어지는 것을 보았다.

"제기랄!"

하지 않는 욕설을 내뱉고 윈스턴은 그대로 누웠다. 머리가 다친 상태에서 움직이는 것이 좋지 않다는 건 그도 잘 알았다.

반파된 마차 벽이 곧 뜯어지고 빛이 들어왔다.

"사람이 다쳤습니다. 머리를 다친 것 같아서—"

"알겠습니다."

"베렛 남작가에 연락을 해 주십시오. 마부는 괜찮습니까?"

"도련님!"

"괜찮은가 보군."

중얼거리고 윈스턴은 이마를 눌렀다.

어떻게 그 절벽에서 뛰어내리고도 황자가 무사했는지, 윈스턴은 알 것 같았다. 그 짧은 순간 레사는 자신의 주요 부위를 완벽하게 보호한 것이다. 팔이 잡아당겨지고, 다리도 걷어차여진 기억이 났다. 뭔가 순식간에 휙 지나가버리긴 했지만.

'마차 바퀴가…… 라고 했었지.'

윈스턴의 눈이 가늘어졌다.

마차 바퀴는 주요한 부품이다. 관리를 소홀히 했을 리가 없다.

'누군가가 일부러?'

누가?

어째서?

생각하는 사이 도착한 남작가의 사람들이 새 마차를 가지고 와, 마차를 분리하듯 뜯어내고 레사를 조심스럽게 옮겼다. 윈스턴은 레사를 자신의 저택으로 옮겨서 진찰을 받게 할 예정이었다. 1구역에 있는 베렛가의 저택이 멀지 않은 것이 천만다행이었다.

윈스턴은 저택으로 옮겨와 가신에게 마차 바퀴에 대한 이야기를 하며 마부를 추궁하라고 이야기했다. 이어 그는 치료사 방으로 향했다.

머리를 다치고 손가락뼈가 삔 것, 그리고 다리에 큰 찰과상을 입은 것만 제외하면 괜찮다고 치료사가 말했다.

"언제쯤 정신을 차리지?"

"글쎄요. 곧 차리실 것 같습니다."

'어째 멀쩡할 날이 없군.'

윈스턴은 그렇게 생각하며 단정한 레사의 얼굴을 내려다보았다. 치료사는 무슨 생각을 했는지 약을 달이러 가겠다며 슬그머니 자리를 비웠다.

윈스턴은 손을 뻗어 레사의 앞머리를 넘겼다. 자고 있는 얼굴은 훨씬 앳돼 보였다.

"바보같이."

"황자의 호위가 다치면 어쩌자는 건지……" 하고 추궁하는 말을 입에 담고 윈스턴은 침묵했다. 그의 눈이 문득 셔츠에 닿았다.

'안에 프로텍터를 입고 있으면 숨쉬기 답답할 텐데……'

윈스턴은 셔츠 단추에 손을 뻗었다.

배꼽 근처까지 단추를 풀고 윈스터는 프로텍터를 더듬었다.

'어떻게 푸는 거야, 이거.'

눈을 찌푸리고 나서 그는 오른쪽 옆구리 근처에 버클이 나란히 붙어 있는 걸 발견했다.

달칵달칵—

손가락으로 당기자 쉽게 버클이 풀렸다. 다 풀자 숨 쉬는 게 더 편해진 것 같았다. 어깨와 연결된 부분도 풀까 싶어서 윈스턴은 프로텍터 안쪽으로 손을 넣었다. 안에서 바깥으로 버튼을 밀어내는 방식이었기 때문이다.

말캉—

감촉이 이상했다. 윈스턴은 다시 몇 번 손으로 레사의 가슴을 만져 보았다. 푹신하고 말랑하고 부드럽다. 손바닥 밑에서 전해져 오는 것은 확실한 부피감.

'설마.'

윈스턴은 떨리는 손으로 프로텍터를 열었다. 그리고 다시 화급히 닫으며 눈을 꽉 감았다. 온몸에서 피가 쫙 빠져나가는 기분이었다.

'이게, 무슨, 뭐, 내가 방금.'

내가 방금 잘못 본 게 아닐까.

윈스턴은 실례를 무릅쓰고 다시 한 번 레사의 가슴을 보았다. 그리고 덜덜 떨리는 손으로 프로텍터를 닫았다. 얼굴이 시뻘게지고 손가락이 후들거려 아까는 잘 풀렸던 것이 잘 닫히지도 않았다.

입 안으로 온갖 욕설을 내뱉고 윈스턴은 맨 위 셔츠 단추까지 전부 잠갔다.

"베렛 님—"

뒤에서 들려온 목소리에 윈스턴은 기겁하며 돌아섰다. 치료사가 놀란 얼굴로 서 있었다.

"괜찮으십니까?"

"응, 어어, 괜찮네."

치료사가 레사의 머리맡에 약병을 내려놓으며 말했다.

"깨어나시면 가벼운 검사를 할 겁니다."

"검사?!"

목소리가 뒤집어져 나왔다. 치료사가 놀라 윈스턴을 바라보았다.

"네에, 머리에 이상은 없는지 확인하기 위한 가벼운 검사를요. 괜찮으신 겁니까? 역시 마차에서 어디 다른 곳에 부딪치신 거 아닌가요?"

"아니, 아니, 괜찮네."

다시금 윈스턴은 손을 내저었다.

평정이 잘 유지가 되지 않는다. 잠깐 실례한다고 말하고 어딘가 들어가서 진정해야 할 것 같은데 그랬다가 치료사가 레사의 옷을 벗기면 어쩌나 하는 걱정이—

"아!"

"네?"

"절대로 프로텍터를 벗기지 말게. 숨기고 싶은 게 있는 것 같으니까. 황자님이 알반 경의 의사를 존중해 주기로 하셨으니."

"하하, 네 알겠습니다. 딱히 벗길 일도 없지만요."

"그럼 난 잠시."

윈스턴은 치료실을 나가 바로 옆방으로 들어갔다. 그는 손으로 입을 막고 벽에 주먹을 내리쳤다.

'말도 안 돼!'

여자라고?!

그 레사 알반이? 여자?

지금도 자신이 뭔가 잘못 본 게 아닌가, 윈스턴은 생각했다. 하지만 두 번 확인했다. 확실히 그건 가슴이었다. 그것도 감촉이 상당히 훌륭, 아니 이게 아니라…….

여자 가슴을 한 번도 본 적이 없는 윈스턴은 머릿속에 열이 올라 냉정하게 생각해 보려 애썼다.

'알려지면 어떻게 되는 거지?'

머리에 찬물을 뒤집어쓴 것 같았다.

황족기만죄는 결코 가벼운 죄가 아니다. 거기다가 여자 몸으로 속이고 작위까지 받았으니 목이 달아날 가능성이 높았다.

'대체―'

무슨 배짱으로……!

'아니, 가슴이 있다고 꼭 여자란 법은 없잖아? 양성구유라든가…… 아니, 그럴 리가 없지.'

헛생각을 하며 윈스턴은 마른세수를 했다. 그리고 중요한 두 번째 생각에 부딪쳤다.

'그럼 난 어떻게 하지?'

당연히 이 사실을 황자님에게 알려야 한다. 알리면 레사는 죽게 될 것이다.

하지만 방금 그는―그녀는― 자신의 목숨을 구하지 않았는가?

레사가 없었다면 마차 사고로 큰 부상을 당하거나 사망했을 수도 있다.

즉 그는—그녀는— 생명의 은인인 것이다.

'아니면 레사에게 이야기를 해서…….'

조용히 황성을 떠나라고 하는 것이다. 하지만 이 계획은 유효성이 없어 보였다. 왜냐면 그—그녀—젠장—는 마법무효화 능력자이고, 그 능력자를 황자님이 손에서 놓아줄 리가 없었다.

'그렇게 생각하니…… 여자라도 괜찮지 않을까?'

문득 희미한 희망이 싹텄다. 어쩌면 자신에게는 비밀로 하고 황자님은 알고 있는 사실일지도 모른다. 그리고 여자라고 밝혀진다고 하더라도, 죽이지 않고 계속 그대로 둘지도 모른다.

하나,

'가정, 가정— 뿐이로군.'

윈스턴은 다시 한 손으로 얼굴을 쓸었다.

입 안이 바싹바싹 말라 왔다.

'오 분 전으로 돌아갈 수만 있다면.'

모르고 있는 것이 마음 편했다. 그 생각에 반짝 부싯돌을 부딪친 것과 같은 불똥이 머릿속에서 튀었다.

'모른 척……하면 되지 않을까?'

어차피 자신이 레사의 정체를 알았다는 것은 아무도 모른다. 아무도. 그러니 자신도 모른 척하는 거다. 오 분 전으로 돌아가서 프로텍터를 열어보지 않았던 것처럼, 아무것도 모르는 사람처럼 구는 거다.

'모르는 척하자.'

윈스턴은 가장 편한 길을 골랐다. 그러다가 정 문제가 생기면 그때 자신이 나서서 몰래 레사를 처리하게 되더라도 그날이 올 때까지는 모른 척하자.

윈스턴은 굳게 결심했다.

일단 레사는 자신의 일을 아주 잘하고 있고, 그녀만 한 능력자의 호위를 구하는 것도 힘들었다. 여자라는 것만 빼면 딱히 결격 사유는 없는 것이다.

사실 여자라는 것이 가장 큰 결격 사유이니 이건 눈 가리고 아웅 같은 변명이었지만, 윈스턴에게 다른 길은 떠오르지 않았다. 그보다 가슴을 만졌던 감촉이 또렷하게 떠올라 윈스턴은 벽에 몇 번 손바닥을 문질렀다. 여자에게 면력이라고는 전혀 없는 윈스턴인지라 더욱 혼란스러웠다.

'여자라고 생각하지 말자.'

다시금 윈스턴은 다짐했다. 그런데 왜 다짐할수록 이상하게 그 감촉과 모양이 떠오르는 걸까? 손 밑에 걸리던 돌기의 감촉까지 생생—

'그만—!'

눈을 질끈 감고 윈스턴은 몇 번이나 짝짝 자신의 양 뺨을 두들겼다. 뺨이 홧홧했다. 한참을 차가운 벽에 이마를 대고 서 있던 윈스턴은 길게 숨을 내뱉고 몸을 떼어 냈다.

'좋아.'

똑똑

"베렛 님."

"무슨 일이지?"

"알반 경이 깨어나셨습니다."

그 말에 윈스턴은 허겁지겁 문을 열고 나왔다. 치료사가 나온 그의 얼굴을 보고 눈을 동그랗게 떴다.

"뺨은 왜 그러신 겁니까?"

"아니, 졸음이 와서—"

"역시! 머리를 부딪치신 거지요? 이쪽으로 오십시오, 검사를 몇 가지 해야겠습니다."

치료사의 호들갑에 윈스턴은 순순히 고개를 끄덕였다. 레사와 둘만 남아 있으니 치료사의 검사를 받는 게 더 나을 것 같았다. 치료실로 들어오니 레사가 침대에서 일어나 있었다.

"몸은 괜찮은가?"

"약간 속이 안 좋지만, 괜찮습니다. 휴가 첫날부터 아주 운이 좋네요."

비꼬는 건지 아닌 건지 모르겠는 어투로 말하자 치료사가 말했다.

"알반 경은 악재가 겹치시는 분 같군요. 얼마 되지 않은 멍도 들어 있는 것 같던데— 일단 제가 검사를 해본 바 딱히 이상은 없지만 머리는 중요하니 하루 정도는 증세를 봐야 합니다."

"집으로 돌아가서 주치의에게 보이도록 하죠."

하고 레사가 대답했다. '주치의라고 해도 코코지만.' 언제 생리가 시작할지 모르는데 여기에 묵을 수는 없었다. 치료사가 눈을 찌푸렸다.

"이동하는 것보다는 하루 그냥 묵으시는 게 더 좋으실 텐데요."

"아뇨, 괜찮습니다."

레사는 손을 저었다.

"딱히 실력을 의심하거나 하는 건 아닙니다. 그냥 제 마음이 그쪽이 더 편해서 그럽니다. 그보다 베렛 경은 괜찮으십니까?"

"어? 아아, 응, 괜찮네."

윈스턴은 고개를 끄덕였다. 그의 반응에 레사는 고개를 갸웃했다가 침대 아래로 내려왔다.

"아."

"바지를 잘라냈네, 상처 때문에."

윈스턴은 바지를 벗기지 않아서 진짜 다행이라고 생각하며 말했다. 레사는 붕대가 감긴 다리를 보고는 고개를 끄덕였다.

"네."

레사는 속으로 가슴을 쓸어내렸다. 바지를 벗기지 않은 게 천만다행이었다. 가볍게 절뚝이며 레사가 걸음을 몇 번 옮겨 보았다. 치료사가 말했다.

"정강이 상처가 심해서 좀 아프실 겁니다."

"네, 다리가 찌잉 하고 울리는 것 같은 기분이네요."

"뼈까지 충격이 가서 그럽니다. 아, 그런데 근육과 관절이 상당히 유연하시더군요. 그래서 큰 부상으로까지는 가지 않았습니다. 약을 드릴 테니까 꾸준히 발라주세요."

"네, 감사합니다."

"저야말로 베렛 님을 감싸주셔서 저택을 대표해 감사드립니다."

"아닙니다."

레사는 고개를 저었다.

윈스턴은 얘기하는 레사를 빤히 바라보았다. 이제 보니 왜 여자인 걸 몰랐나 싶기도 했다. 아니 아닌가? 여자라고 알고 나서 보니 여자 같은 건가?

어딘지 부드러운 턱 선과 가느다란 목덜미 때문에, 잘린 머리카락이 이제는 무참해 보였다.

'아냐, 쟤는 남자야. 남자라고.'

필사적으로 스스로를 세뇌시키며 윈스턴이 말했다.

"바래다주지."

"네?"

"마차를 붙여줄 테니까 타고 가도록. 그 상태로 걸어가게 할 수는 없잖아."

같이 마차를 타고 갈 수는 없었다. 레사는 순순히 고개를 끄덕였다.

마차만이라면 감사하다.

"네, 알겠습니다. 감사해요."

"내 목숨을 구해 준 거니 이 정도는 아무것도 아니지."

"그런가요."

희미하게 웃고 레사는 붕대로 감은 손가락을 이리저리 움직여 보았다. 좋아, 괜찮다. 주먹을 꽉 쥐었다가 펴고 레사는 고개를 돌렸다.

"그럼 호의는 잘 받겠습니다."

"딱히 너에게 호의를 품은 건 아닌데."

자신도 모르게 즉각적으로 대답이 툭 튀어나와 윈스턴은 당황했다. 하지만 레사는 "아." 하고 고개를 끄덕였다.

"네, 하지만 전 베렛 경이 싫지 않습니다. 그러면 전 이만."

가볍게 기사식으로 인사하고 레사는 살짝 다리를 절며 걸었다. 그녀는 치료실 문을 열었다가 "아, 참." 하고 윈스턴을 돌아보았다.

"그런데 어디로 나가면 됩니까?"

6장
발각

윈스턴은 의자에 앉아 가신이 보고하는 말을 듣고 있었다.

"그러니 마차 바퀴를 연결하는 고리가 처음부터 빠져 있었다고 하는 게 옳겠군요. 그리고 그 틈을 이런 가느다란 막대로 대신 연결해 둔 겁니다."

"그리고 마차가 달리자 그게 부러지면서 마차 바퀴가 빠졌다 이거로군. 그것도 두 개가 동시에……. 그러면서 마차가 넘어가고."

"네."

"누가 그런 거지?"

묻는 듯한 말이었지만 혼잣말인 게 확실해 기사는 입을 다물었다. 윈스턴은 신경질적으로 툭툭툭 의자 팔걸이를 손가락으로 두들겼다.

"……애버릿……? 아냐, 날 그렇게 노릴 이유가 없지……."

"그리고—"

입을 여는 기사를 윈스턴이 눈을 돌려 바라보았다.

"마부의 말에 의하면 마차를 정비해 주는 사람이 예전과 달랐다고 하더군요. 그래서 그 사람에 대해서 조사를 하려고 사람을 파견했습니다만 그런 사람은 황성 마구간에는 없다고 하더군요."

"흐음— 인상착의는?"

기사가 재빠르게 몽타주를 보여 주었다. 그 얼굴을 곰곰이 보다가 윈스턴은 뭔가에 생각이 미쳤다.

"실리아실 준남작가, 아르망타 자작가, 솔라드 자작가를 찾아봐."

"알겠습니다."

왜냐고 물을 법도 한데, 기사는 반문 없이 고개를 숙이고 물었다.

"더 명령하실 것이라도?"

"아니, 나가 보게."

"네. 당장 조사를 시작하겠습니다."

윈스턴은 고개를 끄덕였다.

윈스턴이 조사를 명령한 저 세 가문은 모두 얼마 전에 프레이스의 손에 아들을 잃은 가문이었다. 겉보기에는 황자에게 검을 들이댄 명분이니 반역죄로 가문까지 연좌제로 끌려가지 않은 게 다행이지만, 속까지 그럴 리는 없다.

하지만 황자를 향해서 분노를 표출할 수는 없을 것이다. 그렇다면 그의 측근 에릭 도프는 백작가이며 존경받는 가문이고 만만하지 않다. 그렇다면 돌아오는 표적은 자신이다.

윈스턴은 입꼬리를 비틀었다. 이런 식의 공격은 이미 많이 당해본 것이었다. 같은 황자의 측근이지만 무가인 도프 백작가의 아들은 건들지 않는다. 못 한다. 그에 비해 베렛 자작가인 자신은 훨씬 만만한 것이다.

'그러면 두 번 다시 만만히 생각하지 못하게 해 줘야지.'

마지막으로 툭 팔걸이를 치고 윈스턴은 눈을 감았다.

눈을 감자 뿌얀 가슴이 다시 머릿속에 그려졌다. 윈스턴은 "아, 정말—" 하고 양손으로 얼굴을 감쌌다. 에릭 자식이 도색잡지 같은 걸 가져왔을 때 좀 봐 줄 걸 그랬다. 그랬으면 이렇게까지 당황하지 않을 텐데……

'뭔가 다른 생각을……'

하려고 했지만 생각의 귀결은 다시 레사였다.

'잠깐만.'

윈스턴은 떠올렸다.

―쌍둥이 누이.

'그건 그러면—'

레사 본인일 가능성이—

'자꾸 쓸데없는 것까지 추리하게 되잖아.'

윈스턴은 자리에서 벌떡 일어났다. 술이라도 마시는 게 좋을 것 같았다. 자신은 모르는 것이라고 스스로에게 말하지 않았는 가?

'수 싸움이라고 생각하자.'

윈스턴은 그렇게 생각하며 장식장의 문을 열었다. 위스키를 약간 컵에 따른 그는 점차 마음이 가라앉는 것을 느꼈다.

'레사 알반이 여자라는 것을 들키지 않게 하기 위해서 하는 그런 게임이라고 생각하면.'

차라리 그렇게 인정하니 마음이 안정되었다. 위스키를 천천히 넘기자 화끈한 알코올 기운이 식도를 타고 올라왔다.

탕—

컵을 내려놓고 윈스턴은 웃었다.

'해 보자고. 윈스턴 베렛.'

코코는 눈을 찌푸렸다.

"대체 뭘 하고 다니는 거야?"

"……호위?"

코코는 그 말에 다시 레사를 향해 강하게 화난 표정을 지어 보이고 붕대를 새로 꼼꼼하게 감아주었다. 코코의 약은 정말로 성능이 좋아서 약을 붓는 순간 통증이 감소했다.

"너 미나가 없다고 아주 마음 놓고 몸을 막 굴리는 거 아냐?"

"그런 거 아냐. 어쩌다 보니까⋯⋯."

레사는 한숨을 내쉬었다.

마법사에 대한 문답 이후로 둘 사이는 미묘한 벽이 무너진 듯 묘하게 가까워져 있었다.

비밀을 공유하는 친밀감—

이라고 레사는 생각했다.

"오늘부터 나흘간 휴가니까, 회복할 시간은 충분해."

"너무 약을 믿지 마."

"응, 나도 아픈 건 싫은걸."

레사의 말에 코코가 고개를 끄덕였다. 레사의 다리에 붕대를 감아주느라 그녀는 고개를 숙이고 있어서 은색 머리카락이 찰랑 거렸다. 레사는 자신도 모르게 손을 뻗었다.

'와, 부드럽다.'

거의 프레이스의 머리카락만큼 부드러운 것 같았다. 간지러 워 코코가 킥킥 웃고는 붕대의 매듭을 마저 맨 후 고개를 들었다.

"마음에 들어?"

"응? 응, 예쁜 색이라고 생각해. 결도 좋고."

"레사는 기를 생각 없는 거야?"

"머리채를 잡히는 건 싫으니까."

"아, 그렇군."

"응, 그런 거지. 필요할 때는 가발을 사용하면 되니까 괜찮아."

가발의 사용에는 익숙해져 있는 레사였다. 코코가 물끄러미 레사를 보다가 물었다.

"블랙캣 말이야, 어째서 나올 생각이 든 거야?"

레사는 그 말에 몸을 움찔하고 경직시켰다가 한숨과 함께 말했다.

"꼭 말해야 해?"

"아냐, 그냥 호기심에서 물어본 거니까. 미안."

코코는 얼른 사과했다. 레사는 "사과는 잘 받지." 하고 고개를 끄덕였다. 그 모습이 우스워 코코는 가볍게 상처를 두들겼고 레사는 눈을 찡그렸다. 코코가 몸을 일으키며 말했다.

"그보다 황실에서 일한다면서 계속 이런 곳에 살아도 되는 거야?"

"미나를 생각하면 검소하게 살아야지."

"학비가 충분치 않아?"

"아니, 미나가 졸업하고 나서 다른 상단에 들어간다고는 하지만 어쩌면 가게를 열고 싶어 할 수도 있잖아."

그 말에 코코가 턱을 괴고 낮은 웃음을 흘렸다.

"아카데미만 마치게 한다더니 꿈이 자꾸 커지는 거 아닌가?"

"그게 수중에 돈이 생기니까 할 수 있을 만큼 해 주고 싶다고 해야 하나……."

"그보다 네 미래나 생각해 보는 게 어때?"

그 말에 레사는 눈을 동그랗게 떴다.

"내…… 미래……?"

"그래."

그건 생각도 해 보지 않은 것이라 레사는 잠시 머릿속이 텅 비는 듯한 느낌을 받았다. 코코가 말했다.

"생각해 봐. 미나가 독립하고 나면 넌 뭘 할지."

"그건……."

생각해 본 적도 없었다. 그러면…… 그러고 나면…… 누가 날 필요로—

프레이스.

갑자기 그의 얼굴이 스쳐 지나갔다. 그는 분명히 자신의 체질 때문에라도 자신을 필요로 해 주겠지. 그에게는 도움이 될 수 있을 거다.

하지만 언제까지고 속이는 것도 힘들 테고…….

레사의 얼굴이 어두워지는 걸 보고 코코는 만족스럽게 웃었다. 제대로 생각을 한다면 당연히 고민을 하겠지.

레사가 자리에서 일어나며 말했다.

"아직은 잘 모르겠어."

"그래."

별다른 반박 없이 순순히 대답하는 코코를 한 번 바라보았다가 레사는 금화로 약값을 지불하고 가게를 나왔다. 골목은 이미 해가 뉘엿뉘엿 지고 있었다.

'노알은…… 어차피 없을 테고.'

'그냥 집으로 돌아가서 좀 쉴까.' 하고 레사는 걸음을 옮겼다.

안쪽 구역으로 들어가는데 레사는 따라오는 기척을 느꼈다. 그냥 골목에 멈춰 서서 레사는 뒤를 돌아보았다.

"따라오지 말고, 나와."

"여전히 촉이 좋군."

"티를 내고 따라왔으면서. 나에게 따로 볼일이라도? 이반."

레사의 부름에 이반은 히죽 웃었다. 그가 담배에 불을 붙였다. 부하들은 끌고 오지 않은 것 같아, 레사는 그가 무슨 이야기를 하려나 귀를 세웠다.

"너 황궁에서 일한다며?"

레사는 대답하지 않았다.

"황자의 애첩이라도 된 거냐? 응?"

그의 핥는 듯한 시선에도 레사는 별 반응을 하지 않고 이반을 바라보았다. 이반은 레사와 거리를 좁혔다. 레사는 꼼짝도 하지 않고 그를 바라보았다. 이반이 손을 뻗어 레사의 엉덩이를 움켜쥐었다.

"응? 대준 거냐고."

"이반."

레사의 목소리에는 당황도 분노도 없었다. 대신 빼 든 칼날만이 착실하게 상대의 아랫배에 닿아 있었다.

"난 이성애자야. 넌 내 취향이 아니고."

후우— 하고 이반이 레사의 얼굴에 연기를 내뱉었다. 아랫도

리가 욱신거린다. 그는 진짜로 눈앞의 물고기를 놓친 게 아쉬웠다.

몸도, 얼굴도, 실력도, 성격도 전부 자신의 취향인데.

"저기 말이야, 내 친구에게서 떨어지지 않을래?"

느닷없이 들려온 목소리에 이반은 손을 떼고 물러났다. 레사는 고개를 돌렸다.

"노알?"

이반이 이죽거렸다.

"뭐, 네가 아니더라도 괜찮은 구멍이야 얼마든지 있지. 미나라는 그 계집애도 예쁘던데."

"미나를 건드리면 너도 끝이야."

차가운 목소리로 레사가 속삭였다. 아까와는 달리 살기가 뚝뚝 떨어지고 있었다. 이반은 원하는 반응을 이끌어낸 게 만족스러워 히죽 웃었다.

"뭐, 두고 보자고."

이반이 손은 흔들고 멀어지자 노알이 다가와 레사의 몸을 살폈다.

"괜찮아? 무슨 일 당하지는 않았어?"

"응, 멀쩡해. 그런데 웬일이야?"

"뭐긴 네가 위험에 처한 것 같아서 달려왔지."

그 말에 레사는 검을 넣으며 가볍게 웃었다. 그리고 얼굴을 굳혔다.

"저 새끼 죽일까?"

미나에게 해를 끼칠 존재라면 없애 두는 게 나을지도 모른다. 노알이 그런 레사의 이마를 꾹 눌렀다.

"안 돼. 유지니아와 약속했잖아."

"그거야 그렇지만."

한숨을 내쉬고 레사는 이마를 문질렀다. 노알이 덧붙였다.

"그럼 그냥 내 몸을 내줄까? 도 안 돼."

"어? 어어……."

"안 돼."

"알았어."

확실히 대답하자 그제야 노알은 굳은 얼굴을 풀었다. 그리고 그가 레사의 등을 팡 치며 말했다.

"걱정하지 마. 미나는 내가 지켜."

"아, 그래."

"뭐야, 그 성의 없는 대답은."

"응, 그래."

"테레사 알반~ 날 좀 믿어 봐."

"……믿음이 안 가."

"야!"

말은 그렇게 했지만 레사는 안도감이 들었다. 그래, 노알이 있었지. 노알이 레사를 보다가 눈을 찌푸렸다.

"너 다리는 왜 그래?"

"티 나?"

"그래."

"조금, 다쳤어."

"얼른 집으로 가자."

노알이 손을 뻗어 레사의 머리를 마구 흐트러트리고 앞장서서 걷기 시작했다. 그 뒷모습을 바라보다가 레사는 웃으며 따라 걸었다.

'말을 걸어준 건 노알이 유일했지.'

이런 골목에서 피투성이로 쓰러져 있으면 당연히 아무도 말 걸지 않는다. 하지만 노알은 말을 걸어 주었다. 자신의 집으로 데려가 주었다.

'오백 골드는 속 쓰리지만 덕분에 좋은 직장을 잡았으니까.'

'쌤쌤으로 쳐 둘까.' 하고 레사는 그와 나란히 걷기 시작했다.

프레이스는 담담했다. 아니 오히려 약간의 짜증까지 느꼈다.

"황자님, 제발 자비를……!"

애원하는 아르망타 자작을 향해 프레이스는 차갑게 말했다.

"어쩔 수 없잖소? 마차 바퀴를 고장 내다니. 베렛 경을 살해하려고 한 것이나 다름없는 일이오. 베렛 경이 그에 대한 처벌을 요구하는 것은 당연한 것이고."

"하지만 그는 유일한 후계자입니다."

그건 네 사정이고.

프레이스는 그렇게 생각했지만, 그 말을 그대로 입 밖으로 내진 않았다.

사실 아르망타 자작의 후계자가 한 명이 된 건 프레이스 때문이다. 레사를 덮치려고 했던 인물 중 하나가 아르망타 자작의 장자였고, 프레이스가 그를 죽였으니까.

아르망타 자작의 둘째는 거기에 분을 품은 것이었다. 하지만 황자에게 화가 났다고 그를 직접적으로 공격할 수는 없다. 그러니 황자의 측근을, 측근 중에서는 작위가 낮은 윈스턴을 공격한 것이다.

윈스턴이 생각한 것과 똑같은 흐름이었다.

프레이스가 말했다.

"내가 아니라 베렛 경과 이야기를 끝내는 게 좋지 않겠소?"

"황자님께서 중재해 주실 수 있지 않으십니까."

"흠, 내가 일단 베렛 경과 이야기를 해 보겠소만. 기대는 하지 마시오."

"감사합니다! 감사합니다, 황자님."

몇 번이나 인사를 하고 아르망타 자작은 알현실을 나갔다. 프레이스는 비스듬히 의자에 기대어서 '기대하지 말라니까.' 하고 생각했다.

자작이건 뭐건 사실 인간 한둘 죽는 것 정도야 별로 신경 쓰이지 않지만 윈스턴 베렛은 자신의 편이다. 프레이스라고 해서 완전히 미친 건 아니었고, 그는 '자신의 것'에는 각별히 신경을 썼다. 본래 악당일수록 자기 손톱 밑 가시에 더 민감한 법이다.

'게다가 레사도 같이 있었다고 했잖아.'

레사가 죽거나 큰 부상이라도 입었더라면―

그렇게 생각하면 그 사건을 일으킨 자에게 사형을 내리는 것도 가벼워 보였다. 허나, 그렇게 처리하면 안 되겠지.

'윈스턴이 알아서 잘 하겠지.'

이 일로 자신의 위신을 세우려고 할 테니 상당한 합의금을 아르망타 자작에게서 받아 낼 것이다. 애버릿에게 찾아가지 않고 자신에게 찾아온 것이 그나마 현명하다고 할까?

'하지만 자작의 아들은 꽤 호전적인 것 같군.'

작위를 이으면 좀 골칫거리가 될지도 모르겠다. 애버릿 측에서 손을 뻗을 수도 있겠지.

'손을 써둘까?'

프레이스는 눈을 가늘게 떴다. 그때 다음 알현을 알리는 시종의 목소리가 울려 프레이스는 일단 생각을 접었다.

"들라 하라."

말하고 나서 그는 한숨을 삼키며 생각했다.

'다음에 정기 알현을 할 때는 꼭 레사를 대동해야지.'

휴가는 레사의 권리이기는 하지만 왠지 야속하게 느껴지는 프레이스였다.

애버릿이 툭 하고 장미 가지를 가위로 잘랐다. 정원사나 할 법한 일인지라 이든은 조마조마한 눈으로 그를 바라보았다. 맨손으로 장미 덩굴을 잡으니 옥체에 행여 상처라도 나시면 어쩌나하는 걱정이 반이었다.

"그래? 베렛 경이 무사하다고? 다행이네. 아르망타 자작가도 억울하기는 하겠지만 마차 전복이라니…… 그런 행위는 그렇지."

게다가 본인이 직접 손을 쓰다니 멍청하기까지 하다.

애버릿이 다음 장미 가지를 가볍게 손가락으로 붙들고 다시 잘랐다. 새하얀 장미가 이제 꽤 풍성한 다발을 이루었다.

"그리고 레사 알반이라…… 평민에게 작위를 내려 호위로 정식 고용했다, 이건가?"

그건 핏줄보다도 능력이라는 자신의 노선에 교묘하게 올라탄 것이나 다름없었다. 애버릿은 희미하게 웃고 장미 다발을 옆의 시종에게 건넸다.

"어머님께 전해 드려."

"네, 황자님."

시종이 조심스럽게 흰장미 다발을 들고 뒷걸음으로 물러나 사라졌다.

"클리프랜드 공작은?"

"딱히 큰 움직임은 없습니다만."

"그래?"

그 너구리는 무슨 생각인 걸까? 노회한 대귀족은 애버릿의 가장 큰 적이었다. 그가 없다면 프레이스를 상대하는 게 어렵지 않을 것이다.

그리고—

"프레이스 영지의 문제는 어떻게 됐지?"

"아직 이 황자님 측에서는 모르는 것인지……."

이든이 말 뒤를 흐렸다. '흐음.' 하고 애버릿이 가위로 탁탁 소리를 냈다.

"문제가 생각보다도 더 광범위하게 퍼지고 있어. 내 쪽으로 넘어오는 걸 막고 있기는 하지만, 이건 꽤나 귀찮군. 가능하면 일망타진할 수 있으면 좋은데."

"그게 생각보다도 더 조직적인 단체인 듯합니다."

"그래 봐야 뿌리를 잡아내면 되는 거지만. 프레이스가 이대로 가만히 있으면 우리의 승리네."

그 말에 이든은 가볍게 고개를 숙였다. 눈앞의 남자가 다스리는 제국을 보고 싶다. 그게 그의 갈망이기도 했으니까.

애버릿은 어머니를 쏙 빼닮은 은발 머리를 넘기며 말했다.

"가라트 남작과 올란드 백작을 불러라. 은밀하게."

"존의."

대답하고 이든은 정원에서 물러났다. 애버릿은 가위를 옆 시종에게 떨어트리듯 건네고 정원을 살펴보았다. 직접 돌보고 있는 만큼 장미 정원은 시든 꽃 하나 없이 완벽하게 아름다웠다.

'레사 알반이라…….'

전에 보았을 때의 기억으로는 상당한 미소년이었지.

'프레이스의 잠자리 상대라도 하는 건가? 이든 말에 의하면 실력도 꽤 되는 것 같으니.'

약점은 잡아 두면 좋겠지.

'좀 더 조사해 볼까. 직접 만나 보는 것도 좋겠지.'

생각하며 애버릿은 미소 지었다가 얼굴을 흐렸다.

'그보다 어머니는 무슨 생각이신 걸까?'

후궁의 유일한 관리자이자 황제를 직접 접견하는 릴리안을 떠올리며 애버릿은 생각에 잠겼다. 어머니가 자신을 지지하는 것이야 상관없지만, 자신도 모르는 곳에서 모르는 일을 꾸미고 있는 것은 마음에 걸렸다.

애버릿은 모든 것이 자신의 손안에서 돌아가야지 마음이 놓이는 완벽주의자였던 것이다.

'떠보려 해도 돌려서 피하시니……'

애버릿은 작게 한숨을 내쉬었다. 자신에게 해가 되는 일을 하시지는 않겠지만, 도가 지나친 것은 문제가 된다. 프레이스를 향한 여러 차례의 암살 시도도 그러했다.

잠시 후 돌아온 이든이 애버릿에게 말했다.

"사흘 후에 올라온다고 합니다."

"그래. 올란드 백작은 지금 영지에 내려가 있었지."

중얼거리고 애버릿이 물었다.

"드래곤 슬레이어에 대한 이야기는?"

"아직 아무런 단서도……."

"그런가. 그것만 있다면, 사실 별로 어려운 문제는 아닌데."

중얼거리고 애버릿은 돌아섰다.

"그럼 돌아갈까? 알현의 시간이니 어리석은 백성들의 불평불만을 들어주고 지혜를 빌려줘야지."

꽃같이 화사하게 웃으며 하는 말에 이든은 고개를 숙여 보였다.

〈다음 권에 계속〉